Else Buschheuer

Masserberg

Else Buschheuer wurde in Eilenburg/Sa. geboren. Bekannt wurde sie als Fernsehmoderatorin und Schriftstellerin. Von 2001 bis 2005 lebte sie in New York City; vielbeachtet waren ihre Berichte über die Anschläge vom 11. September. Heute wohnt Else Buschheuer in Leipzig. Sie arbeitet u.a. für den mdr, für »Spiegel«, »Süddeutsche« und »Tagesspiegel«. Ihre Romane »Ruf! Mich! An!« (2000), »Masserberg« (2001), »Venus« (2005) und »Der Koffer« (2006) waren Bestseller.

Mel ist siebzehn und sehr krank, als sie im Orwell-Jahr 1984 nach Masserberg verbannt wird. In diesem kleinen Ort auf dem Lerchenberg mitten in Thüringen befindet sich eine Augenklinik, in der sie geheilt werden soll. »Einmal Masserberg, immer Masserberg«, sind die Begrüßungsworte der halbblinden Omas, die die Klinik bevölkern. Und tatsächlich macht der Aufenthalt dort Mel nur noch kränker. Aber sie kämpft. Sie kämpft dagegen, wie ein Ding behandelt zu werden, gegen das Lebendig-begraben-Sein, gegen eine schlechte Prognose und gegen die Zeit. Ihre Waffen sind Strapse, Miniröcke, falsche Fingernägel, bunte, selbstgemischte Nagellacke. Für ihre Leidensgenossen ist sie ein Paradiesvogel, für die Ärzte, die sie mit Spritzen und Kortisontherapien quälen, ist sie nur ein Ärgernis. Mels Überlebenswille wächst, obwohl das Leben die Hölle ist und sie immer schwächer wird. Doch es gibt auch Tage, da ist Masserberg das Paradies, und es geschieht Märchenhaftes. An einem dieser Tage trifft Mel den kubanischen Arzt Sanchez und verliebt sich in ihn.

Else Buschheuer

Masserberg

Roman

aufbau taschenbuch

ISBN 978-3-7466-2587-4

Aufbau Taschenbuch ist eine Marke der
Aufbau Verlag GmbH & Co. KG

1. Auflage 2010

Der Roman erschien erstmals 2001 im
Diana Verlag, München und Zürich.
Umschlaggestaltung capa, Anke Fesel unter
Verwendung eines Fotos von Carla Brno/bobsairport
Autorenfoto © Volker Rohloff
Druck und Binden CPI – Clausen & Bosse, Leck
Printed in Germany

www.aufbau-verlag.de

Für Mine

»21. Juni 2000 ... der heißeste Sommertag in Thüringen seit 1948 ... über 38 Grad im Schatten.« Der Radiosender verwischt sich, rauscht, verschwindet. »Super Ausflugswetter«, sagt Pit, und seine Stimme kippt um. Er räuspert sich. Er hasst es, wenn seine Stimme umkippt. »Sie können wieder ausmachen, Ludwig.«
Der Chauffeur mit dem semmelblonden Schnurrbart schaltet das Radio aus.

Sie sind seit fünf Stunden unterwegs. Seit einer Stunde stehen sie im Stau. Pit schimpft. »Scheiß-A9!« Mel legt die Hand auf seinen Arm, aber er schüttelt sie ab, mit einer eckigen, trotzigen Bewegung. An seinem linken Handgelenk trägt er eine klobige Billiguhr mit Taschenrechner. Schwarzes Zottelhaar verdeckt sein Gesicht.

Der Chauffeur fährt die Scheibe runter. Die Klimaanlage faucht. Auf der Gegenfahrbahn pfeifen Autos vorbei.

Seit fünf Stunden versucht Mel, ihre Nervosität zu bekämpfen. Was für eine Schnapsidee! »Wenn ich den Filmpreis gewinne«, hatte sie vor einem Monat zu ihrem Sohn gesagt, »dann kannst du dir was wünschen.« Sie hatte den Filmpreis gewonnen. Er hatte sich etwas gewünscht. Keine Turnschuhe, keine CD, kein Handy. Sein Wunsch: »Erzähl mir alles. Zeig mir alles. Lass uns hinfahren.«

Pit kaut an den Nägeln. »Idiotisch« fand Martin die Reise bis zum letzten Moment. Martin, der plötzlich nicht mehr sein Vater war. Immer war Martin sein Vater gewesen. Kommst ganz nach deinem Vater, sagten die Leute oft. Den fremdartigen Schimmer der Haut, die klugen Augen, die künstlerische Ader hatten sie beide. Zu seinem 15. Geburtstag hatte Mel Pit die Uhr geschenkt und ihm gesagt, dass er der Sohn eines anderen sei.

Pit würde am liebsten umdrehen, hier mitten auf der Autobahn, Ludwig, dieses semmelblonde Walross, vom Steuer schubsen, durchrasen bis nach Hause. Pit mag Ludwig nicht. Es ist etwas in der Verbundenheit zwischen Ludwig und seiner Mutter, das ihn ausschließt, etwas nicht Standesgemäßes, das sich in der Art ausdrückt, wie Ludwig seine Mutter manchmal ansieht durch die große Hornbrille.

Mels Handy klingelt. »Ja? Nein, wir sind noch nicht da, Tom. Wir stehen im Stau. Ja, ich rufe dich nachher an. Nein, keine Termine morgen. Bis später.«

»Wo müssen wir runter?«, fragt Pit.

»Ilmenau.«

»Na toll. Ilmenau fünfundsechzig Kilometer, steht da hinten.« Pit trommelt an die Fensterscheibe. »Und wie heißt dieses Kaff noch mal, wo wir hinwollen?«

»Masserberg. Dieses Kaff heißt Masserberg.«

* * *

Ein siamesischer Zwilling hätte kaum mehr Aufmerksamkeit erregt: links Augenklappe, rechts falsche Wimpern, links Ohrenverband, rechts Kreole, Wangen und Kinn voller Teersalbe. Der Arm im Verband, aber an den Fingern grüne Krallen. Mel war eine Erscheinung. Das Produkt eines modernen Doktor Frankenstein. Den Morgenrock kombinierte sie mit schillernd bunten Strümpfen. Moschusschwaden aus dem Intershop umzüngelten sie, mischten sich in den aseptischen Geruch von Haus IV, betörend und abstoßend zugleich. Ihr Lachen hallte durch die Gänge, mal bollernd, mal schrill, immer unpassend und in jedem Fall zu laut.

Auf ihrem Nachttisch ein Bücherstapel. Daneben ein gerahmtes Schwarzweißfoto. Es zeigte eine Blondine vor einer üppigen Mulattin. Die Hände der Mulattin hielten die Brüste der Blondine von hinten umschlossen, das Gesicht hatte den Ausdruck eines Sumo-Ringers, der sich anschickt, einen tonnenschweren Gegner auszustemmen. Die samtbraunen, stramm sich abzeichnenden Oberarme rahmten das Blondinengesicht. Unten stand mit enger, steiler Mädchenschrift: Alles Muskeln und Samenstränge – Viktoria.

Die Oberarztvisite, Weiße Wolke genannt, fand nie so recht Zugang zu Mel. Es galt, Knüllbälle aus Papier wegzutreten, Skizzen, Notizen, Abfälle aller Art: Mels ganz private Mauer, ihr antimedizinischer Schutzwall. Meist saß die sonderbare Patientin, das Hohlkreuz durchgedrückt wie eine Weidengerte, vertieft in das Modellieren primärer und sekundärer menschlicher Geschlechtsorgane aus geschmeidig geknetetem Brotteig. Sie hielt ihre halbfertigen Skulpturen hoch konzentriert vors gesunde Auge und schwieg. Wenn sie aber gestört wurde, machte sie eine steile Stirnfalte und antwortete vorlaut.

Chefarzt: »Hatten wir Stuhlgang?«

Mel: »Gemeinsam bedauerlicherweise noch nie.«

Der stiernackige Chefarzt, Leiter der Augenheilstätte

Masserberg und Kopf der Weißen Wolke, räusperte sich angewidert. Er mochte Mel nicht. Von Anfang an nicht. Sie war ein Störfaktor. Das ließ er sie spüren, in jeder Geste, mit jedem Wort. Bei sich nannte er sie nur: die schwarze Mahuh.

Mel mochte ihn auch nicht. Diese ungute Mischung aus Dieter-Thomas-Heck-Physiognomie und Parteisächseln, wie es sich kalt und schneidend durch alle sozialen Schichten, durch alle Landstriche zog. Sie nannte ihn bei sich nur: der Marxist-Leninist. Warum kam er und nicht Frau Doktor Sommer? Die Sommer, die eher nach Winter aussah: klein, leicht, anämisch, mit einem schnurgeraden Mittelscheitel und einem lädierten Schneidezahn à la Isabella Rossellini. Die Sommer fand Mel apart. Ihr hatte sie einmal eine ihrer lesbischen Knetplastiken geschenkt. Keine gute Idee. Die Beschenkte errötete tief, dankte artig, fand aber kein Lächeln mehr für Mel, und nie mehr war ihr spitzer kleiner Raubtierzahn zu sehen.

Mels Tag musste früh beginnen, wenn er lang sein sollte. Und er sollte lang sein. Um fünf Uhr morgens, wenn die anderen im Zimmer noch schliefen, begannen Mels Rituale. Um diese Zeit war das Gemeinschaftsbad noch frei. Man konnte in Ruhe duschen, je nach Gusto singend, schnaufend oder gurgelnd. Danach nebelte sie sich mit Moschus ein und studierte, Zentimeter für Zentimeter, ihren sehnigen, fast dünnen Körper, an dem die schweren Brüste wie Geschosse hingen. Sie klebte mit Kittifix die täglich anders lackierten falschen Fingernägel an, die sie schon am Abend zuvor in anatomisch korrekter Reihenfolge auf dem Nachttisch zurechtgelegt hatte. Bunten Fingernagellack gab es nicht zu kaufen. Den mischte sie selber. Aus Nitrolack, Ofenrohrlack, Terpentin, Verdünnung. Stank das Zimmer wie ein Chemielabor in Bitterfeld, dann hagelte es Beschwerden. Der Marxist-Leninist hatte ihr bereits die gelbe Karte gezeigt.

Nun streifte Mel Dessous über, puderte ihr geschundenes Gesicht, schloss mit einem Klick den Strapsgürtel, sah auf den Ruhla-Wecker und stellte sich schlafend.

Wenige Augenblicke später betrat der Nachtdienst das Zimmer, ein Student, der kurz vor Feierabend um sechs Uhr morgens die letzte Amtshandlung in Haus IV zu verrichten hatte. Für ihn der Höhepunkt des Dienstes: eine intramuskuläre Injektion in Mels prallen, in schwarze Spitze gehüllten Arsch.

Er schlug also mit pochendem Herzen die Bettdecke zurück. Der Arsch hob und senkte sich im Rhythmus glaubhaft vorgetäuschten Tiefschlafs. Er schüttelte Mels Schulter, aber sie knurrte und murrte nur: »Mach schon! Mach mir's endlich, Tiger, aber weck mich nicht!« Also hob er die Kanüle und penetrierte das schon vielfach geschundene Fleisch. Mel erlaubte sich ein leises, fast wohliges Stöhnen und schmiegte sich mit der Unschuld einer Schlafenden an seinen Oberschenkel.

Ihm wurde schwindlig. Nie würde er diesen Körper mit Küssen bedecken dürfen. Nie würde er eine Frau kriegen, die auch nur annähernd war wie diese. Er verschwand hastig.

Vom Türklappern und Mels Kichern geweckt, ließ Emma K. stumm die Beinchen aus dem Bett baumeln. Einmal Masserberg, immer Masserberg, waren ihre dürren Begrüßungsworte gewesen, als Mel vor zwei Wochen angekommen war. Eine Netzhautablösung, beidseitig, 72 Jahre alt. Berlinerin, zum dritten Mal hier.

»Morjen«, knarrte sie hüstelnd und trippelte ins Gemeinschaftsbad. Obwohl das am anderen Ende des Flurs lag, war gut zu hören, wie sie dort mithilfe eines lauten Chhhh-Geräusches die Rückstände der Nacht aus dem Schlund zu speien begann. Auch Berta Moll, Molly genannt, begann ihr Anlaufschaukeln, durch das sie sich in 90 Prozent aller Fälle selbständig aus dem Bett schwang. Sie war 86, zum siebten Mal in Masserberg und litt an einer hochkomplizierten Makulageschichte. Gern erzählte sie von ihrer Zeit als Privatsekretärin des Reichsbischofs Müller unter Hitler und, falls das keinen Eindruck machte, dass sie damals mit Marlene Dietrich »so gut wie intim« gewesen sei. Molly ächzte, strubbelte gähnend ihr wirres, kirschrot gefärbtes Haar und schlurfte Emma K. nach. In den restlichen Betten verblieben Einauge und Säge. Einauge hieß Einauge, weil sie nur ein Auge hatte. Wo das andere geblieben war und was Masserberg dabei tun konnte, wusste keiner. Sie war über 90, verwitwet, ziemlich scheu. Säge hieß Säge, weil sie so laut schnarchte, dass ihr davon schon vor Jahren die Trommelfelle geplatzt waren. Vermutlich waren sie wie Luftballons aus den Ohren herausgewachsen, um schließlich mit lautem Knall zu explodieren. Manchmal versuchte Mel, sich nachts mit Ohrstöpseln aus geknetetem Brotteig zu schützen, manchmal steigerte sie sich in die Vorstellung hinein, Säge stelle sich nur schlafend, um die anderen in Sicherheit zu wiegen und später zu erwürgen. Säge und Einauge waren auch zum ersten Mal in Masserberg.

Ein leises Schaben kündigte das nächste Morgenritual an. Bob, der Putzmann, stieß die Tür auf. Die Art, wie Bob die Tür aufstieß, war unnachahmlich. Es gab keinen, der die Tür so aufstieß wie Bob. Er legte seine breite Profilsohle tastend auf, um dann mit einem Ruck kraftvoll einzudringen, so kraftvoll, dass die Klinke scheppernd gegen die Innenwand schlug, in die sie im Lauf der Zeit eine fast fünfmarkstückgroße Kerbe geschlagen hatte. Bob kam zweimal die Woche, um die Krankenzimmer mit einer Desinfektionslösung zu säubern, die so ähnlich roch wie Mels Nagellack. In Bob vereinten sich der IQ einer Zahnbürste mit dem Temperament eines Kartoffelkäfers. Seine Putzarbeit war ein Tanz, ein plumper plebejischer Balztanz, der allein Mel galt. Der Weg war das Ziel, die Choreographie simpel, aber bestechend: Groß der erste Wischkreis, schon kleiner der zweite. So zog sich die Masche enger und enger um Mels Bett, bis er über ihr stand.

»Naaa?«, sagte er und schaute ihr aus nächster Nähe ins gesunde Auge: »Gut geschlafen?«

»Naaa?«, antwortete Mel, begleitet von einer appetitlichen Zahnpastawolke: »Gut geschrubbt?«

Die Bettdecke ließ nur einen Blick auf das obere makellose Areal ihrer Gesichtshaut zu. Sie lüpfte die Decke ein wenig und schickte der Zahnpastawolke eine Parfümwolke hinterher. Und dann begann das immergleiche Spiel. Bob hechtete sich auf sie, keuchend: »Duuu bist – zum Reinbumsen!« Es folgte wildes Knutschen, mit verlässlicher Unterbrechung durch die sich öffnende Zimmertür, aus der brabbelnd, gebückt und geduscht Molly trat. Schwups! tauchte Bob unter das Bett und suchte dort nach einem imaginären Stäubchen.

Mel dämmerte noch ein bisschen unter dem Walkman. Sie hatte Bob nie ernsthaft in Erwägung gezogen. Andererseits landete sie fast immer mit Menschen im Bett, die sie nicht ernsthaft in Erwägung zog. Aus diesem Gedanken schreckte sie ein mittleres Erdbeben auf. Säges

Elefantenbein stand neben ihrem Kopfkissen. Widerwillig betrachtete Mel die verhornten Zehen, dieses Denkmal des Verfalls, auf ihrem Laken. Säges zahnloser Mund öffnete und schloss sich zu den peitschenden Takten des Walkürenritts. Ihr Finger zeigte immer wieder auf die baumstammdicke Fessel. Zu irgendetwas sollte Mel sich mitfühlend äußern, aber sie war zu müde, senkte die Lider, das geschminkte gesunde und das gesalbte kranke unter der Klappe, und ließ sich in die schwere Musik fallen, bis das Neonlicht anging. Wie ertappt riß sie die Kopfhörer runter und richtete sich auf, das Herz schlug schneller.

»MorgendieDohmen! Schön geschlohfn?« Schwester Heidi trat forsch ins Zimmer. Nachdem sie ihren gesamten Wortschatz in einem Satz verplempert hatte, verrichtete sie stumm ihre Pillenzuordnungs- und Fiebermess-Arbeit. Es war ohnehin fraglich, was sie mit »schön schlafen« meinen konnte.

Mel legte den Walkman weg.

Säge, die aus dem benachbarten Fehrenbach stammte und eine schwer verständliche Mundart sprach, die sich Itzgründisch nannte, erzählte gerade von Weihnachten: »Zu männer Kinnderzeit is in dr Nacht zum Vierazwänzgn dr Boam geputzt wurn. Woar dos n'annern Murchn a Fräd, wenn mer nei dr Stumm is kumma!« Als sich keiner mit ihr unterhalten wollte, kletterte sie wieder ins Bett und nickte ein. Ihr Schnarchen erinnerte an die Schnappatmung Sterbender.

Mel dachte an Queen Mum. Sie war kurz vor Mitternacht gestorben, etwa zum selben Zeitpunkt, als Mel aus dem Koma erwachte. Wie im Märchen. Eine Kerze erlischt, eine andere flammt auf. Aber wo ist der Zaubertrunk, der alles rückgängig macht?

Ein Wetzen verscheuchte die Erinnerung. Es waren Schwester Heidis stramme runde Schenkel unter dem Kittel. Heidi gehörte zu der vom Aussterben bedrohten häubchentragenden Gattung. Erdverbunden, wortkarg, fleißig. Und dann das Häubchen. Schon Viktorias Häubchen hatte Mels Phantasie immer sehr erregt. Was wohl darunter war? Ein Dutt? Eine Tonsur? Eine weiße Maus? Und wie hielt das Ding auf dem Kopf? Und wofür stand es? War es Teil eines sexuellen Geheimcodes? Bedeutete es, dass die Trägerin kein Höschen trug? Und dann dieses Wetzen. Waren das Heidis Strümpfe, die sich aneinander rieben? Dederon, Nylon, Spitze? Am Ende Gesundheitsstrümpfe, gegen Krampfadern?

Heidi stopfte Mel ein Thermometer unter den Arm. Mel presste den Arm dicht an den Körper, um es Heidi schwer zu machen. Es ging ihr auf den Geist. Es ging ihr verdammt noch mal auf den Geist. Sollen die doch alle an sich selbst rumfummeln! Arbeite, hatte Ludwig gesagt. Fördere dich. Bereite dich auf die Schauspielprüfung vor. Lies! Bilde dich! Dichte! Sei kreativ! Mel stülpte die Kopfhörer wieder über und vertiefte sich in düsteres Reimen:

Die Nacht entzieht sich meiner ohnmächtigen Hand
Im unantastbaren Aggregatzustand
Ich schwebe drum
Im Vakuum
Vom Tage weg dem Tage zu
Ein Altern ohne Ende.

Einauge sah sie kritzeln und nickte ihr zu, von Bett zu Bett, von Künstlerin zu Künstlerin, verschwommen durch das Glas mit der Zahnprothese hindurch. Eine Schwester im Geiste. Sie zählte sich auch zur schreibenden Zunft. Ihre Gedichte waren eher aus der religiösen Abteilung: Gott ist gut / Er macht Mut / Wenn ich an ihn glaube / Komm ich bald wieder unter die Haube – so oder ähnlich.

»Was reimt sich auf Gebet?«, fragte sie mit dünnem Stimmchen aus ihrer Kissengruft.

Mel lächelte höflich. »Zu spät!«

So konnte sie nicht arbeiten! Sie riss ihr Blatt vom Block, zerknüllte es und warf es aus dem Bett, so wild, dass Schwester Heidi sich umdrehte und »Nanana!« machte. Zeitgleich dröhnte aus dem Zimmerlautsprecher Mels Name.

Diese Lautsprecher führten ein unheimliches Eigenleben. Manchmal, mitten in der Nacht, atmeten sie. Manchmal mischten sie sich plötzlich in ein Gespräch ein. Manchmal ermahnten sie unvermittelt zum Einhalten der Liegekur. Orwell wäre stolz auf euch gewesen, dachte Mel, strampelte die Decke weg und kroch betont bockig aus dem Bett.

Der war neu, dieser grünhäutige Arzt mit den feuchten braunen Augen. Chilene, Libanese, Syrer, Inder. Er war klein und dünn, lief aber ausladend nach allen Seiten, ganz in der Manier von fetten Menschen, die gar nicht anders können. Er hatte ein Stethoskop um das Handgelenk geschlungen und schwang es wie einen Gelenkschlagstock. Nicht ihr Typ, der Typ. Ein Schlenkermännchen, aufgewertet durch den weißen Kittel.

Er behandelte sie wie ein Ding. Er sah sie auch an, wie man ein Ding ansieht. Mel mochte keine braunen Augen. Pupillenlose Murmeln, ohne Kontraste, ohne Tiefe, ohne sprühende Fünkchen. Schokonüsse. Und wie konzentriert die in ihr Auge starrten, als sei man soeben einer seltenen Sternenkonstellation auf die Spur gekommen. Und wie er das R rollte. Um den Augenhintergrund mit einem Lämpchen zu erforschen, musste sein Gesicht ihrem so nah sein, dass sie den Atem anhielt, dass seine Schnurrbarthaare kitzelten. Es war diese Art von Bart, die man Bärtchen nennt. Sein Gesicht war vollkommen ungeeignet dafür. Die meisten Gesichter waren vollkommen ungeeignet dafür, mit Ausnahme von Thomas Magnums Gesicht.

Der Augendruck war okay. Das Kortison wurde von 80 auf 70 Milligramm heruntergesetzt. Ihre Venen waren längst zerstochen, verödet, vernarbt, ihre Armbeugen die eines Junkies. Seit einigen Tagen wurde in den Handrücken injiziert. Aber das war nicht schlimm. Die Augenspritze war schlimmer.

Bei der ersten, damals in der Potsdamer Klinik, hatte man Mels Arme festgeschnallt. Mel wusste absolut nicht, was da auf sie zukam. Eine Spritze, gut, meinetwegen. Aber wohin? Ins Auge? Doch nicht ins Auge! Haha! Quatsch! Ihr spinnt doch! Moment! Mo-! Zwei Schwestern mussten mit aller Kraft ihren Kopf festhalten. Wie ein zum Tode Verurteilter hoffte Mel bis zur letzten Sekunde auf Begnadigung. Dann aber strampelte sie und schrie so gellend, dass es auf den angrenzenden Stationen zu hören war.

Das wirklich Demütigende war die Hilflosigkeit, im Speziellen und im Allgemeinen. Die Zukunft war ungewiss, die Gegenwart unerträglich. Kneift mich, damit ich aus dem Alptraum erwache! Aber keiner kniff sie. Inzwischen war Mel im Alptraum heimisch geworden. Einmal Lebenserfahrung bitte! Intravenös oder subkutan? Darf's noch eine Prise Zynismus sein? Intramuskulär? Retrobulbär?

Sie dachte an früher. An früher denken half. An den Großvater, wie er sie hochwarf, als sie noch ein Kind war, weit über den Kopf hinaus, dass die Zöpfe flogen, dass sie den Mund aufriss und lachte. An Max, ihr Rosetten-Meerschwein, wenn es sich auf den Rücken legen und wie ein Baby wickeln ließ, mit jenem knatternden Geräusch des Wohlbehagens. Das sehnsüchtige Warten auf den Sirenenton mittwochs um eins, weil Queen Mum sie gleich aus dem Kindergarten abholen würde.

Sie zuckte mit keiner Wimper, nicht mal, als sie erfuhr, dass die feinen, dünnen Einweg-West-Kanülen ausgegangen waren. Die heimischen Fabrikate waren wiederverwendbar und dick wie Kuliminen. Als das stumpfe Ding sich brutal seinen Weg durch die Haut bahnte, sie erst dehnte und dann zerriss, beschränkte sich Mel darauf, die Zähne zu fletschen wie ein schreckliches Tier. Sie sah während des Spritzvorgangs das verschwimmende Draußen durch den sich von der Flüssigkeit aufblasenden Bindehautsack. Das grüne Arztgesicht löste sich wie ein Spinatklecks in der weißen Wand auf.

Der Neue spritzte gut! Besser als die Sommer. Die stand sich immer selbst im Weg. Ihre Feinfühligkeit bremste sie. Menschen wie sie konnten keiner Fliege etwas zuleide tun. Sie setzte die Kanüle an mit dem Gesicht eines kleinen Mädchens, das dazu gezwungen wurde. Überflüssigerweise kommentierte sie ihr Tun, als verlöre es dadurch den Schrecken. »Jetzt tuz gleichn bissl weh«, pflegte sie mit heller Stimme zu sagen. Sie hatte einen geruchlosen Atem. Sie stach langsam ein und übte dabei so wenig Druck aus, dass Mel wie ein Stier in der Arena gezwungen war, sich dem Speer entgegenzustemmen, um dem qualvollen Ringen der Materien ein Ende zu bereiten. Fuhr die Nadel dann endlich in ihr Fleisch, so war die Erlösung fast größer als der Schmerz.

Der Marxist-Leninist hingegen verkörperte das andere Extrem. Er gehörte zu den männlichen Männern, denen mit dicken Nacken, dünnen Lippen, behaarten Händen und starkem Eigengeruch. Seine Art zu spritzen war so bullig wie seine Statur. Und möglicherweise war es auch seine Wut auf Menschen wie Mel, die ihm die Hand führte, wenn er zur Tat schritt. »Nadawollmerma«, sagte er stets, klatschte in die Hände und rieb die Handflächen aneinander. Er war der Einzige, der ihre Arme mit dem Klettverschluss am Stuhl fesselte, obwohl sie sich schon lange nicht mehr zur Wehr setzte, weil sie sich abgefunden hatte mit dem Unabänderlichen. Während er dicht bei ihr stand und ihren Kopf fast brutal nach hinten bog, drang die Nadel in sie ein wie ein Dolch in den Feind. »Das tut weh«, sagte Mel anfangs. »Das *gann* gar nisch weh tun«, sagte er. Offensichtlich war es gegen die Vorschriften, wenn es weh tat. Inzwischen blieb Mel stumm, egal, wie weh es tat.

Der Neue roch gut. Und er strahlte Souveränität aus. Er war vergeblich bemüht, doch noch die feinen Westkanülen zu finden. Er hatte eine überaus einnehmende Art, ihren Kopf in Positur zu rücken. Er spritzte mit der linken Hand, während seine rechte Mels Kopf sanft festhielt. Er blickte aufmerksam und verlor kein Wort, während er den Inhalt der Ampulle genau im richtigen Tempo in Mels Kopf jagte.

Ein Druckgefühl in der Augenhöhle. Ein Kribbeln im Gesicht. Eine Kühle im Kopf. Ein Rausch. Irgendein dem Kokain verwandter Stoff war in der Lösung.

Deswegen musste man zeitgleich eine Beruhigungstablette schlucken, aber sie hatte nur so getan, als ob. Unseren täglichen Rausch gib uns heute! Sie saß still und high im Untersuchungsstuhl, im schwarzen Schlauchkleid, Wangen und Kinn voller Teersalbe, und beobachtete die leicht zitternden olivgrünen Hände, die sich anschickten, ihr Auge neu zu verpflastern. Mit Ankerplast, denn auch das weiße hautfreundliche Westpflaster war alle. Ankerplast ging erfahrungsgemäß nie runter, ohne die oberste Schicht der Epidermis mitzunehmen.

Die Hände des Arztes waren auffallend feingliedrig und zart, die Spanne zwischen Daumen und Mittelfinger groß genug, um mühelos eine Dezime greifen zu können. Sie hatte nie eine Dezime greifen können, nicht mal eine None, nicht mal nach zehn Jahren Klavierunterricht. Die Oktave ging gerade noch, aber schon da musste sich der Daumen wie ein Wurm nach außen krümmen. »Gummigelenke, alles Gummigelenke, vollkommen unnormal, vollkommen unbegabt«, brabbelte ihre Klavierlehrerin dann immer und schüttelte den Kopf, dass die Ohrringe an den langgezogenen ledernen Läppchen noch lange ausbaumelten. Fräulein Birnbaum-Butzmann, Friede ihrer Asche! Sollte Mel jemals gesund werden, dann würde sie keine Sekunde mehr mit solchem Scheiß vergeuden.

Der Arzt legte den Verband an. Zwischen Zeigefinger und Mittelfinger der linken Hand changierte das Grün etwas ins Gelbliche, eindeutig Spuren übermäßigen Nikotingenusses. Die Droge trieb Mels Herzfrequenz in den Himmel. Ihre Herzkammern pumpten das Rauschgift. Hoffentlich musste sie den Behandlungsstuhl jetzt nicht für den nächsten Patienten räumen! Unmöglich aufzustehen. Nur noch ein paar Minuten, ein paar noch! Die Zeit. Die Zeit. Sie war schon immer gegen die Zeit.

Sanchez musterte die Iridozyklitis, die im Behandlungsstuhl sitzen geblieben war, als hätte sie Wurzeln geschlagen. Das war sie also: »die schwarze Mahuh«, wie der Chef sie nannte.

Er war ein nüchterner Mensch. Die Nüchternheit war überhaupt eine herausragende Eigenschaft seiner Berufsgruppe. Nach seiner Theorie stand der Grad der Nüchternheit im direkten Zusammenhang zwischen konservativer und chirurgischer Tätigkeit. An einem Ende der Skala standen die Chirurgen, am anderen die Endokrinologen. Sanchez' linke Hand hielt die rechte fest. Das Zittern wurde allmählich stärker. Bald würde er die winzigen Instrumente nicht mehr sicher führen können. Er betrieb Raubbau mit seinem Körper. Längst hatte sich über seine olivgrüne Haut ein grauer Schimmer gelegt. Fahl wirkte sie im Neonlicht seines Büros, zu schlaff für seine nicht mal 40 Jahre. Er ernährte sich ungesund, er rauchte zu viel, entschieden zu viel, sein Charlie-Chaplin-Bärtchen war auch nicht ganz auf der Höhe der Zeit, und mit den am Saum verschlissenen Hochwasserhosen konnte er weiß Gott keinen Staat machen. Aber wen interessierte das schon. Er unterdrückte ein Gähnen, weil er nicht allein war. Sonst ließ er keinen Gähner aus, denn das Gähnen ersetzte ihm den Schlaf. Einmal gähnen gleich eine halbe Stunde schlafen. Das musste reichen bei einem Arbeitstier wie ihm. Im nächsten Leben würde er Rechtsanwalt werden. Immer wieder war er von der sprühenden Intelligenz dieser Berufsgruppe angetan. In Westdeutschland, das hatte er in einem Fachblatt gelesen, gab es eine aktuelle demographische Studie, die vom Berufsstand der Rechtsanwälte angeführt wurde. Die Studie ging davon aus, dass Intelligenz erlernbar und trainierbar sei. Immerhin. Die Ärzte lagen an dritter Stelle, das war ja auch nicht übel.

Ihr Blick traf ihn wie ein Peitschenhieb. Er verspürte eine Mischung aus Unbehagen, Furcht und Feindseligkeit. Diese Kontraste im Gesicht. Einerseits oberflächlich bunt, andererseits der hypnotische Blick und die dunklen Ringe darunter. Die Iridozyklitis saß nun sehr aufrecht und schloss das Auge. Ein bisschen Buddha, ein bisschen Quasimodo. Ihr Gesicht war von der Sorte, die man nie vergisst. Unter der Teersalbe schimmerte Biskuitporzellan. Ihre Glabellafalte war beängstigend gut ausgebildet. Ihr Mund war groß, und der Lippenstift franste an den Mundwinkeln aus, so dass er den Impuls unterdrücken musste, väterlich korrigierend mit dem Daumen zu wischen. »Du hast Ackermann«, sagte Tinka immer, wenn ihm ein Krümchen am Mund hing, spuckte auf ihr Taschentuch und ging auf ihn los. Eine der schlimmsten Formen von Entmündigung. Und nun hatte er denselben Wunsch. Anfassen. Wischen. Saubermachen. Ackermann.

Die Iridozyklitis atmete tief ein und aus. Bei jedem Atemzug stießen ihre dunklen Haare wirr und zottelig auf die Schultern. Der einzige akute Fall in der Heilstätte. Eigentlich müsste sie in einer Klinik betreut werden. Man hatte wohl auf die Mittelgebirgsreizluft gehofft, als man sie hierher schickte. Es gab nur diese eine Augenheilstätte in der DDR. Wer hier nicht gesund wurde, wurde nie mehr gesund.

Rosig war der Befund nicht. Einige frische Beschläge an der Hornhautinnenfläche, die verwaschen blaue Iris zwischen neun und zwölf Uhr verklebt, so stark, dass sie auch durch hochdosierte Injektionen nicht mehr gesprengt werden konnte. Nie mehr. Die euphorisierende Wirkung des Prokains wurde für gewöhnlich mit Faustan gedämpft, aber er hatte gesehen, wie sie die Tablette in der hohlen Hand verschwinden ließ, anstatt sie zu schlucken. Sie musste einen enormen Puls haben! Sammelte sie die Beruhigungstabletten für einen Suizid? Er fühlte sich merkwürdig angezogen und abgestoßen. Wie alt mochte sie sein? Zwanzig? Er warf einen Blick in ihre Krankenakte. Erst siebzehn. Pfeiffersches Drüsenfieber. Meningo-Enzephalitis. Zusammenbruch des Immunsystems. Schwere rezidivierende Entzündung von Iris und Strahlenkörper links. Polio-Erreger im Stuhl. Virusgrippe-Erreger im Blut. Entzündungsherde am ganzen Körper. Allergische Reaktion der Gesichtshaut auf das Kortison. Sie saß auf dem Stuhl wie auf einem Thron. Und dann erst siebzehn. Ein altes Kind, eine ramponierte Femme fatale, ein Paradiesvogel mit gestutzten Flügeln – mitten in Thüringen.

Er riss sich von ihrem Anblick los und las weiter. Krankheitsursache unklar. Verdacht auf Morbus irgendwas. Listeriose negativ. Arthropoden negativ. Allergieentwicklung gegen Ampicillin, abklingende Lymphbahnentzündung am Arm, Aids-Test negativ. Der neurologische Befund zeigt eine fragliche Rechtsbetonung. Von der neurologischen Station war die Patientin auf eigenen Wunsch entlassen worden. Nun mit Unterbrechungen stationär seit einem Jahr. Seit zwei Wochen Kurgast in Masserberg. Etwas zwang ihn, wieder zu ihr hinzusehen. Sie bemerkte seinen Blick und erwiderte ihn, eindringlich, einäugig, blauäugig. Unter der Pupille schimmerte aggressiv das Weiße. Kein Blick einer

17-Jährigen. Er wandte sich ab und spürte im Rücken, in den Lenden, dass sie ihn weiter ansah. Erstaunt musste er feststellen: Die Iridozyklitis war ein Mensch. Schlimmer noch: eine Frau. Unter Umständen wäre dies eine geeignete Situation gewesen, um ein Gespräch mit ihr anzufangen. Aber worüber?

Während Sanchez die leeren Ampullen und den Verband wegräumte, suchte er fieberhaft nach einem Satz, einem Wort, leutselig, unangestrengt, nicht aufdringlich. Sag was, dachte er. Er wollte reden. Aber er hatte keine Erfahrung darin. Er war kein Plauderer. Nie einer gewesen.

Schon während seiner Schulzeit in Santiago hatte ihn dieser Fluch verfolgt. Er war immer der Stumme, Stotternde, Stammelnde, zu keiner schlagfertigen Antwort imstande, das Gespräch weder eröffnend noch vorantreibend. Noch heute stieg ihm die Hitze ins Gesicht, wenn er an Maria Velarde dachte. Die Klassenschönste. Lange Haare, lange Beine – eine richtige Chica eben. Eines Tages stellte sie sich auf dem Schulhof neben ihn, fragte: »Na, so allein?« Er weiß nicht mehr, wie lange sie ihn aufmunternd angesehen hatte, den Kopf geneigt, mit zwei göttlichen Grübchen. Er weiß nur noch, dass er ein flackerndes Grinsen hingekriegt hatte und so eine Art Hmmm. Irgendwann war Maria gegangen. Wortlos auf hohen hölzernen Hacken weggestakst. Danach hatte er unzählige Nächte schlaflos gelegen und alle Varianten durchgespielt.

Na, so allein? – Jetzt nicht mehr! *oder*

Na, so allein? – Ich habe auf dich gewartet! oder

Na, so allein? – Und du? So schön?

Keine dieser Repliken konnte vor seinem analytischen Verstand bestehen. Was antwortet ein Mann auf dem Prüfstand? Muss die Antwort sachlich richtig sein, kommt es eher auf den Überraschungseffekt an? Sollte man nicht vorsichtshalber einige Entgegnungen parat haben für den Fall, dass sich die Situation wiederholte? Wiederholen sich solche Situationen überhaupt, oder sind sie einmalig im Leben? Was wäre gewesen, wenn er das richtige Wort im richtigen Moment gewusst hätte? Wäre er heute Arzt und hier? Hätte er überhaupt die Schule beendet?

Noch immer stand alles glasklar vor ihm. Ein Königreich für eine Amnesie! Maria war eine Weiche in seinem Leben gewesen. Sie hatte ihm die Hand hingehalten, hatte ihn aus allen anderen ausgewählt, um ihn herauszuheben aus der Isolation, aus der Mittelmäßigkeit. Aber er war dringeblieben. Ein Gesicht in der Menge. Und dann war Tinka gekommen, ohne groß zu fragen.

Inzwischen arbeitete er seit über vierzehn Jahren in der Augenheilkunde und galt auf seinem Gebiet als respektable Größe. Spezialgebiet: Hornhauttransplantate. Auf der Liste der führenden Mikrochirurgen des Landes rangierte sein Name im vorderen Drittel. Das löste in ihm, dem kubanischen Einwanderer, der als Arzt im Praktikum in der DDR hängengeblieben war, einen gewissen Stolz aus. Er war wer. Sogar sein Wort galt was. Obwohl vorsichtshalber in der SED, war er doch immer weitgehend ohne Ehrgeiz geblieben. Er hätte schon längst wer sein können, wenn die Sache mit Ronaldo nicht passiert wäre. Ärztlicher Direktor des Klinikums Buch zum Beispiel oder Dekan der Charité, aber dass es nicht so war, machte nur Tinka etwas aus. Er war zufrieden, denn er war nützlich. Er funktionierte. Und er kooperierte.

Nun also Masserberg, ein Kaff, zu klein für alle Straßenkarten dieser Welt. Ein Luftkurort auf einem Berg, dem Lerchenberg, 830 Meter hoch, eine Sprosse auf der Karriereleiter. Nach Masserberg wurde man berufen. Nicht jeder, nur manche, fast schien es ihm wie eine Ehre, hierher berufen worden zu sein. Rotierender Rhythmus, ein halbes Jahr er, dann käme ein Neuer, und er wäre der Alte. Tinka hatte erst gemurrt, war aber mitgekommen. Letztlich war es egal, wo sie fürs Fernstudium büffelte. Und ihm war es sowieso ganz gleich, wo er arbeitete. Hauptsache, er arbeitete. Ihn interessierte nur wenig, aber das wenige sehr. Patienten waren Material, professionell zu bearbeitendes Material. Was nicht bedeutete, dass er seinen hippokratischen Eid nicht ernst nahm. Er ließ sich eben einfach nicht ablenken. Sein Blick war geschärft für das Detail. Ihn interessierte das Auge, nicht das Drumherum. Er reparierte die Maschine Mensch. Hornhautverkrümmungen, Geschwülste, verstopfte Tränenkanäle, trübe Linsen. Fertig. Mit dieser Haltung war er immer gut gefahren. Und so sollte es auch bleiben.

Da ertönte ein dunkles, höhnisches Lachen. »Immer weg mit dem Scheiß«, spottete hinter ihm eine Stimme.

Sanchez erschrak. Er hatte tatsächlich zwei nagelneue Ampullen in den Mülleimer geworfen. Das kommt davon, wenn man auch nur in Erwägung zieht, mit der Tradition des Patientenanschweigens zu brechen!

Er räusperte sich und drehte sich um. Sie hielt die Arme verschränkt, den verbundenen und den nackten. Die grünen Nägel krallten sich in die Oberarmmuskulatur. Ein beunruhigender Anblick. Eine einäugige Faschingsprinzessin, die sich im Spital verlaufen hat. Seine Irritation schien sie zu amüsieren. »Ähm. Es ist besser, wenn Sie jetzt wieder in Ihr Z...Z...Zimmer zurückgehen«, sagte er und wünschte, dass sich auf der Stelle der Boden auftäte und ihn verschlänge.

Masserberg wurde ein Zustand. Sogar der täglichen Augenspritze haftete etwas Rituelles an. Die Zeit verlor das Maß: Minuten, Stunden, Tage. Mel hörte auf, sie zu benennen. Fast alle waren gleich. Der Montag war wie der Dienstag. Der Dienstag war wie der Mittwoch. 6.45 Uhr Labor. 7.30 Uhr Wiegen. 8.00 Uhr Frühstück. Der Weg zum Speisesaal wurde »Schnitzelpiste« genannt, obwohl gerade Schnitzel äußerst selten serviert wurde und obendrein nicht als paniertes Schweinefleisch zu erkennen war, so verkohlt und von dünner hellbrauner Soße triefend, wie es auf den Teller kam.

Dreimal täglich, zur Essenszeit, blies man zum Sturm auf die Tische des Speisesaals in Haus I. Der beliebteste war der gleich neben dem Rührei-Topf. Tisch eins. Ein Neuankömmling musste Stunden anstehen, um einen Platz an diesem Tisch für die Alteingesessenen zu ergattern. Molly und Emma K. humpelten um die Wette zu Tisch zwei, des frisch eingetroffenen Witwers wegen, der dort saß, steif, mit dünnen Extremitäten wie ein Kastanienmann.

Mel musste sich nicht beeilen. Sie hatte freie Platzwahl. Jeder wollte mit ihr zusammensitzen. Jeder wollte sie von nahem erleben. Sie wusste versaute Witze. Sie beherrschte die einfache und die doppelte Löffelsprache. Sie konnte Rilke, Busch und Endler frei deklamieren, auf Anfrage sogar rückwärts. Die Majestät ihres Ganges, ihr einäugiger Raubtierblick, ihre aufreizende Kleidung zogen die anderen Kurgäste an. Mels Gesellschaft galt als schick. Sie war die Herrscherin im Schattenreich, die Einäugige unter den Blinden. Aber was wäre sie draußen in der Welt? Eine Invalidin. Eine Frühvergreiste. Eine Untote. Viel zu alt für ihr Alter.

Hier war sie jedenfalls sicher. Eine unsichtbare Mauer trennte die Kranken von der restlichen Welt. Diese Mauer war unüberwindbar wie ein Stacheldrahtverhau mit Stahltüren und Schießscharten. Doch wo war ein verwandter Mensch?

Rübensirup und frische Rahmbutter. Rehbrücker Toastbrot mit Sauerkirschmarmelade. Die ewige Wiederkehr des Gleichen. Blechernes Scheppern kündigte die Buttermilch-Zeremonie an. Mel hatte hier ihr Faible für das gallertartige Gesöff entdeckt. Aus einem großen Aluminiumkessel ausgeschöpft, jeder eine Kelle in den Alu-Napf. Jeden Tag eine Kelle. Jede Kelle ein Tag. Einmal Masserberg, immer Masserberg. Einmal Blechnapf, immer Blechnapf. Vor ihrer Krankheit hatte sich Mel vor Buttermilch geekelt. Vor ihrer Krankheit war sie 24 Stunden am Tag damit beschäftigt, Teenager zu sein, Mädchen, Freundin, Schülerin, Enkelin. Jetzt fühlte sie sich wie ein Schwuler nach der Offenbarung, der nur noch schwule Bücher liest und schwule Filme sieht. Jetzt war sie nur noch krank, seit anderthalb Jahren, mit winzigen pseudogesunden Pausen. Beruf: krank. Wohnort: Augenheilstätte Masserberg, Haus IV. Das Essen hatte seine Beiläufigkeit verloren. Es war ein wichtiger Teil des Lebens hier.

Mel schüttete sich den Kaffee türkisch auf und sah sich um. Einauge, Molly, Emma K., Säge, der aufgeputzte Witwer, parfümiert, mit Augenklappe auf Brautschau. Alle präpelten zahnlos an Pfannkuchen, Diät-Keksen und Zwieback. Als sei das Leben leichter, wenn man sein Marmeladenschnittchen verputzt hat.

Butzenscheibenleben. Die meisten Menschen hatten

welche. Bunt, in übersichtliche Abschnitte eingeteilt. Manchmal mit kleinen Sprüngen. Aber klar und gut geputzt. Alles zusammen ergab ein hübsches Muster. Hübsch und belanglos. Diese Menschen wurden krank mit demselben Gleichmut, mit dem sie heirateten oder Kinder kriegten oder ein Frühstücksei aßen. Sie warteten auf kein Ereignis, und es kam auch keins. Sie erledigten ihre Biografien unauffällig.

Mel hatte kein Butzenscheibenleben. Ihr Leben war eine knirschende, schwankende Masse von Farben, Stoffen, Aggregatzuständen. Grell gleißende Disharmonie. Implosionen. Explosionen. Alles plauzt ineinander, vermischt sich, fest bis schleimig, Lava und Seide, Kristall und Scheiße. Mel hätte viel für so ein Butzenscheibenleben gegeben. Sie fand es zum Kotzen, dass so viel in ihr vorging.

In diesem Moment fing sie ein Lächeln ein. Auf ihren Arm legte sich eine kleine Hand mit säuberlich abgekauten Fingernägeln. Außer dem breiten Grinsen war kaum etwas zu sehen von Peters Gesicht. Der Augenverband saß wie eine fette Qualle darauf. Dank Mels Bemühungen durfte Peter als einziges Kind an Tisch eins sitzen. Peters Anblick weckte die Sehnsucht nach Unschuld. Er war ein kleiner blasser Engel, krank, frühreif und in sich gekehrt. Aber er war auch sperrig. Mel mochte ihn vor allem, weil er so sperrig war. Peter wollte kein Mitleid. Er verweigerte jedem den Händedruck, Arzt oder nicht. Statt dessen verschränkte er die Hände hinter dem Rücken, furchte die Stirn und schob die Unterlippe vor. Mel aber fasste er an. Peter war erst elf und litt an einem tückischen Glaukom, einer seltenen Form. Um ein leichtes Stottern zu kaschieren, fügte er mindestens einmal in jedem Satz ein »irgendwie« ein, mitunter kurioserweise mitten im Wort: »Hey, Mel, hhhaste irgendwie schon gehört, dass wir einen nnneuen Doc ham? Einen Ku...irgendwie...baner?« Mel nickte, stieß Luft durch die Nase und verdrehte das Auge, um zu zeigen, dass sie auch schon mit dem Neuen Bekanntschaft gemacht habe und dass das nicht so toll gewesen sei. Ein Kubaner also. Wen interessiert's.

Aus den Lautsprechern dudelte die Erkennungsmelodie der Sendung *Rhythmisches Dessert*. Ab und an, keiner erkennbaren Logik folgend, wurden die Essenden zwangsbeschallt.

Ihre Omas. Fast sah es aus, als mampften sie im Takt. Sie mampften den Marmeladenbrötchen den Todesmarsch. Emma K., eine alte Pankower Genossin, die gern eine Bresche schlug für »unsa kleenet Land« und mit der Mel oft und hitzig stritt. Molly, die Mannstolle, die schäkerte und flunkerte, was das Zeug hielt. Einauge, immer ihre Dritten bleckend, auf die sie sehr stolz war. Dann Säge, die das *Rhythmische Dessert* nicht hören konnte, nicht mal ihr eigenes Schmatzen. Jenseits von Augenkrankheit, Schnarchen und Taubheit war Säge mit jenem beängstigenden Alterswachstum der äußeren Organe gestraft. Vor allem Nase und Ohren schienen täglich zu wachsen und verliehen ihr das Aussehen eines gütigen Reptils. Manchmal, auf dem Weg zum Essen, sang sie das Rennsteig-Lied und traf für eine Quasi-Taube erstaunlich gut den Ton: *»Diesen Weg auf den Höhn bin ich oft gegangen, Vöglein sangen Lieder. Bin ich weit in der Welt, habe ich Verlangen, Thüringer Wald, nur nach dir.«* Sosehr die Alten manchmal nervten – wenn's dick kam, konnte sie sich auf sie verlassen. Keine hatte sie je verpetzt, wenn sie heimlich auf dem Klo rauchte, aus ätzenden Substanzen Nagellack mischte oder – trotz

Leseverbots – nachts unter der Decke las. Molly hatte sogar Mels Bücher – Bukowski, Kafka, Nietzsche – heldenhaft zwischen Omaschlüpfern im Nachttisch versteckt. Auch *1984* von Orwell – das Buch zum Jahr, genau das richtige Buch für Masserberg. Verbotene Literatur, über die Grenze geschmuggelt, in Anna-Seghers-Tarnumschläge gepackt, abgegriffen, zerliebt, tausendfach gelesen.

Alle deckten Mel, ja, sie warnten sie sogar, wenn der Kontrollposten nahte. Oft wurde ihre Abwesenheit kaschiert, wenn sie sich nachts unerlaubt aus dem Hause stahl. Im Gegenzug musste sie sich mit schweinischen Witzen freikaufen, abends, wenn es dunkel war und man nicht orten konnte, in welchem Bett verschämt gekichert oder »Mehr!« gerufen wurde.

»Du bist unser Jungbrunnen!«, war das höchste Kompliment der Greisinnen, und obwohl Mel diese Verantwortung im Grunde zu groß war, kam sie ihrer Funktion als Jungbrunnen nach, sooft sie konnte. Die Alten liebten sie. Mel war all das, was sie niemals waren.

Nicht immer erzählten sie abends versaute Geschichten. Wie oft im Angesicht des Todes tauchten manchmal längst verschüttete Kindheitserinnerungen auf, vor allem bei den Alten.

Einauge, wie sie als Stubenmädchen die ihr anvertraute Oma immer wieder den Hügel hinabrollen ließ, sich selbst aufs Trittbrett des Rollstuhls schwingend, nebenherlaufend oder im Anlauf aufsitzend wie ein Westernheld. Die 90-jährige Dame, Besitzerin eines großen jüdischen Textilunternehmens, soll vergnügt gejauchzt haben, aber die Herrschaft, die Kinder und potentiellen Erben, feuerte Einauge fristlos.

Emma K. sprach gern von ihrer Zeit als Dramaturgin am Berliner Ensemble. Wie Brecht und Helene Weigel bei ihr zu Besuch waren und Brecht sagte, ihre Kartoffelpuffer seien besser als die von Helene, woraufhin es zum Ehestreit kam. Emma K. sagte, sie selbst habe sich damals köstlich amüsiert, wobei sie das Wort schaufelförmigen Mundes nach Berliner Art aussprach: »amisürt«.

Säge erzählte von ihrem ersten Tag als Zimmermädchen im »Schloss Tannengrund«. Ein Stammgast läutete nach einem Stück Seife. Man schickte sie, die 14-Jährige, mit der Seife nach oben. Der Mann war dafür bekannt, dass er die Zimmertür stets unbekleidet und erregt öffnete. Säge ließ die Seife fallen, rannte laut schreiend die drei Stockwerke nach unten, »… fix u fertich u musst mich erscht a wenig hiesetz«. Sie hatte noch nie zuvor einen nackten Mann gesehen.

Molly schwärmte von Marlene Dietrich, der sie abends die schlanken Glieder mit Mandelöl einreiben durfte, und wie die Dietrich dabei, Joghurtkompressen auf den Augen, das Gesicht ein unbeschreiblich schönes weißes Dreieck, geraucht und geschnurrt habe, während im holzverschalten Radioapparat *Melodie nach Noten* lief.

Mel erzählte von ihrer Vermünzung. Als sie sechs war, hatte Queen Mum beschlossen, dass sie ein Hobby haben sollte. Sie sammelte fortan Münzen. Eine war aus Silber und glänzte besonders schön. Zwei deutsche Reichsmark von 1934, hinten ein Hakenkreuz, vorn Paul von Hindenburg. Sie nahm sie in den Mund, weil sie den unwiderstehlichen Drang verspürte, die warmpolierte glatte Fläche mit der Zunge an den Gaumen zu drücken. Da setzte der Schluckreflex ein. Bei der

Rekonstruktion des Tathergangs beharrte sie bis zum Schluss auf der Version, sie habe die Münze ins Licht gehalten und sei über ihren Glanz so ins Staunen gekommen, dass sie den Mund geöffnet und »Aaaah!« gesagt habe. Da sei die Münze eben hineingefallen. Drei Tage lang musste sie im Krankenhaus liegen und Sauerkraut essen, morgens, mittags und abends. Ein bulgarischer Arzt drückte ihr ständig auf den Bauch und fragte: »Kannsu puppsen?« Sie wurde gezwungen, in den Topf zu machen, eine Schwester stocherte die Chose mit dem Stöckchen durch. Für den dritten Tag war die Operation angesetzt. Einige Minuten zuvor schiss sie die Münze aus.

Sanchez war wütend. »Kuck mich an, wenn ich mit dir spreche«, hatte Tinka beim Frühstück gesagt. Er hatte die Zeitung sinken lassen und überlegt, ob sie überhaupt was gesagt hatte, und, wenn ja, was sie gesagt hatte. Wurde man dafür erwachsen, war man eine Respektsperson und Autorität, um sich am Frühstückstisch sagen zu lassen: Kuck mich an, wenn ich mit dir spreche?

Er hatte sie angesehen, folgsam, wenn auch ein wenig geistesabwesend. Er hatte einen Ansatz zum Doppelkinn gesehen und einen schlampigen Pferdeschwanz, durch den sich graue Strähnen zogen. Er hatte ihren Mund gesehen, aus dem irgendetwas kam, Vorwürfe wahrscheinlich, Vorwürfe, eingerahmt von Mundwinkeln, an denen Schwerkraft und Kinderlosigkeit und Wechseljahre zogen. Er hatte zwischen diese Mundwinkel geküsst wie jeden Morgen und war gegangen.

Als er an der kleinen Freilichtbühne vorbeikam, hörte er von weitem eine dunkle Frauenstimme, die klagend in den Morgenhimmel schnitt:

Warum sind wir, wie wir sind?
Why are we how we are?
Wir können uns selber nicht aushalten.
Das ist unsere Wahrheit.
In our deepness we are bad.
What shall we do?

Er konnte nicht erkennen, was da los war. Er hatte auch keinen Sinn dafür. Er war in Eile, musste weiter. Und doch schraubte sich der Text in seinem Kopf fest.

»*What shall we do*«, murmelte er vor sich hin, während er schlenkernd weiterlief. Was war sein Leben schon wert! Einen Dreck! Warum gehörte er nicht zu jenen Götterlieblingen, die den Taumel der Sinne dem ruhigen Lebensglück vorzogen. Glück! War das wirklich nicht mehr als die Abwesenheit von Unglück? War er je tollkühn gewesen, hatte alles riskiert, den Moment gelebt? Gut, einmal, damals, die Sache mit Ronaldo. Aber das war gar nicht gut ausgegangen. Und seitdem? Immer derselbe Trott.

Urplötzlich war ihm das bewusst. Irgendetwas hatte sich geändert, seit er in Masserberg war. Es war derselbe lange, ansteigende Weg durch den von Rapsfeldern umgebenen Ort, in dem die Luft so klar und doch zum Schneiden war. Er sah dasselbe alte Transparent an einer Häuserwand: DIE DDR – EIN IN DER WELT GEACHTETER STAAT, über das jemand sinnentstellende Ä-Striche gemalt hatte. Er traf dieselben Leute, die verhaltenen Schrittes liefen, als sei die Luft nur schwer zu durchqueren, als könne man sich daran verletzen. Aber plötzlich hörte er Vögel singen und hing dem Gedanken nach, ob das Lerchen waren, ob der Hügel, auf dem sich die Augenheilstätte befand, möglicherweise deswegen

Lerchenberg genannt wurde, obwohl dieser Name auf keiner Wanderkarte verzeichnet war. Plötzlich nahm er die Kraft der Sonne wahr, die ihm sonst egal war. Er vernahm Kuhglockengeläut, sah braune Kühe, Bergkühe. Und wenn er schließlich angekommen war und die lehmgraue Betonbaracke betrat, beschlich ihn ein gewisses Gefühl der Beklommenheit, plagte ihn eine Herzrhythmusstörung, war da eine Übelkeit, die wie ein Wurm in ihm hochkroch. *In our deepness we are bad.* Und auf seine Stimmbänder legte sich ein Film, der nur von Außenstehenden für eine normale Morgenheiserkeit gehalten werden konnte, wenn er die rote Taste drückte und sagte: »Melanie Tauber bitte ins Spritzenzimmer.«

Liegekur. Die Liegekur war mehr als eine Masserberg-Tradition. Sie war Religion. Vormittags von neun bis elf, nachmittags von halb zwei bis halb vier. Nachthemdzwang auf dem Altar der Heilung. Leseverbot. Radioverbot. Sprechverbot. Denkverbot herrschte allerdings nicht – kein Zeichen von Liberalität, vielmehr war noch niemand darauf gekommen.

Mel starrte an die Decke, kaute Brot und dichtete:

siebzehn Jahre
können leicht wie siebzehn Jahrhunderte sein
wenn man jede Sekunde millionfach gelebt hat
siebzehn Jahre
können rückblickend verschmelzen
zu siebzehn Minuten einsamer Unrast
siebzehn Jahre sind ungezählte Zeiten
jede Zeit eine Geburt ein Leben ein Sterben

Brotkauen war Kontemplation pur. Die Rinde wurde am Stück von Teig getrennt, der Teig gut durchgeknetet: Mels Werkstoff, mal dunkel vom Schwarzbrot, mal hell vom weißen. Die Rinde in Ein-Zentimeter-Stücken abbeißen. Kleine Bissen. Kauen. Die Rinde schmeckt bitter. Sie wird Brei. Kauen. Immer weiterkauen. Der Brei schmeckt süß. Er wird Suppe. Schlucken. Manchmal schlummerte sie mitten im Kauvorgang ein. Wenn sie aufwachte, war das Brot noch in ihrem Mund. Was war schon Zeit! Sie spielte keine Rolle in Masserberg, obwohl jeder davon sprach: Zeitlos schön. Es ist höchste Zeit. Wir haben ja massig Zeit. Zeitgefühl. Zeit heilt Wunden. Zeit vergeht. Endzeitstimmung –

Elf Uhr. Der Lautsprecher räusperte sich und rief das Ende der Liegekur aus. Fehlt nur noch der Fahnenappell, dachte Mel.

Schwester Heidi brachte die Post. Ein überaus spärlich adressierter Brief hatte sein Ziel erreicht. Mel, Masserberg, stand auf dem Kuvert. Kein Nachname, kein Hinweis auf die Augenheilstätte. Aber der Brief war angekommen: Mel, Masserberg. Mel drehte ihn und schmunzelte, weil er eindeutig von fremder Hand geöffnet und wieder geschlossen worden war. Der liebe Martin hatte das wohl geahnt und den Schnüfflern in der Poststelle der Anstalt eine harte Nuss zu knacken gegeben:

Berlin, 25. April 1984

Geliebte Mel!

Hoffe, deine »Behandlung« bekommt dir gut! Aber die »Geburt der Klinik«, von unserem gemeinsamen Freunde Foucault untersucht, ist eine heikle Angelegenheit. Deshalb erwehre ich mich des Urteils

(auch im Sinne Kafkas), dass jede Therapie unter allen Umständen gut sein muss. Gesundung ist eine notwendige, aber keinesfalls ausreichende Voraussetzung fürs »Wohlbefinden«. Keine »Klinik« oder »Genesungsanstalt« ist demzufolge außerhalb der sie bedingenden sozialen Struktur verständlich; eiserne Disziplin und selbstregulierte Kontrolle sind doch Kategorien der modernen Gesellschaft!!! Sie sind unabwendbar und gelten auch für dich. In diesem Sinne solltest du auch handeln, FÜR dich und nicht GEGEN dich. Der Voluntarist – du bist zwar eine Voluntaristin, und eine sehr gute, aber mit vielen selbstzerstörerischen Elementen – dürfte den Fehler nicht begehen, ins Wasser zu springen aus der puren Vermutung heraus, in einem Boot zu landen, dessen Existenz empirisch nicht überprüfbar ist, aber daraus deduziert wird, dass nicht nur der Sprung, sondern auch das Wasser sinnlos wären, existierte das Boot nicht … Ich glaube, mit diesem Bild drücke ich mich völlig aus.
In Gänze: dein Martin

Ludwig war eben dabei, Mel Martins Brief vorzulesen. Im Gegenlicht sah sie ihn als Scherenschnitt. Er hatte einen gut ausgeprägten Kopf, allerdings mit einer enttäuschenden Nase. Sie war zu kurz für sein Gesicht. Sie war so kurz, dass man unwillkürlich beide Hände aufhalten wollte, um die dicke schwarze Brille aufzufangen, die unmöglich darauf halten konnte. Aber sie hielt. Und selbst wenn sie herunterfallen würde, könnte Ludwig immer noch besser sehen als Mel.

»Ich glaube, mit diesem Bild drücke ich mich völlig aus«, wiederholte er mit einem Anflug von Neid.

»Wer ist das – Foucault?«, fragte Mel. »Der mit dem Pendel?«

»Nö. Ein Philosoph.«

»Und was ist ein Voluntarist?«

»Das ist einer, der den Willen als Grundprinzip des Seins ansieht. Wie wir.«

Ludwig lächelte glücklich, weil er Auskunft geben konnte. Vielleicht würde Mel ihn ja lieben, wenn er Auskunft geben konnte. Aber Mel gähnte ungeniert mit weit aufgerissenem Mund.

»Aber wie meint Martin das nur mit dem Boot?«, fragte sie im Gähnen weiter.

Hier war auch Ludwig überfragt. »Das weiß er selber nicht. Rhetorisches Gewäsch. Philosophen-Blabla. Und genau da fickt sich die Katze mit dem Schwanz …«

Mel hätte schwören können, dass das Sprichwort anders geht, konnte sich aber nicht entsinnen. Ludwig, dessen semmelblonde Haare wie immer verknautscht und verwirbelt vom Kopf standen, war mit dem Bummelzug von Berlin angereist, im Handgepäck Tampons, Gesichtswasser, löslichen Kaffee und Zigaretten. Vielleicht würde Mel ihn ja lieben, wenn er ihr das alles brachte. Aber Mel sagte nicht mal danke.

»Was macht das Flugzeug?«, fragte sie leichthin.

Ludwig wurde bleich, verzog das Gesicht, schielte zum Lautsprecher, dann zu Molly, deutete ein Kopfschütteln an, runzelte die Stirn, kurz, er tat alles, um einer Sehschwachen zu bedeuten, dass sie um Gottes willen schweigen möge.

Mel fand sein Theater übertrieben, reagierte aber. »Na, das Modellflugzeug, was du deiner Nichte bauen wolltest.«

»Hach, Ihre Nichte muss stolz sein, so einen Onkel

zu haben«, flötete Molly. Sie fand Ludwig außerordentlich galant. Zur Begrüßung hatte er ihr die Hand geküsst und beteuert, sie sehe aus wie ein Filmstar. Molly errötete und nahm ihm das Versprechen ab, sie zu Hause in der Lutherstadt Wittenberg zu besuchen, sobald sie wieder dort sei.

»Mach deinem Ruf als gute Voluntaristin alle Ehre«, rief Ludwig Mel noch nach, da zupfte ihn Molly auch schon wieder neckend am Ärmel.

Mel warf ihr mottenzerfressenes Pelzcape aus dem An-und Verkauf über. Es nieselte leicht. Sie rannte durch den kleinen Park zur Betonbaracke, zum Spritzenzimmer. Lief brav über moddrige Wege, die mit Steinen eingefasst waren. Der Rasen dahinter, Preisträger der Initiative »Mehr Grün durch Bürgerfleiß«, war verbotene Zone. Wenn man gesund werden will, dann muss man sich an Regeln halten. So viel hatte Mel in Masserberg gelernt. In der ersten Nacht war sie nach einem langen einsamen Spaziergang und einem Bad im Dorfteich nackt in einen Panzer gesprungen, der hinter dem Park am Ehrenmal des Sowjetischen Soldaten stand. Am nächsten Tag die Kopfwäsche des Marxisten-Leninisten: »Betrachtense sich als gewarnt, Frolln Taubor. Beim *geringsten* weitoren Vorfall werden wior Sie nach Hause schiggn.« Eine überaus wirksame Drohung, wenn man kein Zuhause hat.

Mel patschte widerwillig durch die Pfützen. Das Wasser lief in ihre Pantoletten. Sie fröstelte. Schon der ferne Umriss des Ärztehauses löste Melancholie aus. Martin hatte recht. Das da sollte gesund machen? Ein grauer Klotz, ein Plattenbau; herzlos, seelenlos, kalt.

Genau wie der Olivgrüne. Als der wenige Minuten später mit einem Ruck den Verband löste, war alles um

Mel gleißend und grell, so gleißend und grell wie ein Fausthieb, kurz bevor man von ihm in Ohnmacht fällt. Mel witterte Desinfektionsmittel, den starken Eigengeruch des Pflasters und das Gift der Plasteschläuche. Es riecht nach Sicherheit, dachte sie, so weit ist es schon gekommen.

Irgendwann würde ihr nichts mehr bleiben als Gerüche. Irgendwann, in ein paar Monaten, in ein paar Jahren, würde sie vielleicht blind sein. Immer, wenn sie sich das sagte, schwang Koketterie mit. Glauben konnte sie es nicht.

Das karge Zimmer wirkte im Schein des Neonlichts, das dem Tageslicht mit allen Mitteln die Vorherrschaft streitig machen wollte, weiß und wollig wie durch Wattebäusche.

Mels Achillesferse war die Pupille, dieses schwarze Loch in die Tiefe ihres Kopfes. Durch das Atropin wurde sie aufgerissen wie mit Krallen. Belladonna. Damen der feinen Gesellschaft träufelten früher Belladonna, um beim Rendezvous im Kerzenschein dunkle geheimnisvolle Augen zu haben. Aber das hier war kein Rendezvous. Hier gab es auch keine feine Gesellschaft und keinen Kerzenschein. Nur Folter. Für Mel war Licht Folter. Es fiel in sie hinein wie in einen Schlund. Bei der Augenhintergrund-Untersuchung wurde das Zimmer abgedunkelt. Im Dunkeln fühlte sich Mel sicher. Sie ließ ihre Wange leicht an der schlecht rasierten olivgrünen entlangstreifen, aber Sanchez wischte sich nur prüfend übers Gesicht, ob auch keine Teersalbe hängengeblieben war.

»Stellen Sie sich auf ein Leben als funktional Einäugige ein«, sagte er und strich ihre Haare weg, nicht als Geste des Trostes, vielmehr wie eine Gardine, die im Weg hängt.

Sein Schnurrbart ist wirklich unter aller Sau, dachte

Mel. »Tja, das Leben ist nun mal kein Wiener Walzer, Dottore«, sagte sie und lachte, laut und falsch und bitter. So schön das R auch gerollt war – der salbungsvolle Unterton ging ihr auf die Nerven. Sie stöhnte beim Empfangen der Spritze theatralisch: »Gott! O Gott! Ohhh mein Gott!«

Sanchez räusperte sich. Nach der Injektion träufelte er das geschundene Auge dreifach, bevor er abschließend mit dem Glasspatel irgendeine schleimige Salbe auftrug.

Mel biss sich auf die Lippe. Die Salbe brannte sich wie Lava in den Kopf. Als würde das Auge innen von einem Specht angepickt: Augenfraß. Sie wollte wüten und toben und um sich schlagen. Dann aber kroch der Rausch in ihr hoch, und tausend kleine Nadeln pikten.

»Ähm ... Ihre Lippe blutet ja«, sagte Sanchez erschrocken.

»Ähm ... Sie haben ja einen Bart«, giftete Mel. Und war sehr allein und viel zu tapfer für ihr Alter.

Forster Qualitätsarbeit

Forst (ADN). Der Titel »Betrieb der ausgezeichneten Qualitätsarbeit« ist am Mittwoch dem VEB Forster Web- und Strickwaren verliehen worden. Der zum Kombinat Deko Plauen gehörende Betrieb liefert unter anderem dekorative Tischdecken und -läufer, Übergardinen, handgeknüpfte Teppiche, Mantelstoffe, Obertrikotagen und Seilerwaren. Die jährliche Erneuerungsrate der Erzeugnisse liegt bei über 40 Prozent.

Leipziger Volkszeitung

Tagebuch

Masserberg, 27. April 1984

Martin hat mir schon wieder solche Gaga-Meldungen in den Brief gesteckt. Neues aus der Planwirtschaft. Er schreibt, ich soll sie aufheben. Er will sie vertonen und daraus »die größte sozialistische Oper seit der ›Verurteilung des Lukullus‹« machen. Das wird mein Durchbruch, schreibt er. Ich werde eines Tages eine berühmte Schauspielerin sein, schreibt er. Man sollte das Zeugs wirklich aufheben, für spätere Generationen. Das glaubt doch kein Mensch, was die uns hier auftischen.

Aus einem mülltonnengroßen Kochtopf wurde eines der Masserberger Standardgerichte ausgegeben: Senf-Eier. Senf-Eier waren blau gekochte, in einer beißenden sämigen Soße schwimmende Eier. Sie wurden mit Salzkartoffeln serviert, die so matschig waren, dass sie auch auf dem Teller die Form der eckigen Kelle behielten. Das Ei auf Mels Teller schien hingegen aus Hartgummi. Es ließ sich von der Gabel nicht packen, sprang immer wieder weg und hüpfte über den Tellerrand.

»Was für ein Fraß«, murmelte Mel und starrte auf die kellenförmige Sättigungsbeilage. Es war in Masserberg üblich, auf das Essen zu schimpfen, selbst wenn man es heißhungrig in sich hineinschaufelte. Aber *das* war wirklich ungenießbar.

Mel sah Queen Mums Rücken in der geblümten Schürze, wenn sie am Herd stand und ihre Lieblingsspeise zubereitete: saure Eier. Saure Eier verhielten sich zu Senf-Eiern wie Marlboro zu Juwel 72. Zuerst wurde Mehl in der Pfanne gebräunt. Dann musste die Pfanne vom Feuer genommen und die Mehlschwitze mit kaltem Wasser aufgequollen werden. Wenn die Soße fertig abgeschmeckt war, wurden Eier hineingeschlagen. Doch das Geheimnis der süßsauren fremdartigen Soße war die Würze. Mel konnte sich nur noch an Lorbeerblätter erinnern. Aber was sonst. Speck? Essig? Zucker? Queen Mum hatte das Rezept mit ins Grab genommen.

In diesem Moment nahm das Hartgummi-Ei Anlauf, um vom Tisch zu rollen. Mel packte es mit zwei Fingern, ließ es auf den Teller plumpsen, schob ihn angewidert weg und schmierte sich stattdessen zwei Filinchen mit Rahmbutter.

»Isst du das noch?«, fragte Molly gierig, weil sie eine Schilddrüsenüberfunktion und immer Hunger hatte.

Auch die anderen Kurgäste waren ganz ins Eierfangen vertieft und schwiegen. Der Speisesaal hallte wider von vielstimmig klapperndem Aluminiumbesteck. Dieses Geräusch würde Mel niemals wieder loslassen. Geräusche würden auch bleiben, Geräusche und Gerüche.

Blind geboren zu werden war eine Sache, aber blind zu werden – das musste sein wie lebendig begraben. Aller Farben beraubt, aller Orientierung. Wissen, wie die Sonne aussieht – und durch die ewige Nacht gehen zu müssen. Aber vielleicht sah man gar nicht schwarz, wenn man blind war? Ein Sehender erkennt Farben sogar mit geschlossenen Augen. Sonnenlicht ist rot durch die Lider hindurch. Und ein Blinder? Vielleicht sah er weiß oder rot oder grün? Und wie lange würde man sich erinnern können an das Blau des Himmels, das Gelb des Korns, das Grün der Wiesen? Würden nur unwichtige, unangenehme Dinge in Erinnerung bleiben wie das Gesicht des Marxisten-Leninisten?

An Tisch drei saß diese aufrechte Frau mit dem weißen Blindenstock und der Rosa-Luxemburg-Frisur, 55 vielleicht, höchstens. Rosa Luxemburg war vollständig blind bis auf einen pfenniggroßen Ausschnitt, einen Sehwinkel von fünf Grad, sagte man. Sie hatte eine unheilbare Erbkrankheit, Retinitis pigmentosa. Ein progressiver Gesichtsfeldausfall. Eine Blindheit, die nicht von heute auf morgen das Licht löschte, sondern langsam eingrenzte, als würde jemand zwischen ihr und der Welt einen Sack zuschnüren. Ein Himmel, der täglich kleiner wurde. Der Schlüsselloch-Effekt. Ein Dasein fristen als Voyeur. Der Verlust des Horizonts. Die Welt aus den Augen verlieren, täglich mehr. Ein Puzzlebild, von dem jeden Tag ein Teil gestohlen wird, alle, bis auf eins, und irgendwann auch das.

Was für ein armes Schwein, dachte Mel. Molly rülpste leise und schob zufrieden Mels Teller weg. Man müsste verfügen, dass jeder Mensch einmal täglich den Horizont sieht, dachte Mel, sah aus dem Fenster, als könne sie für schlechte Zeiten einen Vorrat an Horizont anlegen, und stürzte eine große Tasse frische Buttermilch.

Tagebuch

Masserberg, 28. April 1984

Ludwigs Heulerei am Zug. Er sagt, er will mich retten. Gelaber. Kein Nichtschwimmer kann einen Nichtschwimmer retten. Mittags Senf-Eier verschmäht, nur Filinchen, Buttermilch und Johannisbeersüßmost. Dann Visite in Haus IV. Ein Knall. Ein etwa hundertjähriges Glaukom kollabiert. Wiederbelebungsversuche stören meinen Gedankenfluss. Der Grüne (Sanchez, SED, kein Ehering) entwickelt hektische Betriebsamkeit. Hastet den Gang entlang. Kommt nach Minuten zurück mit einem Bett auf Rädern. Meine grünen Seidenstrümpfe baumeln am Fußende. Bin empört! Hej, das ist MEIN Bett!, brülle ich. Er sieht mich fassungslos an. Sagt mit sehr viel Pathos: Hier stirbt ein MENSCH!

Eines Morgens, kurz nachdem Säge entlassen worden war, tat die Reizluft ihr Teil. Mels Auge wuchs und wuchs und schwoll auf Tennisballgröße an. Der Bulbus fühlte sich eisenhart an, das Lid ließ sich nicht mehr schließen. Würde der Kopf platzen? Und, wenn ja, was würde sich daraus ergießen? Ihr innerstes Selbst? Und dann kein Schmerz mehr, nie mehr Schmerz? Als sie aufstehen wollte, war ihr schwindlig. Sie musste sich an der Lehne festkrallen und warten, bis das Blut wieder auftaute. Ein Zug fuhr vorbei, eine Dampflok, fauchend, mitten durchs Zimmer, aber es war keine Dampflok, sondern das Blut, das jetzt fauchte, blubberte, gluckste in ihren Ohren. Sie fühlte sich wie ein Fisch an Land. Nicht mal Lust zum Knutschen mit Bob. »Platz doch, blödes Auge«, fluchte sie.

Die Untersuchung ergab einen Augendruck von 43, das mehr als Dreifache des normalen Werts. Das Sichtfeld war eingeschränkt. Mel sah wie mit Scheuklappen. Eine Panik ergriff sie. War es so weit? Ereilte sie dasselbe Schicksal wie Frau Luxemburg?

Sanchez wurde seiner Begeisterung kaum Herr: »Verlauf ist bilderbuchmäßig«, schwärmte er und stierte fasziniert durchs Spaltlicht. In Stunden der Not erwies er sich als Poet: »Kornea sieht aus wie Sternenhimmel!« Bei »Korrrrnea« rollte er ganz besonders mit dem R.

»Freut mich, dass es Ihnen gefällt, HERR Sanchez«, sagte Mel, seinen Doktortitel missachtend, denn sie war ihm ebenbürtig, vermutlich sogar überlegen.

Sanchez zeigte auf ihren kurzen Rock, sagte warnend: »Das ist ein Krankhaus hier«, und verordnete drucksenkende Tabletten, dazu Vitamin E in hohen Dosen.

»Krankhaus«, wiederholte Mel verächtlich und spürte Ohnmacht und Hass, Hass auf Sanchez, alle Ärzte, alle Krankhäuser dieser Welt. Gegen die Nebenwirkung der drucksenkenden Tabletten musste sie andere Tabletten schlucken, die ihr sofort auf den Magen schlugen.

»Gein Wundor! Se hom wohl wiedor mit Nitrolack hantiort?«, fragte am Abend der herbeigerufene Marxist-Leninist, während sie kotzte, und stellte so nach Demagogenart einen Zusammenhang her, den es nicht gab. Sie war elend. Fühlte sich schuldig.

Emma K. schnitt auf: »Dreiundvierzig?«, rief sie schrill. »Det ist doch noch jarnüscht! Ick hatte schomma fünfundsechzig!«

Tagebuch

Masserberg, 8. Mai 1984 (krakelig, schief)
Die Ärzte sind teilnahmslos und unerbittlich. Der Schmerz peitscht die Tage. Ich habe noch kein Leben gehabt. Vermutlich werde ich auch nie eins haben. Ich muss immer diese Medikamente schlucken. Und alles tut weh. Sanchez will, dass ich die gesammelten Faustan rausrücke. Er sagt, er weiß genau, was ich durchmache. Die Wahrheit ist: Kein Mensch weiß, was ein anderer Mensch durchmacht.

Verlängerte Liegekur. Den ganzen langen Vormittag, den ganzen langen Nachmittag, und 19.00 Uhr Licht aus. Tagebuch schreiben war nicht ganz unmöglich, aber unlesbar geworden. Mel sah so schlecht, dass sie die Wörter und Zeilen übereinander schrieb. Sie hatte ihr zerfleddertes dickes Heft sorgfältig versteckt, in einer Buntstift-Pappschachtel, die mit Heftpflastern an der Oberseite ihrer Nachttischschublade befestigt war.

Zum Ruhigstellen der Pupille musste Mel nun Tag und Nacht eine Lochbrille tragen. Sie lebte tagelang in der Horizontalen. Sie litt unter dem Brummgeräusch der Neonröhren, die tagsüber nicht auszuschalten waren. Tagelang lag sie, hörte dem Brummen zu und war gezwungen, immer starr auf einen bestimmten Punkt an der Wand zu sehen. Dort hing der Druck einer ägyptischen Höhlenmalerei, auf dem es anfangs viel zu entdecken gab. Drei Frauen im Profil mit jeweils einem riesigen Auge wandten sich einer vierten Frau zu, diese auch im Profil, auch mit einem riesigen Auge. Alle vier waren relativ spärlich bekleidet. Was sie genau taten, außer zu starren, war nicht zu erkennen. Nach und nach begann dieses Bild Mel zu belästigen. Egal wann – die Glotzaugen starrten sie immer an. Die Glotzaugen starrten in sie hinein. Mel stellte sich schlafend unter der Lochbrille. Aber die Glotzaugen starrten durch ihre Lider hindurch. Entweder die Tapete geht oder ich, hat der sterbende Oscar Wilde angeblich gesagt. Entweder das Bild geht oder ich, murmelte Mel beschwörend und wartete auf die Nacht.

Aber auch die Nächte waren unerträglich. Säges Schnarchen fehlte und hinterließ eine ohrenbetäubende Stille. Oder eine Mücke stach sich genüsslich an Mels Waden hoch. Queen Mum hatte früher Wespenstachel aus Mel herausgesaugt und Zwiebelscheiben auf die Wunde gelegt, hatte mit dem Nagel ihres breiten gütigen Daumens Kreuze in frische Mückenstiche gedrückt, dass sie nicht mehr juckten –

Manchmal rannte Einauge aufs Klo und traf nicht.

Oder irgendeiner schlurfte rastlos den Gang entlang. Latsch-latsch-latsch. Immer vor dem Zimmer auf und ab. Stundenlang. Mal sich nähernd, lauter werdend. Der Lichtstrahl, der durchs Schlüsselloch fiel, wurde kurz gebrochen. Dann entfernte es sich wieder. Im Halbschlaf wurde es gnadenlos, dieses Schlurfen, das Nachziehen der Füße. Bedrohlich, gruselig. Galt es ihr? War das der Tod? Würde sich plötzlich die Tür öffnen und er stünde da, zahnlos grinsend, um sie zu holen?

Kam der Schlaf im Morgengrauen, dann kamen auch die Alpträume: Der Henker stand vor ihr. Er trug einen weißen Kittel. Seine Nasenhaare krochen wie Würmer aus ihm. Sie legten sich wie Tentakel um Mels Hals. Ihre Spitzen bohrten sich in ihre Haut. Sie konnte nicht weg, war an einen Stuhl gefesselt. Es war ein elektrischer Stuhl. Ein Schrei steckte quer in ihrem Hals. Der Henker zählte runter. Der Stromstoß durchzuckte Mel. Das Blut pulverisierte in ihren Adern. Ihre Augäpfel kippten aus den Höhlen. Sie zerschellten auf dem Steinboden.

Nachts der Henker, tagsüber die Weiße Wolke. Man raunte, tuschelte, schüttelte die Köpfe, zeigte sich gegenseitig Befunde, warf mit Vermutungen um sich. Herpes simplex? Zoster-Iritis? Man trug die Fachdebatte vor Mels Bett, über Mels Kopf hinweg und auf Mels Rücken aus: »… Virale Genese … Morbus cluster. Was sagen Sie, Gollegin Sommer?«, fragt der Marxist-Leninist, »Sie ham doch Summagum Laude!« Die Angesprochene klimperte mit den Augenlidern, senkte den Kopf, so dass sich ihr gescheiteltes Haar wie ein Vorhang über dem Gesicht schloss und gleich wieder öffnete. Dann verwies sie, beim Sprechen ihren Reißzahn verbergend, auf Heterochronie, da die kranke Iris anders gefärbt war als die gesunde, und tippte auf eine verschleppte Tuberkulose. Der Marxist-Leninist hingegen plädierte (»Isch blädiore ...«) für eine Vorderkammer-Augenpunktion. Sanchez schlug vor, Professor Heinrich zu konsultieren. Man konnte sich nicht einigen. Und der frische Augenverband wollte nicht halten. »Ihr Pudor, Frolln Taubor«, grollte der Marxist-Leninist. »Sie sollten Ihre Augenbartie nischt gosmetisch belasten, damit geine exogenen Allergene weiterarbeiten und schaden gönnen!«

Exogene Allergene hin und her. Mel schminkte sich natürlich weiter. Mehr als sonst. Als Haarpomade diente »Florena Rasiercreme« mit Kamille. Die Nägel lackierte sie diesmal schwarz – mit einer Mischung aus Nitrolack und Lederfarbe.

Ihr Zustand verschlimmerte sich täglich. Würde sich ihr Kopf wieder entzünden? War es die Anstalt, die sie krank machte? Das Land, in dem sie gefangen war? Oder-Neiße-Friedensgrenze. Eine Hand wäscht die andere. Antifaschistischer Schutzwall. Meine Hand für mein Produkt. Zum Reinbumsen!

Sie nahm das ägyptische Glotzaugen-Bild mit einer wütenden Bewegung, die sie einen Fingernagel kostete, von der Wand und warf es aus dem Fenster. Sie zündete eine Kerze an, hielt eine Nadel in die Flamme, bis sie sich rötete, und stach sie sich in den Handballen, um einen Gegenschmerz zu erzeugen. Sie klebte recht und schlecht den Nagel wieder an und las mithilfe einer fetten Lupe mühsam wieder und wieder die Stelle in Martins Brief. Ins Wasser springen, weil man hofft, dass dort ein Boot sei. Der Sprung Therapie, das Boot Heilung, das Wasser DDR? Oder der Sprung Selbstmord, das Wasser Tod, das Boot Hoffnung? Mel fand es einerseits erregend, kluge Gedanken zu lesen, die sie nicht verstand. Andererseits war sie überzeugt, dass sie gesund werden würde, wenn sie imstande wäre, Martins Rätsel zu lösen. Aber sie war außerstande. Nicht klug genug für Martins tröstende Sophismen. Zu Masserberg verurteilt wegen Blödheit.

Tagebuch

Masserberg, 10. Mai 1984

Es wird besser. Durfte gestern bis 20 Uhr in den Aufenthaltsraum. Ich kann mich nicht richtig orientieren. Ich schwimme, treibe, taumle, verschmelze mit all den Umrissen. Soll das jetzt so bleiben? Tappen, stolpern, ohne Eleganz sich bewegen.

Da steht ein verstimmtes Klavier, im Aufenthaltsraum. Kann noch »Ballade pour Adeline« und kriegte dafür Hanuta von einer bewegten Oma. Aus dem Westen. Das Hanuta, die Oma ist aus Berlin-Lichtenberg.

Jetzt kann ich bald wieder proben, den Tucholsky. Lottchen beichtet 1 Geliebten.

Die Frau trug ein Kostüm und einen Hut mit Schleier. Die Beine hielt sie so übereinandergeschlagen, dass sich die Strahlen der Morgensonne in den glänzenden Strümpfen brachen. Sie saß auf einer Bank, und die Bank stand mitten auf der Bühne. Sie drehte den Kopf zur Seite, als spräche sie mit jemandem, der neben ihr sitzt, aber es saß niemand neben ihr. Ihre Stimme war schrill. Sie berlinerte auf das abscheulichste:

Ick ihm meinen Hausschlüssel? Bist wohl …! Ick hab ihm meinen Hausschlüssel doch nich jejeben! Ick werde doch 'nem fremden Mann meinen Hausschlüssel nich jeben …! Da bring ick ihn lieber runter! Daddy, ick hab ja für den Mann jar nüscht empfunden – und er für mich och nicht – das weißt du doch. Weil er eben solch einen harten Mund hatte ... und janz schmale Lippen. Weil er früher Seemann war ...

Eine Schauspielerin. Eine miserable Schauspielerin. Hölzern und unbegabt. Eine Schauspielerin ohne Publikum. Mutterseelenallein auf der Bühne, am Arsch der Welt in diesem gottverdammten Kaff. Ihr Text klang auswendig gelernt und aufgesagt, aber ihre Haltung war sehr aufrecht, sehr stolz.

... Der Mann ist zur See jefahren – auf einem riesigen Schiff, ick hab den Namen vajessen, und er kann alle Kommandos, und er hat einen harten Mund. Janz schmale Lippen. Mensch, der erzählt ja nicht. Küsst aba jut!

Diese Haltung! Sie kam ihm bekannt vor. Und unter ihrem Spitzenschleier ... War das nicht eine Augenkompresse? Sanchez fühlte sich plötzlich wie ein Spanner. Er schlich fort. Die Patientin sollte sich unbeobachtet fühlen.

Zwei Stunden später traf er sie wieder, direkt vor dem Spritzenzimmer.

»Hallo, Dottore! Lange nicht gesehen ...«, rief Melanie Tauber gut gelaunt, »... und doch wiedererkannt!«

Sanchez verlangsamte seinen Schlenkerschritt: »Fräulein Tauber! Ähm! Aah-ja! Sie sehen ja aus wie das blühende ... ähm ...«

»... Leben! Jaja, es geht wieder mal bergauf! Muss Schwung holen für die nächste Talfahrt. Metaphern sind wohl nicht Ihre Stärke?«

»Bitte? Doch ... nein ... na ja ... also ... ich ...«

Da war es schon wieder, dieses eine Spur zu laute Lachen. Dass sie ihm auch immer so über den Mund fahren musste, diese Person, diese vorlaute, mit den ungekämmten dunklen Haaren und dem Schlafzimmerblick! Dass sie so schamlos auf den tastenden Worten eines Fremden herumtanzte! Der verwischte Lippenstift. Anfassen. Wegmachen. Ackermann. Etwas fiel aus dem Block, den sie unter dem Arm trug, ein Blatt. Eine Zeichnung. Zwei Frauensilhouetten, die vom Schoß an abwärts ineinanderflossen, die Hände und Münder in sapphische Aktivitäten vertieft.

»Geben Sie sich keine Mühe, die ist lesbisch«, hatte die Sommer zu einem Pfleger gesagt, als Sanchez in Hörweite stand. Wie zum Beweis zeigte sie auf Mels Geschenk, die Brotplastik zweier obszön verschlungener Frauen, die mittlerweile auf dem Kühlschrank des Ärzteaufenthaltsraums zerkrümelte.

Gerüchte sind die Rauchfahne der Wahrheit, hieß es zu Hause in Santiago. Sanchez lächelte verkrampft, gab Mel das Blatt zurück, zog das Lauftempo wieder etwas an und sagte, zu seinem eigenen Erstaunen flüssig: »Kommen Sie bitte in einer halben Stunde ins Sprechzimmer!«

Masserberg der Olymp, Sanchez Zeus. Dieser Mann verfügte über den Charme eines Eisblocks. Krankhaus. Gesundmann. Seine Kühle machte Mel wütend. Wer war er, dass er sie so herumkommandieren durfte! Schimmelgrüner Stockfisch, der! Sie beschloss, ihn zu versetzen. Stattdessen zog sie es vor, den Praktikanten zu verunsichern, der in der Küche das Abendessen vorbereitete.

»Soll ich dir helfen«, fragte sie und zwinkerte ihm mit dem stark geschminkten gesunden Auge zu.

Er wich zurück. Immer, wenn er Mel sah, wich er zurück, als fürchte er um sein Seelenheil, als hätte er einen Geist gesehen, als sei Mel leprakrank. Er schüttelte den Kopf: »Ich komm schon zurecht! Wenn du helfen willst, hilf nebenan, in Haus V.«

Zornig lief Mel in ihr Zimmer zurück und knallte die Tür. Als ob es darum ginge! Niemand da, alle Omas im Café des benachbarten FDGB-Heims »Otto Grotewohl« zum Balzen mit dem Kastanienmann. Sie drehte ihr altersschwaches Transistorradio an. Sie zog sich um, wischte die Teersalbe ab, rupfte den Verband vom Auge und starrte wehmütig in den Spiegel. Wirklich zum Reinbumsen! Das Kortison hatte ihre Gesichtshaut zerstört. Die stinkende braune Teersalbe half kaum gegen die juckenden Pusteln und Bläschen. Aber man konnte sich wenigstens gut dahinter verstecken, sich und seinen Drosselbart-Komplex. Stigmatisiert, traumatisiert, ramponiert. »99,88 Prozent der Bürger stimmten für die Kandidaten der Nationalen Front«, sagte Radio DDR. »Schnauze!«, schrie Mel. Andere Sender waren nicht zu empfangen. Das dritte Ohrloch, das sie sich vor ihrer Krankheit hatte stechen lassen, in jener übermütigen beschwipsten Silvesternacht, war geschwollen und entzündet. »Abszess am Lobulus der linken Ohrmuschel«, stand in ihrer Akte. Ein eingerissenes Nagelhäutchen am Finger entzündete sich fast bis zur Blutvergiftung. Alles rebellierte. »Wenn eehna zu übamütig is, denn wirta von Jott jestraft«, sagte Emma K. manchmal, ihre atheistische Weltanschauung vernachlässigend, und Mel überlegte angestrengt, wofür Jott sie wohl so bestrafen konnte. Dafür, dass sie nicht an ihn glaubte? Dafür, dass sie mit ihren siebzehn Jahren auf eine stattliche Galerie gebrochener Herzen zurückblicken konnte? Für ihren Hochmut? Dafür, dass sie tat, als sei sie schön?

»Es kommt, wie's kommen muss«, sagte Einauge

gern, und Mel war immer um die bestmögliche Auslegung dieser Binse bemüht. Nach ihrer Interpretation machte sie dieser Spruch nicht passiv, sie nahm ihn vielmehr als Rechtfertigung für alles, was sie tat. Ob sie den Männern die Köpfe verdrehte oder den Frauen, ob sie Menschen, die sie liebten, vor den Kopf stieß, ob sie sich den eigenen einrannte – es kam immer, wie's kommen musste. Sie meisterte ihr Leben wie andere auch – nur dass die Amplitude stärker ausschlug. An manchen Tagen sah Mel ihre Krankheit als Herausforderung. Sie musste ihrem Ruf als gute Voluntaristin Ehre machen. An anderen Tagen dachte sie: gesund werden wollen – auch so ein Aberglaube.

Oder Mollys Standardspruch: »Du hast doch das ganze Leben noch vor dir.« Mel lachte bitter. Ja! Sie hatte das ganze Leben noch vor sich, und jeder Tag konnte der letzte sein. Die Kerze brannte an beiden Enden. Und das war verdammt heiß.

Anamnese eines Höllentrips. Das nicht diagnostizierte Pfeiffersche Drüsenfieber, die Kopfschmerzen, als stieße ihr jemand Messer in die Ohren. Queen Mums Blick, als die sie eines Morgens wimmernd, mit durchgedrücktem Hohlkreuz, im Bett fand. Wie ein Schlangenmensch lag Mel da, wie ein Kleiderbügel, nur auf Hinterkopf und Fußballen. Die verwirrte Dorfärztin mit der noch verwirrteren Rheumadiagnose. Der Krankenwagen mit Blaulicht und Tatütata. Die tuschelnden Ärzte, die ihr das Hemd über den Kopf zogen und ihr eine fette Kanüle ins Rückgrat spießten, um Hirnwasser zu entnehmen. Ihre Schreie, die sich mit Queen Mums Schluchzen im Flur vermischten. Der Tropf, die Infektionsstation, Queen Mums Wehklagen, sie wolle nicht am Grab der Enkelin stehen. Was tust du mir bloß an!

Das Koma, aus dem sie eine Woche später als eine andere erwachte. Die zwei Möglichkeiten einer serösen Gehirnentzündung: Wahnsinn oder Tod. Da Mel überlebte, musste sie also wahnsinnig geworden sein. Gestorben war Queen Mum, nicht sie.

Was Sanchez wohl wollte? Sie mit dem Krankenwagen, der hier liebevoll San-kra genannt wurde, in die Augenklinik nach Jena schicken, oder nach Berlin in die Charité? Wollte er eine neue düstere Diagnose stellen? Oder hatte sie schon wieder was ausgefressen? Sie verzichtete auf die Teersalbe, schminkte sich stärker als sonst. Make-up und Puder dick auf den Drosselbart. Pampe kompakt.

Als sie in Sanchez' Büro kam, lief er an ihr vorbei, schloss die Tür und sah sie indifferent und dunkel an. Er schwieg, starrte nur und schwieg. Mel überlegte, wie schlimm die Diagnose denn noch sein konnte, dass er so schwieg und starrte und sich nicht zu reden traute. Und sie überlegte, ob sie ihm jetzt Mut zusprechen sollte, ihn auffordern sollte, das Messer recht schnell und tief in sie hineinzustoßen. Dann entspann sich folgender Dialog:

Sanchez: »Ähm … Sie haben da was im Gesicht, Fraulein Tauber.«

Mel: »Ich bin geschminkt.«

Hierauf entstand eine atemberaubend lange Pause. Bis eine seiner feingliedrigen Hände hastig an seinem weißen Kittel hinunterfuhr, zwischen dessen Schöße kroch, als sei ihm eine Biene in den Schritt geflogen. Mel hörte ein Geräusch, das sie schon überaus häufig gehört hatte. Das Surren des Reißverschlusses eines Männer-Hosenstalls. Was das sollte, blieb noch zu deuten. Die Zeit stand still, sogar der Augenschmerz stand still, als Sanchez sein erigiertes Glied aus der Hochwasserhose holte. Mel hatte früh gelernt, ihre Gefühle zu verbergen. Sie betrachtete das ihr Dargebotene scheinbar neugierig, ihr Gesicht näherte sich in unbestimmter Absicht bis auf wenige Zentimeter dem Geschlechtsteil, das den verwirrten Mediziner hinter sich herzuziehen schien. Schließlich packte er, halb widerstrebend, wie einer, der aus Angst vor der eigenen Courage die Flucht nach vorn antritt, ihr Haar.

»Ist das eine kubanische Therapie – Blas dich gesund?«, sagte sie und blinzelte ihn einäugig aus der Untersicht an.

Er hatte den Gesichtsausdruck eines Mannes, der erst nach Stunden auf einer Gala merkt, dass ihm Klopapier am Schuh klebt.

Mel begann, sein pulsierendes grünes Glied, einen Dreikant, der sich stark und sehnig anfühlte, wieder in die Hose zurückzustopfen. Sie lachte, weil es störrisch war. Sie packte es, und ihre Finger schlossen sich knapp darum. Für den Bruchteil einer Sekunde fand ein Wärmeaustausch statt. Energie floss. Wie Schlangenhaut, dachte Mel. Warm und trocken! Da endlich ging der Reißverschluss wieder zu. Sie klopfte eine Spur zu begütigend auf das Paket. »Holen Sie sich einfach einen runter, Genosse!«

What shall we do? Seine Erektion fiel zusammen wie ein misslungener Kuchen. Er stand noch lange wie versteinert und wollte, er wäre tot. Was war geschehen? Was um Teufels willen hatte ihn veranlasst, das zu tun? Er war ein gewissenhafter Arzt, ein so gut wie unbescholtener Lebensgefährte, ein immerhin seit Jahren treuer Partner. Er hatte in den letzten Jahren ein perfektes Leben gelebt, durch und durch perfekt, beruflich und privat. Sie war eine Patientin, minderjährig, hilfsbedürftig, todkrank. Wer hatte seine Hand geführt in den letzten fünf Minuten? Wer hatte die Ratio k.o. geschlagen, den Trieb triumphieren lassen? Sanchez schämte sich, wie er sich seit damals nicht geschämt hatte. Hatte der kubanische Machismo in ihm wieder sein hässliches Haupt erhoben? Hatte er einst zu Recht unter Anklage gestanden? War sein Ansatz gewesen: Das wollen wir erst noch mal sehen, ob du lesbisch bist? Wollte er einfach nur ihren großen verwischten Ackermann-Mund um sein Geschlecht gespannt wissen? Ihre widerspenstigen Haare seine Lenden kitzeln lassen? Die Nägel sich in seine angespannten Backen krallen fühlen?

In seinem Kopf dröhnte der hippokratische Eid: »... zum Nutzen der Kranken, frei von jedem absichtlichen Unrecht, von sonstigem verderblichen Tun und von sexuellen Handlungen an weiblichen und männlichen Personen ...« Er hatte Derartiges nicht im Traum vorgehabt. Ein ganz normales Arzt-Patienten-Gespräch sollte das werden. Dauer des Aufenthalts, Festlegen des neuen Therapieplans, Zwischenbefunde. Aber plötzlich hallte ihr spielerisches Stöhnen damals beim Empfang der Augenspritze nach. O mein Gott! Plötzlich leuchtete das Weiße unter ihrem Auge, er sah ihre Stirn, die gesenkt war, als setze sie zum Sprung an. Sie lockte. Sie war bereit. Eindeutige Situation. Worauf wartest du noch? Zwischen uns ist doch alles klar! Hol ihn raus!

Gar nichts war klar! Er hatte in ihrem Auge gelesen, aber er hatte sich verlesen. Nicht: Hol ihn raus!, sondern: Holen Sie sich einen runter. Was für ein zynischer Rat! Was für eine hochnotpeinliche Abfuhr. Auf welch widerliche Anmache! Er ekelte sich vor sich selbst. Er würde dieses Zimmer nicht mehr verlassen können. Ihr nie wieder unter die Augen treten können. Alle Autorität hat er verloren. Ihr Lachen. Die Art, wie sie ihn Genosse nannte. Sie verachtete Menschen wie ihn, der Karriere wegen in der Partei und nach Gusto die Schwänze herausholend. Unzucht mit Abhängigen. Sittenwidriges Verhalten gegenüber Minderjährigen. Sie stand nicht auf angepasste Arschlöcher wie ihn. Kubanische Therapie! Sollte er den Vorfall in seinem nächsten Bericht erwähnen? Musste er zurück nach Santiago?

Der himbeerrote Lippenstift! Wie süß er schmecken musste! Süß und ein kleines bisschen klebrig. Das Weiße unter der Iris. Der Gang. Die Haltung. Worte! Hätte er sich ihrer nur im Vorfeld mit Worten versichern können! Wenn er doch schlagfertig wäre! Wenn er nur besser aussähe!

Abends in der Küche hob er schweigend Tinkas Rock in die Höhe, zog ihre geräumige Unterhose bis zum Knie und nahm sie am Spülbecken. Coitus a tergo. Man fand nicht leicht den Weg in sie. Er war zugewuchert, verwildert, ein Trampelpfad, den keiner mehr ging. Heute musste er ihn sich bahnen. Heute war er der Urwaldkämpfer mit der Machete. Sie ließ es geschehen, während ihre Hände in der Seifenlauge aufweichten. Sie war überrumpelt von einer Derbheit, die sie mit Geilheit verwechselte, welche sie wiederum längst verloren glaubte. So stumm und heftig hatte er sie zum letzten Mal vor dreizehn Jahren geliebt, an dem Tag, als die Anklage niedergeschlagen worden war. Der Wasserhahn grub sich tief zwischen ihre Brüste. Bei einer starken Erschütterung zog sie aus Versehen den Stöpsel. Es gurgelte, aber das Wasser blieb stehen. Den Abfluss sollte ich mir mal ansehen, dachte Sanchez. Dann kam er.

Tagebuch

Masserberg, 12. Mai 1984

Anstalt, Straflager, Sicherheitstrakt. Ein Leben außerhalb dieser Gefängnismauern – undenkbar. Geiler Wärter wendet Zuchthausmethoden an. Krepiere langsam, Aussicht auf sechs Wochen. Der zweite Rückfall innerhalb eines Monats. Einen Schritt vor, zwei zurück, Scheißspiel!

Und jetzt kommt auch noch Tom. Was soll ich denn mit Tom?

Tom bestand nur aus Knochen, Sehnen und spitzen Winkeln. Alles an ihm war groß: Hände, Füße, Nase, er. Am größten aber war sein Herz. Es gab keine Gemeinheit, die ihm Mel nicht schon zugefügt hatte. Seiner Liebe hatte das keinen Abbruch getan. Vielleicht hatte es ein wenig an seinen Schultern, seinen Mundwinkeln, seinen Lidern gezogen, doch seine Liebe zu Mel war ungebrochen. Er stand leicht gebückt, damit sein Kopf nicht anstieße, in der Zimmertür und sah traurig aus, weil er Mel so sehen musste: siech unter Siechen, krank in einer Welt, in der es offenbar zum guten Ton gehörte, krank zu sein. Zum letzten Mal hatte er so traurig ausgesehen, als sie ihn ausgelacht hatte, eines Liebesbriefes wegen, dessen zentraler Satz alles bündelte, was ihn jemals beschäftigt hatte: »Ich bin hässlich, ich hab Schuppen, ich hab Pickel, und ich liebe dich.«

Mel machte sich steif in seiner Umarmung, als sie sich daran erinnerte.

»Schmal bist du geworden«, sagte Tom.

»Kuck dich doch mal an«, gab Mel patzig zurück und fuhr fort, sich die Fußnägel mit einer meerblauen

Flüssigkeit zu bepinseln, die in den Augen biss. Emma K. hüstelte demonstrativ.

Mel sah zu schlecht, um den Fußnagel zu treffen. Der blaue Lack troff zu Boden, ihre Zornestränen daneben. Sie knirschte mit den Zähnen, weil sie sich nicht mehr allein helfen konnte.

»Warte«, sagte Tom, kniete vor sie hin und nahm ihr mit sanfter Gewalt den kleinen Pinsel aus der Hand, zitternd vor Aufregung, weil er erst ihre Hilflosigkeit ausnutzen musste, um sie berühren zu dürfen. Vielleicht würde Mel ihn ja lieben, wenn er ihr die Zehennägel lackierte. Mel blieb ungnädig, ließ ihn aber gewähren.

Tom hatte Masserberg eine halbe Stunde nach seinem Telegramm erreicht. Er war zwei Stunden vom Bahnhof Katzhütte aus der späten Nachmittagssonne entgegengelaufen, fast gerannt, denn er hatte ja Geschenke dabei. Er wühlte in seinem Rucksack, und Mel sah schemenhaft sein Mondsichelprofil. Er entnahm dem Rucksack, während die Vorfreude seine Wangen färbte, eine Tafel Kinderschokolade, Gelee-Halbeier, gezuckert, vom VEB Halloren Halle, zwei Päckchen Marlboro, eine digitale Armbanduhr und ein weißes Chiffonkleid mit Spaghettiträgern und schwarzen Punkten.

»Wow! Westzigaretten!«, rief Mel. »Wo hastn den scharfen Fummel her?« Sie sah sich sofort in dem Kleid über eine Wiese laufen, in Zeitlupe, auf einen nicht identifizierbaren Mann zu.

»Aus der Kleiderspende«, sagte Tom, der stolz war, für Mel gestohlen zu haben, aus einem Westpäckchen für Bedürftige – und das auch noch in der Kirche seines Vaters, in der altehrwürdigen Gethsemane-Kirche, in der schon Billy Graham, die Legende, gepredigt hatte.

»Na also, wenn eine bedürftig ist, dann ja wohl ich«, sagte Mel, hielt sich das Kleid vor den Körper und schwenkte lasziv die Hüften hin und her.

»Zieh es an«, bat Tom, dem ein Appetit wuchs, aber Mel schüttelte nur den Kopf. Sie wollte das Kleid haben, unbedingt, aber nicht anziehen, nicht jetzt, nicht für Tom.

Nach dem Abendessen – Tom hatte währenddessen im »Wilden Mann« ein Würzfleisch mit Toast verdrückt – fühlte sich Mel abgespannt und willenlos. Sie ließ sich zu einem Spaziergang überreden, blieb aber wortkarg und lauschte in ihren Augenschmerz hinein. Als Tom ein kleines Feuer am Rand eines Feldes am Ortsausgang entzündete und seine Gitarre vorholte, so wie früher, hielt sie die neue Uhr in den Händen. Im Westen hatte sie sicher DM 9,99 gekostet, aber hier konnte man richtig Staat machen mit ihr. Schwarzes, starkes Plastik-Armband. Große digitale Ziffern und ein integrierter Taschenrechner mit vielen kleinen weißen Tasten. Ein Clou. Mel band die Uhr um ihr schmales Handgelenk, an dem sie schlackerte.

Sie dachte an jenes Kinderbuch, in dem die Füchsin das trockene Brot in den Widerschein des Lagerfeuers gehalten hatte, damit es aussähe, als sei Marmelade darauf. Tom sang einen Ostsong, aber das störte gar nicht. Mel spürte eine große Sehnsucht, aber sie wusste nicht, wonach. Sie fühlte sich verliebt, aber sie wusste nicht, in wen. Obwohl sie keine direkte physische Beziehung zu Tom hatte, legte sie ihren Kopf auf seine schmale knochige Schulter und schloss die Augen. Tom hielt ganz still und zitterte, weil er so still halten wollte. Irgendwie kamen Mel die Worte in den Mund. Sie fand das Lied in sich, hatte keine Ahnung, woher sie es kannte, denn eigentlich hasste sie Ostschlager. Aber beim Singen wurde ihre Kehle eng, und ihre Augen brannten, auch das gesunde.

Hast du einen Freund und er ist dir ein guter Freund,
zeig ihm deine Seele, gleich ob Mond, ob Sonne scheint,
zeig ihm deine Seele, gleich ob Mond, ob Sonne scheint.
Denn er schaut hinein grad wie auf einen großen Schatz
und schafft sich still im Herzen einen Platz
und schafft sich still im Herzen einen Platz.

Hast du einen Freund und er ist dir ein schlechter Freund,
halt zurück die Seele, ob sie lächelt, ob sie weint,
halt zurück die Seele, ob sie lächelt, ob sie weint.
Denn er schaut hinein wie in ein dummes Jahrmarkthaus,
und was er darin sieht, das schwatzt er aus,
und was er darin sieht, das schwatzt er aus.

Tagebuch

Masserberg, 11. Mai 1984

Ohrenverband weg! Armverband weg! Augenverband weg – stattdessen der neueste Schrei: ein Uhrglasverband. Das Matschauge hinter Glas, stoisch wie ein Tier nach der Vivisektion. »Sorgen Se für ausreischnd Tränenflüssischgeit«, sagt der Marxist-Leninist und grinst.

Man kann nicht hoch genug konsultieren. Nur Professor Heinrich kann mir noch helfen, heißt es. Warten auf ihn ist wie Warten auf Godot. Ob er aber über Oberammergau oder aber über Unterammergau oder aber überhaupt nicht kommt, ist nicht gewiss. Jott allein weiß, wie das endet, oder nicht mal der.

Mels eigentlich schmales Gesicht war nun aufgedunsen vom Kortison. Mondgesicht, dachte Mel. Mondgesicht, Drosselbart, Matschauge, dachte Mel. Zum Reinbumsen! Sie hielt sich das gesunde Auge zu. Nun sah sie durch das gewölbte Uhrglas wie durch eine behauchte Scheibe, die immer wieder beschlägt, sooft man auch wischt. Auf ein großes weißes Blatt hatte Mel mit Buntstiften olivgrüne Gebilde gezeichnet und räumlich schraffiert. Kakteen oder Gewürzgurken oder Schwänze – was änderte das schon.

Säges Bett wurde neu belegt. Eine Tussi mit goldenen Pumps. Ihr Mund war so gebaut, dass die Lippen es längst aufgegeben hatten, sich über den Zähnen zu schließen. Trinkt bestimmt Cocktails mit Schirmchen und Zuckerrand, dachte Mel. So eine wird nie wirklich krank. Schiel-OP wahrscheinlich oder Augenlifting, reines Eitelkeitsdelikt. Was will die denn in Masserberg?

»Wo bitte ist hier das Klosettchen?«, fragte lächelnd die Neue statt eines Grußes und hatte ihren Namen weg. Dann schob sie demonstrativ ein flottes Transistorgerät auf den Tisch und stellte »Radio DDR« ein.

Mels schlechte Laune wies ihr den Weg: »Da, wo die Fliegen sind!«

Draußen auf dem Flur traf Mel Einauge, die mit wehenden weißen Haaren aus dem Untersuchungsraum von Haus IV stürmte, als sei sie dem Philosophenbildnis von Luca Giordano entsprungen, das als Druck im Zeichensaal ihrer Schule hing. Hatte sie den Teufel gesehen?

»Flegel«, rief Einauge mit dünner, sich überschlagender Stimme und schüttelte so energisch den Kopf, dass man um ihre Halswirbel fürchten musste.

Im Türrahmen stand Sanchez, schweigend. Es war ihr erstes Zusammentreffen seit jenem Nachmittag.

»Na, Dottore, haben Sie der auch Ihren Schwanz gezeigt?«, zischte Mel scharf und eilte Einauge nach.

Sein Gesicht flutete vom Oliv ins Aubergine.

Wenig später klärte sich die Sache auf. Mel tröstete Einauge.

Einauge erzählte ihre Lebensgeschichte. Ihr rechtes Auge ging durch einen bösartigen Tumor verloren. Einauge zeigte über ihr Bett, wo zwischen zerschmetterten Mücken ein vergilbtes Papier hing, ein Bibeltext, der ihr die tödliche Krankheit erleichtern sollte: *Unterwegs sah Jesus einen Mann, der seit seiner Geburt blind war. Da fragten ihn seine Jünger: Rabbi, wer hat gesündigt? Er selbst? Oder haben seine Eltern gesündigt, so dass er blind geboren wurde? Jesus antwortete: Weder er noch seine Eltern haben gesündigt, sondern das Wirken Gottes soll an ihm offenbar werden. Wir müssen, solange es Tag ist, die Werke dessen vollbringen, der mich gesandt hat; es kommt die Nacht, in der niemand mehr etwas tun kann. Solange ich in der Welt bin, bin ich das Licht der Welt. Als er dies gesagt hatte, spuckte er auf die Erde; dann machte er mit dem Speichel einen Teig, strich ihn dem Blinden auf die Augen und sagte zu ihm: Geh und wasch dich in dem Teich! Der Mann ging fort und wusch sich. Und als er zurückkam, konnte er sehen.*

Obwohl Einauge fromm war, hatte sie weniger Glück. Der Tumor war zurückgekommen und drückte nun auf ihr linkes Auge. Zusätzlich war es am Glaukom erkrankt. Deswegen war sie hier, trotz der Chemotherapie und deren Nebenwirkungen. Als sie bei der Visite über starke Unterleibsschmerzen klagte, bat Sanchez sie in den Untersuchungsraum.

Zutiefst empört und sich bekreuzigend (»Grundguter Gott!«) erzählte Einauge, dass er sie zum Abschluss einer ausgiebigen Untersuchung bat, sich zu bücken, worauf er Anstalten machte, ihr den Finger »hintenrein« zu stecken. Sie hatte ihm kurzerhand »eine geschwalbt« und das Zimmer verlassen. So etwas Schmutziges hätte sie nicht mal ihrem Mann erlaubt, ihrem seligen Rudi, obwohl sie weiß Gott kein Kind von Traurigkeit gewesen sei und Rudi auch nicht. Einauge brauchte Tage, um sich zu beruhigen, und verlor dadurch so viel Kraft, dass sie das Bett nicht mehr verlassen konnte. Bei Visiten wendete sie sich mit verschränkten Armen ab, ignorierte alle Fragen und würdigte Sanchez keines Blickes mehr.

Tagebuch

Masserberg, 15. Mai 1984

Briefumschläge alle. Engpass. Soll immer mal wieder nachfragen im Schreibwarenladen. Geheult wie ein kleines Kind, bis die anderen Kinder (5–11-jährig) eine tröstende Abordnung auf mein Zimmer schickten. Sie haben mich mit Briefumschlägen eingedeckt, weil ich so fetze. Abends fünf (!) Leberwurstbrötchen, danach zwei Gin Tonic im »Wilden Mann«. Anruf von Tom: Im ersten Quartal dürfen 25000 ausreisen. Ob Ulla dabei ist?
Post von Martin: Schon wieder solche Kacke aus dem Zentralorgan. Glorifiziertes Sparen, verwalteter Mangel, verhunzte Sprache. Dreck.

Explosiv umgeformt in Sekundenbruchteilen

Magdeburg (ADN). In Sekundenbruchteilen verwandeln sich bis zu 60 Zentimeter lange Stahlrohre nach einer jetzt vorgestellten neuen Technologie in Förderspindeln für Pumpen. Für die Entwicklung zeichnen Fachleute aus dem Kombinat Pumpen und Verdichter Halle, der Technischen Hochschule »Friedrich Engels« Magdeburg und dem VEB Sprengstoffwerk »Bruno Leuschner« verantwortlich. Das Verfahren löst das herkömmliche Gießen von Werkstücken mit komplizierten geometrischen Formen ab, bei dem zehnmal mehr Material und das Vierfache an Arbeitszeit erforderlich waren.

NEUES DEUTSCHLAND

Die ersten wirklich warmen Sonnenstrahlen. Sanchez' Blick wanderte vom Fenster auf das Honecker-Bild. Es weckte ungute Erinnerungen. Die Sache mit Ronaldo. Das einzige Ereignis in seinem Leben. Kein Ereignis, auf das man stolz sein konnte. Aber immerhin ein Ereignis. Mit Ronaldo war er einmal im Leben verrückt und wild. Er hatte den Moment gelebt, frei von allen Zwängen. Egal was passiert! Egal was die anderen sagen. Egal! Ronaldos wegen würde er in der Hölle schmoren. Ronaldos wegen würde er nie im Leben Dekan oder Ärztlicher Direktor werden. Ronaldos wegen war er nun ein Spitzel.

Im Gemeinschaftsraum des Studentenwohnheims war es gewesen, im Oktober 1972. Ulbricht tot, Honecker gerade eben an der Macht. Zu Hause in Kuba hatte ein Mangel an Toilettenpapier zur Plünderung einer Bibliothek geführt, bei der seltene Bücher gestohlen und zerrissen wurden. Sanchez hatte damals bereits erkannt, dass die Weltdummheit vor den Mauern der DDR genauso wenig haltgemacht hatte wie vor den Küsten von Kuba. Zusammen mit Ronaldo unterhielt er einen florierenden Schwarzhandel mit kubanischen Graupapageien.

Sie saßen also nachts im Wohnheim. Ronaldo, auch Arzt im Praktikum, rülpste, stand auf und stimmte die Nationalhymne an:

Auferstanden aus Ruinen
und der Zukunft zugewandt,
lass uns dir zum Guten dienen,
Deutschland, einig Vaterland.

Schon das allein brachte sie zum Kichern. Nur die DDR hatte eine Hymne, deren Text öffentlich zu singen verboten war. Gereimt von Johannes R. Becher, der unter Studenten nur Johannes Erbrecher genannt wurde. Deutschland, einig Vaterland. Keine Ahnung mehr, was sie damals feierten. Jedenfalls waren sie haltlos besoffen. Sie saßen zu dritt, mit Heike, einer Putzfrau, und schütteten kistenweise Bier in sich rein. Und morgens kurz nach zwei sagte Heike, besser, lallte sie: »Ich hab 'ne Idee, Jungs. Wer ins linke Auge trifft, der darf mich lecken. Wer ins rechte Auge trifft, dem blas ich einen.« Sie zeigte auf ein paar Luftgewehre, die noch vom Zivilverteidigungsunterricht in der Ecke standen, dann auf das Honecker-Bild an der gegenüberliegenden Wand: Erich lächelnd, im Anzug vor Hellblau, und während sie zeigte, konnte man durch das großzügige Ärmelloch ihrer Bluse sehen, dass sie keinen BH trug. Heike war ein einfaches Mädchen, und genau deswegen war ihr Angebot ernst gemeint. Es entsprang einer Laune des Augenblicks. Es stand plötzlich im Raum, war nicht von der Hand zu weisen und schien allen schlüssig. Ronaldo und Sanchez sahen sich an. Kumpels, Komplizen. Konkurrenten. Sie rannten und taumelten um die Wette zu den Gewehren.

Man sieht nicht gut aus, wenn man stirbt, dachte Mel. Das offene weiche Greisinnenhaar schien weißer als das Kopfkissen. Der Körper drückte sich durch die Bettdecke klein und leicht ab wie der Körper eines Kindes. Dünne Finger hielten Mels Handgelenk eisern im Griff.

»Muss ich sterben?«, wimmerte Einauge leise.

Jeder kennt den Schmerz. Keiner kennt den Tod. Infauste Prognose, hatten die Ärzte getuschelt. Mel kannte diesen Ausdruck. Sie hatte ihn schon mal gehört, damals, bevor sie ins Koma fiel. Ungünstig, sagte das Medizinische Wörterbuch. Ungünstig, aber nicht hoffnungslos. Einauges Fall jedoch war ungünstig *und* hoffnungslos. Ihr Fatalismus erfüllte sich: Es kommt, wie's kommen muss. Mel fühlte eine große Beklommenheit. »Hier stirbt ein Mensch«, hörte sie Sanchez sagen. Hier stirbt ein Mensch, und die Welt dreht sich weiter. Sie strich immer wieder über das weiße Haar, sah die Zähne im Glas, die nun bald im Müll landen würden, und schwieg.

In Masserberg ging alles seinen sozialistischen Gang, während Einauge starb. Sonntagnachmittag. Liegefrei. Emma K. und Molly waren irgendwo mit dem Kastanienmann unterwegs. Klosettchen saß am Tisch, häkelte und rief: »I wo, Frau Jaschinski. So schnell stirbt sich's nicht!«

Eine von Klosettchens widerlichen Angewohnheiten war es, bei allem, was sie sagte, zu lächeln. Mel überlegte, wo wohl der Muskel zu trennen sei, der dies möglich machte.

»Brüllen Sie nicht so. Sie sieht schlecht, aber sie hört nicht schlecht. Und machen Sie das Scheißradio aus«, zischte Mel.

Hatte zu Queen Mum, als sie im Sterben lag, auch jemand gesagt: »I wo, so schnell stirbt sich's nicht«? War sie einer vorlauten Nachtschwester auf den Wecker gegangen mit ihrer nächtlichen Sterberei? War sie ganz allein gewesen, panisch nach Atem ringend, als ihre Organe versagten, eins nach dem anderen?

»Ich–ster–be«, wiederholte Einauge angstvoll und sah Mel unverwandt an.

»Ich weiß«, sagte Mel und spürte einen fußballgroßen Kloß im Hals.

Einauges Gesicht war spitz und klein. Ein Zucken lief hindurch und löste eine Art Zwinkern aus. Ein gespenstisches Zwinkern, das ein stilles Einverständnis schuf. Warum waren Enkelinnen nie zur Stelle, wenn Großmütter starben? Mel hatte plötzlich das übergroße Verlangen, der fremden alten Frau zu sagen, dass sie sie liebte.

»Ach was! Sie überleben uns noch alle«, rief Klosettchen munter und drehte das Radio leiser.

Mel überschlug, wie sich Teile dieser Prophezeiung schleunigst erfüllen könnten. »Raus! Gehen Sie raus!« Klosettchen zog einen Flunsch, quengelte: »Wer nich will, der hat schon!«, schlüpfte in ihre goldenen Riemchensandaletten, griff ihr Radio und knallte die Tür.

»Soll ich den Arzt rufen?«, fragte Mel.

Entsetzt riss die Sterbende ihr Auge auf. Vor Sanchez schien sie noch mehr Angst zu haben als vor dem Tod. Gleich würde sie vor Jott stehen, und der würde ihr gewiss nicht den Finger hintenrein stecken. »Bleiben Sie hier! Bleib hier, Kind!«

Mel blieb reglos sitzen und wanderte in Gedanken anderthalb Jahre zurück. Es ist Nacht. Eine kalte Winternacht. Sie hat dem Krankenpfleger einen Hunderter versprochen, damit der sie heimlich ins Leichenhaus fährt, so wie sie ist, auf der Trage, am Tropf. Sie verlassen die Infektionsstation bei Nacht und Nebel, finden Helfer und Helfershelfer. Die machen es möglich, die Leiche noch einmal zu sehen, bevor sie beerdigt wird. Mel sieht sich frisch lumbalpunktiert im Kühlhaus auf ihrer Trage liegen, nebenan liegt Queen Mum tot auf der Bahre. So lässt sie der Krankenpfleger eine halbe Stunde allein. Mel schließt die Augen, versucht, sich tot zu fühlen wie Queen Mum und all die anderen Leichen dort. Es ist kalt und stickig wie in einem flüchtig geputzten Kühlschrank.

Im Koma hat sie zum ersten Mal den Henker-Traum gehabt. Seitdem ist sie oft gestorben, kennt alle Todesarten: Enthauptung, Verbrennen bei lebendigem Leib, vom Hochhaus stürzen, überfahren werden, erschossen, erdrosselt, erstochen werden. Aber der Alptraum endet stets mit dem Todesmoment. Das Danach bleibt offen.

Mel hält Queen Mums kleine kalte blutleere Hand, muss sich sehr verrenken, um mit den Fingerspitzen das Gesicht zu erreichen, das Haar, den weichen kalten Hals, in dem kein Puls mehr schlägt. Omi, ruft sie. Es hallt. So riecht der Tod, so klingt der Tod, so fasst er sich an. Das Gesicht der Leiche hat einen fast heiteren Ausdruck, Furchen und Falten sind einer großen ewigen Entspannung gewichen. Mel starrt die Tote an, muss immerzu hinstarren. Sie weiß etwas, was Mel noch nicht weiß. Und sie kann es nicht mehr sagen.

Das Knacken und Knistern des Lautsprechers holte Mel vom Leichenhaus nach Masserberg zurück.

Langsam schlief ihre Hand ein. Einauges Griff hatte nicht an Intensität verloren. Das halboffene Auge der alten Frau sah Richtung Fenster, aber der Blick war nach innen gerichtet und schimmerte weich. Ihr kleiner faltiger Mund war leicht geöffnet. Man konnte die Zähne gut sehen. Jott und Rudi würden zufrieden sein.

Mel hatte nicht bemerkt, wann genau Einauge gestorben war. Vor zehn Minuten vielleicht, vor einer Stunde oder noch länger. Sie hatte erst hitzig nach Maria und Josef gerufen, später leise gebetet, ein Gebet, in welchem mehrmals das magische Wort »gebenedeit« vorkam, dann nur noch geatmet, mit leicht asthmatischem Pfeifen, immer leiser, immer langsamer, immer seltener. Nach und nach machte die Angst in ihrem Gesicht einem Erstaunen Platz. Dann sagte sie leise: »Meine Zähne.« Sie wollte nicht ohne gehen. Mel war froh, etwas tun zu können. Der letzte Wille. Nicht ohne meine Zähne. Sie schnappte die Prothese aus dem Glas und schob sie mit beiden Händen in Einauges röchelnden Mund, was beschwerlich war, weil Einauge immer noch ihr Handgelenk umklammerte.

Jetzt war es still bis auf ein Schluchzen. Das Krankhaus war ein Tothaus geworden. Erst allmählich wurde Mel bewusst, dass es sie selbst war, die weinte. Sie weinte um Queen Mum, sie weinte, weil sie allein war auf der Welt, weil sie nicht blind werden wollte, weil sie keine Kraft mehr hatte. Sie war plötzlich erfüllt von der Angst, zu sterben, ohne je die Liebe kennengelernt zu haben. Es war, als hätte jemand den Stöpsel rausgezogen. Nichts war einer Suche wert. Alles war Lüge. Das Uhrglas beschlug innen, wurde feucht, schließlich nass. Der zynische Wunsch des Marxisten-Leninisten nach Tränenflüssigkeit erfüllte sich zum zweiten Mal binnen kurzer Zeit.

Als die Leiche abgeholt worden war, saß Mel bis zur Bettruhe draußen am Brunnen neben der Bühne. Es war ein tonnenschwerer runder Stein, grau, sehr porös. Das

Wasser suppte oben aus ihm heraus und floss endlos daran herunter. Endlos wie die Schmerzen, endlos wie Masserberg, zurück in den Kreislauf. Auch Einauge war zurück in den Kreislauf gegangen, dorthin, wo Jott und Rudi warteten. Mel schloss die Augen und wünschte sich, ihr fiebriges Gehirn würde genauso umspült und gekühlt wie dieser Stein, der schon da war, als Einauge noch lebte, und der noch da sein würde, wenn Mel längst tot war. Ihre Hand war noch taub vom Griff der Sterbenden. Sie legte sie flach auf den Stein, wie um das Wasser aufzuhalten oder umzuleiten, aber die Hand wurde eins mit dem Stein, die hellgrünen Fingernägel wurden zu Moos, das Wasser nahm den gewohnten Weg und saugte alle Wärme aus Mel.

»Warum isst du nicht auf, Bärchen?«

»Ich bin satt.«

»Aber du isst doch zum Frühstück sonst immer zwei Brötchen.«

»Heute nicht.«

»Aber sonst doch immer.«

»Aber heute nicht.«

»Warum nicht?«

»Himmel! Eben so!«

Tinka machte ihr Statuengesicht. Sie war eine Statue, die ihre jahrhundertealten Schmisse mit Würde trug. Eine Statue mit Pferdeschwanz am Frühstückstisch, die beleidigt war, weil Sanchez heute nur anderthalb Brötchen aß statt zwei, und die nun, als er aufstand, fragte: »Musst du etwa schon los?« Die an sich harmlose Frage wurde geschärft durch das eingeschobene »etwa«. Es unterstellte, wie in langjährigen Beziehungen üblich, böse Absicht.

Tinka war nie zufrieden. Sanchez war immer schuld. Aber er hatte keine Zeit, darüber nachzudenken. Er nahm sich kaum noch fünf Minuten Zeit, zu Hause zu frühstücken. Er schaffte die zwei Brötchen einfach zeitlich nicht mehr. Er musste pünktlich um sieben draußen an der kleinen Bühne sein. *Sie* beim Spielen beobachten. Sie *heimlich* beim Spielen beobachten. Ein Tag war kein Tag, wenn er sie nicht *beobachten* konnte.

Sie war schon da, und ihr Kortisongesicht leuchtete bleich wie der Mond selbst. Sie stand starr in der Mitte der Bühne, den Körper in ein weißes Laken gehüllt, die wirren schwarzen Haare zu einem Knoten geschlungen, das Auge geschlossen. Über dem Uhrglas trug sie eine schwarze Augenklappe, am linken Arm eine klobige Uhr, die er vorher nie an ihr gesehen hatte. Eine Männeruhr.

Sie sah stolz aus, fast hochmütig. Eine Seeräuberin, die ein Gedicht aufsagte, ein Gedicht, das er kannte, das ganz lange her war, ganz lange.

Sein Blick ist vom Vorübergehn der Stäbe
so müd geworden, dass er nichts mehr hält.
Ihm ist, als ob es tausend Stäbe gäbe
und hinter tausend Stäben keine Welt.

Genau, ja, *Der Panther* von Rilke. Sanchez' Herzschlag stolperte. Und hinter tausend Stäben keine Welt. Wie lange hat er es nicht mehr gehört! Wie gut es auf Masserberg passte! Sein Gedicht aus ihrem himbeerfarbenen Mund. Es gab ein Leben außerhalb von Brötchen, Bärchen und Katarakten.

Wie begabt sie war, plötzlich war ihm bewusst, wie begabt sie war, und wie schön und wie tief! Und erst siebzehn! Es bestand nicht der geringste Zweifel daran, dass er Mel nirgends außerhalb der Ortsgrenzen Masserbergs begegnet wäre. Und wenn er ihr begegnet wäre, dann hätte sie ihn nicht wahrgenommen.

Dass sie hier war und auf seine Hilfe angewiesen – das musste eine Fügung sein! Auf jeden Fall war es eine Chance, seine Chance. Wären die Umstände nicht, dann wären wir nicht, dachte Sanchez. Aber wie weiter? Dreimal hatte er sie getroffen seit jenem Zwischenfall im Behandlungszimmer. Dreimal hatte sie ihn spöttisch angesehen und irgendetwas Freches gesagt. Die Sache stand zwischen ihnen. Die Kommunikation war abgeschnitten. Und nichts von dem, was er sagte oder tat, drückte das aus, was er wünschte, zu sagen und zu tun.

Die Bergkirche. Eine verwinkelte Steintreppe führte hinauf. Mel schloss manchmal die Augen, wenn sie hochstieg. Siebenundzwanzig Stufen, das wusste sie. So fühlt es sich an, wenn man blind ist. Siebenundzwanzig Schritte in die Luft, dann wieder gerade. Rechts neben der Kirche lag der abschüssige kleine Friedhof mit geduckten dichten Gräberreihen. Alle im selben dunkelgrauen Marmorfarbton. Manchmal hockte Mel vor Einauges Grab, vierte Reihe, zweites von links.

Der Grabstein war viel zu klein für die vielen weißen Buchstaben, aber Mel hatte auf dem Hiob-Klassiker bestanden.

Der Herr hat's gegeben,
der Herr hat's genommen.
Der Name des Herrn sei gelobt.

Hier ruhet in Frieden
Hermine Jaschinski geb. Geier
geb. am 13. 2. 1891 in Olmütz
gest. am 17. 5. 1984 in Masserberg

In der Hand hielt Mel eine Eisenkralle und machte dasselbe Muster um das Grab, das auch Queen Mum immer um das Grab des Großvaters gemacht hatte: strahlenförmig, sonnenstrahlenförmig vom Grab weg in alle Richtungen. Schließlich legte sie die Kralle weg und fuhr mit den bloßen Händen in die sandige warme Erde, kämmte sie mit den falschen Fingernägeln, bis sich die schwarze feuchte Masse fast schmerzhaft darunter grub.

Für Beschaffung, Gravur, Transport und Bezahlung von Einauges Grabstein hatte sie ihre Freunde in den letzten Tagen arg strapaziert, aber dafür waren sie ja da.

Von Freundschaft hatte Mel eben ihre eigene Definition. Früher, im Krankenhaus, kamen an guten Tagen mehrere Dutzend Besucher: Punks, Tunten, Schauspieler, Models, promovierte Totengräber mit Ausreiseantrag sowie nicht einzuordnende schrille Gestalten. Mel galt als »Identifikationsfigur in der Szene«. Identifikation womit auch immer, Szene unbestimmt, aber Figur top. Oft kannten die Besucher sie gar nicht persönlich, sondern kannten nur einen, der einen kannte, dem es ein Bedürfnis war, Mel zu besuchen.

»Sie sind nicht Lenin und wir nicht das Mausoleum«, sagte der Stationschef tadelnd, als er die Besucherschlangen sah. Und dann passierte es. Ein herzkrankes Glaukom kam aus dem Bad und fand Mels Bett umringt von Punks mit geschulterten Ratten. An den Folgen des Schrecks kam das Glaukom zu Tode. Die Sache wurde streng geahndet. Immerhin war Mel die Verursacherin. Man verhängte Besuchersperre, erstmals in der Geschichte des Krankenhauses. Das schmeichelte ihr, aber es traf sie nicht. All diese Leute waren keine Freunde.

Freunde mussten genau zwei Dinge leisten: zum einen Mel wie eine Göttin verehren, zum anderen in der

Lage sein, ihr kompliziertes Versorgungsnetz aufrechtzuerhalten. Diese Voraussetzungen erfüllten vier Menschen: Ludwig, Martin, Tom und Viktoria. Außerhalb dieses dienenden Quartetts gab es noch Ulla, die eine Sonderposition innehatte. Mel nahm das Foto vom Nachttisch und betrachtete die Blondine. Ulla war selbstbewusst, unabhängig, zeitlos schön. Sie war eine Lichtgestalt, ganz frei, mit langen schlanken Gliedern und einer makellosen weißen Haut. Mel betete sie an, allein für ihr Credo, das sie längst ins eigene Repertoire aufgenommen hatte: »Bei Frauen hole ich mir das Vergnügen, bei Männern die Befriedigung.« Ulla hatte alles: Gesundheit, Erfolg, Geld. Und sie teilte mit Mel die Überzeugung, dass nach Ost-Berlin innerhalb der DDR keine Steigerung mehr möglich sei. Während Mel in die klösterliche Abgeschiedenheit Masserbergs verbannt war, betrieb Ulla in Berlin ihre Ausreise.

Ulla hatte schon mit jedem aus Mels Gefolge geschlafen. Mit Ludwig, dem linkischen Regieassistenten, der dauernd seiner Ungeschicklichkeit wegen Jobs verlor, der seine letzten Pfennige zusammenkratzte, um nach Masserberg zu fahren und Mel zu retten. Mit Martin, dem Philosophen mit den bolivianischen Vorfahren, der es verstand, sowohl Marihuana auf dem Balkon des Studentenwohnheims zu züchten als auch den Historischen Materialismus zu widerlegen – Letzteres meist unter Genuss des Ersteren. Mit Tom, dem angehenden Diakon mit Westverwandtschaft, eine Tatsache, die ihm bei Mel eine praktisch unkündbare Position verschaffte. Und mit Viktoria, der Mulattin vom Foto, einer Krankenschwester, die gut nähen konnte, einen Trabi besaß und jedem an die Gurgel sprang, der Mel auch nur schief ansah.

Alle vier liebten Mel. Alle vier warteten sie wie traurige Hündchen auf ihre Aufmerksamkeit. Wenn es um die Erfüllung ihrer Wünsche ging, konnten sie reibungslos zusammenarbeiten. Aber sie hassten einander.

Mel nahm nie einen Ortswechsel vor, ohne sich nicht von dort aus der Funktionstüchtigkeit ihres Stabes zu vergewissern. Zum Beispiel hatte sie Ludwig kürzlich in einen bestimmten An- und Verkauf in Berlin geschickt. Dort sollte er Ausschau nach einer schwarzen Lacklederhose halten, die Mel aus irgendeinem Grunde unbedingt sofort besitzen musste. Ludwig hatte sich längst abgewöhnt, Mel verstehen zu wollen. Inzwischen wollte er nur noch, dass es ihr gutgeht. Vielleicht würde Mel ihn ja lieben, wenn er ihr die Hose besorgte. Er suchte die genannte Adresse mehrmals auf, wurde beim dritten Mal fündig, kaufte die Hose – von gepumptem Geld – und schickte sie per Expresspäckchen nach Masserberg. Das Lackleder war perfekt, die Hose allerdings fünf Nummern zu groß. Mel tobte, steckte alles ab, schickte die Hose postwendend Viktoria, welche sie binnen eines Tages komplett auseinanderschnitt und auf ihrer alten Singer-Nähmaschine kleiner wieder zusammenfügte, mit Kappnähten, Paspeltaschen, allem Drum und Dran. Damit sie schnell genug ankäme, brachte Viktoria die hochherrschaftliche Hose persönlich mit dem Trabi-Kombi nach Masserberg. Sie fühlte sich geehrt und schätzte sich glücklich, auf diese Weise Mel besuchen zu dürfen. Vielleicht würde Mel sie ja lieben, wenn sie ihr die Hose brächte. Sie passte wie angegossen, aber Mel war trotzdem ungnädig und verbot Viktoria, sie anzusehen, da ihr Gesicht so geschwollen und die Haut so entzündet war. Viktoria beteuerte unter Tränen, Mel in jedem Zustand schön zu finden, schlug aber trotzdem gehorsam die Augen nieder.

Tagebuch

Masserberg, 20. Mai 1984

Schlimm. Schlimmer. Masserberg.
Dumm. Dümmer. Klosettchen.
Dick. Dicker. Viktoria.
Fies. Fieser. Marxist-Leninist.

Kurz vor dem Zapfenstreich. Der Schlüssel drehte sich im Schloss der Tür zu Haus IV. Ein allabendliches Geräusch. Ein sehr sprechendes Geräusch. Es sprach mit der Stimme des Marxisten-Leninisten. Es sagte: Härzlisch willgomm auf Alcatraz.

Mel war dabei, Mollys Haar in viele kleine Zöpfchen zu flechten, wobei sie den hoffnungslosen Versuch unternahm, Molly in die Geheimnisse der einfachen und doppelten Löffelsprache einzuweihen: Sprich mir nach: Illefich billefin Mollefoll-Lillefy! Das ist die einfache! Oder: Ich-hich-le-fich bin-hin-le-fin Moll-holl-le-foll-li-hi-le-fy! Das ist die doppelte!«

Molly sah sie überfordert an: »Illefich?«

Emma K. war über der mühseligen Lektüre des Zentralorgans eingeschlafen. Sie schnarchte leise – kleine Reminiszenz an Säge. Klosettchen hängte noch schnell Socken auf. Es war eine Augenweide, ihr dabei zuzusehen. Alle wurden einzeln geglättet, gewendet, nach Paaren sortiert und über das eiserne Fußende des Bettes gehängt, die Fersen 1a nach links, die Zwischenräume identisch groß.

21.00 Uhr Bettruhe. Das Deckenlicht schaltete sich automatisch ab – wie jeden Abend. Der Lautsprecher fing an, *Für Elise* zu spielen – wie jeden Abend. Im selben Moment prallte etwas an die Fensterscheibe. Mel sah in die Flamme der Kerze, die am Fenster stand. Sah

Strahlen um das Licht – fein ziseliert wie Kakteenstacheln. Sie leckte zwei Fingerkuppen nass, löschte die Kerze, so vorsichtig, dass sich der Nitro-Nagellack nicht daran entzünden konnte, und seufzte, als sie durch die Scheibe sah. Viktoria, wie immer sportiv, im Trainingsanzug, warf Steinchen und sang: »Schwarzbraun ist die Haselnuss, schwarzbraun bin auch ich …«

»Brich dir deinen rabenschwarzen Hals, du Nervensäge«, rief Mel in die dunkle Nacht.

»Ich dich auch«, rief Viktoria zurück. »Kommst du noch rüber in die Pension? Hab Rumverschnitt da!«

»Aber ich komm nur, wenn du dein Häubchen aufsetzt!« Und zu Molly: »Wir machen morgen weiter. Muss noch mal weg. Du verstehst! Gelleschäft-tellefe!« Ihr Auge zwinkerte bedeutungsvoll.

Molly kicherte, halb verständnisvoll, halb neidisch.

»Dass Sie noch so unternehmungslustig sind«, warf Klosettchen ihr dauerlächelnd nach, »bei *Ihrem* Befund!«

Mel musste vorsichtig sein. Der Wachposten lief immer zur vollen Stunde ums Haus, ab und zu aber auch mal zwischendurch. Er pflegte eine Taschenlampe vom Ausmaß eines Suchscheinwerfers bei sich zu tragen. Nur wenn deren Strahl auf der anderen Seite des Hauses funzelte, konnte man entspannt auf den Flur gehen, vom Balkon steigen und vorsichtig am Eisengitter, um das sich Efeu rankte, hinuntergleiten.

Wenig später lag Viktoria nackt auf dem quietschenden Pensionsbett von Taxi-Möller.

Mel tat streng: »Ist dir klar, dass ich hier meinen Heilungsprozess aufs Spiel setze?« Die Versuchung grinste. Dass Mel sie besuchte, schien ihr der Beweis für den eigenen Wert. Sie war stolz darauf, wie wenig sie von Mel verlangte. Sie war stolz darauf, dass Mel mit ihr schlief.

Viel hatte sie nicht zu bieten: einen Trabi-Kombi, ihre Nähkünste und einen samtbraunen Körper von rubensschen Ausmaßen.

»Alles Muskeln und Samenstränge«, sagte Mel und klatschte ihr auf den Hintern wie ein geiler Kerl. Sie wies Viktoria an, sich auf den Rücken zu drehen. Sie schnüffelte sich an ihrem Körper herunter, den Geruch ihrer Scham suchend. Viktorias Schoß duftete wie Ananas aus der Dose.

Frische Ananas kannte Mel nicht. Jedes Jahr, pünktlich ab 10. Dezember, konnte man Weihnachtsmänner, süße Mandeln und Apfelsinen kaufen. Rationiert natürlich. Frische Ananas nie. Und einmal, nur ein einziges Mal, hatte sie eine echte Kokosnuss gegessen. Queen Mum hatte sie auf dem Weihnachtsmarkt in Berlin gekauft, stundenlang dafür angestanden.

Das Hirnwasser, das man ihr in den Lumbalpunktionen abzapfte, erinnerte sie immer an Kokosmilch. Dicke, trübe Brühe mit darin herumschwimmenden Fetzen. Das Fleisch der Kokosnuss hatte zwei Wochen lang gereicht. Immer ein Stück mit in die Schule, hübsch verpackt in Silberpapier. Queen Mum sagte nie Alufolie, immer Silberpapier.

»Aua!«

Viktoria hatte da diesen Sextrick drauf, ihr Becken über Mels Körper kreisen zu lassen und heftige Reibungen auszulösen, deren Spuren man oft Tage später noch spürte, zuweilen auch sah. Ihre Nippel waren lang wie Schnuller, mit großen schwarzen Höfen.

»Warum liebst du mich nicht auch ein bisschen? Ein klitzekleines bisschen«, bettelte Viktoria und ließ ihre Zunge auf Mels Hintern kreisen, dort, wo er knallrot und geschwollen von den Ketazon-Injektionen war.

»Schenk mir was, schenk mir deine Uhr«, sagte Viktoria.

Mel runzelte die Stirn.

Viktoria hielt inne und sah sie furchtsam an. Sie sollte ruhig darüber nachdenken, ob sie zu weit gegangen war, ob sie die Regeln gebrochen hatte. Mel gefiel sich in ihrer emotionalen Unabhängigkeit. Liebe war tabu. Genauso wie es für andere tabu war, dass sie mit Viktoria schlief. Weder Ludwig noch Tom noch Martin durften das wissen. Kein Mitglied des Quartetts sollte sich benachteiligt oder betrogen fühlen. Das Versorgungsnetz würde erst Laufmaschen kriegen, dann zerreißen.

Viktorias große dunkle Augen baten um Absolution. Die Spannung wurde unerträglich.

»Da kannste warten, bis du schwarz wirst«, brummte Mel, und Viktoria prustete erleichtert los.

22. Mai 1984

Lieber Ludl!

Was heißt hier: Ich scheuche dich? Du weißt ganz genau, dass ich hier unten aufgeschmissen bin. Heute Päckchen mit Mütze, Kleid, Zigaretten erhalten. Aber wo sind die Waschlappen? Brauche Taschenlampe mit ausreichend Batterien. Liegen bei dir noch die fußlosen lila Netzstrumpfhosen rum?
Mein Radio ist kaputt, leihst du mir deins?
Viktoria hat mir nur die Hose gebracht und ist gleich wieder abgehauen. Sag Martin, er soll mir »Amerika« von Kafka schicken. Und diesen Sappho-Monolog von Grillparzer, du weißt schon: »Es ist umsonst! Weit schwärmen die Gedanken« etc. Urgent!!! Probe bis dahin noch Tucholsky und Panther und Herbsttag

von Rilke. Komm bald, dann spreche ich dir vor. Gestern haben sie mir Allergie-Proben gespritzt. Tuberculin, Penicillin und so was. Jetzt kriege ich einen Vitamin-B-Stoß, also täglich Vitamin B1, B6, B12 im Wechsel in den Arsch.
Wenn hier wenigstens irgendjemand wäre, der sexuell auch nur im Geringsten attraktiv ist!
Schreib schnell und denk an die Waschlappen!
Rotzige Rekonvaleszentin: Mel
PS: Brauche Geld! Bitte überweisen!!

Indem sie den Brief an Ludwig adressierte und verschloss, hatte sie das Gefühl, gelogen zu haben. Es gab sehr wohl jemanden, der bemerkenswert war. Mel schrieb täglich bis zu zehn Briefe, getrieben von der Angst, am nächsten Tag wieder so schlecht zu sehen, dass sie nie mehr schreiben könne, aber keiner dieser Briefe berührte inhaltlich das Wesentliche, das, was sie wirklich beschäftigte. Die meisten waren gefüllt mit Aufträgen, allgemeinen und konkreten Klagen sowie Therapieschilderungen detaillierter Art.

22. Mai 1984

Lieber Tom!

Vorhin fand mich der Marxist-Leninist, brav im Bett liegend.
Er: Es werden doch nicht Harmonie und Ruhe hier einziehen?
Ich: Bei mir zieht keiner ein.
Warum schreibst du nicht? Du hast gesagt, du würdest gleich schreiben, wenn du zu Hause angekom-

men bist! Das ist jetzt zwölf Tage her!!! Aus den Augen, aus dem Sinn, was? Ludwig kümmert sich auch kaum. Niemand schreibt, keiner schickt was, und hier unten bei den Hottentotten fehlt es am Nötigsten! Zum Beispiel Kaugummis. Die weißen von Wrigley's, nicht wieder die grünen (zu scharf). Kannst du mir welche im Intershop holen? Und dann habe ich dir doch neulich diese Kreißende geschenkt, die Plastik von mir. Kannste die wieder herschicken? Und (dringend) eine Stange Club, hier gibt's nur Ekel-Juwel 72. Anbei ein Film. Bitte entwickeln lassen, jeweils ein Abzug und zu mir. Am besten alles express.
Erwürgt nachts im Traum Häubchen tragende Schwestern und kastriert scheinheilig sächselnde Ärzte: Mel
PS: Wenn du Sandro siehst, weißt schon, den Tänzer aus Operncafé: Anquatschen! Adresse rauskriegen!

Mel gehörte nicht zu den Frauen, die gleich pikiert sind, wenn einer mal den Schwanz rausholt. Erst kürzlich hatte Martin, der sich auch im Fotografieren versuchte, ein Foto gezeigt. »Mein neuestes Projekt«, sagte er und hielt es Mel dicht vor die Nase, schwarzweiß, ein Ausschnitt, sehr nah fotografiert. Man sah den Hosenschlitz einer Vopo-Hose, aus dem ein aufgerichtetes Glied stach.

»Eine Provokation«, sagte Martin.

»Ist das deiner?«, fragte Mel. »Größer, als ich dachte.«

Martin hatte stumm errötend den Kopf geschüttelt. Mel hatte rau gelacht. Sie wollte Martin wirklich nicht den Gefallen tun, pikiert zu sein.

Ein Schwanz, was war das schon. Das Kommunizieren durch Sex war ihr vertraut. Doch in diesem Fall bestand Klärungsbedarf. Gerade, weil es Sanchez war. Ein olivgrünes Männchen mit Schnurrbart und Schokonuss-Augen. Ein Weißkittel, der wie ein Mühlrad sein R vor sich herrollte. Sie hatte ihn auch nicht im Geringsten ermutigt, eher eingeschüchtert. Da konnte ja jeder kommen!

Drei Wochen lang war er für den Abenddienst eingeteilt, drei Wochen lang hatte er sie weder spritzen noch salben noch am Spaltlicht untersuchen müssen. Der Marxist-Leninist untersuchte sie morgens, im Wechsel mit der Sommer, die wie Winter aussah und nie lächelte. Vielleicht war es eine simple Dienstplangeschichte, vielleicht war ihr Sanchez absichtlich aus dem Weg gegangen. Wie auch immer, heute lief alles auf eine Konfrontation hinaus.

»Melanie Tauber bitte ins Spritzenzimmer«, hatte seine Stimme morgens heiser aus dem Lautsprecher gerufen. Mel war bis ins Innerste erschrocken, hatte sich dann gesammelt und bereitgemacht für ein leicht zu gewinnendes Wortgefecht, in dessen Verlauf sie ihm mit einer Schwamm-drüber-Geste huldvoll verzeihen würde. Verzeihen war die beste Rache. Der musste einfach kapieren, dass Männer wie er Frauen wie Mel nicht kriegen.

Ein knappes »Herein« mit Roll-R. Sein Blick mied sie. Zwischen ihnen stand so viel Unausgesprochenes, dass es Mel fast wie eine Druckwelle zurückschleuderte. Ein Déjà-vu. Er stand genauso wie damals, als es geschehen war.

»Ähm. Wie geht es uns denn heute?«

Babysprache gehörte offenbar zum beruflichen Selbstverständnis von Ärzten. Mel sah Sanchez an und schwieg. Was sollte sie sagen? Von ihrer extremen Blendempfindlichkeit sprechen, von ihren Schmerzen bis zum Schwindel bei jeder Augenbewegung, beim kleinsten Lichteinfall? Von ihrer panischen Angst, für immer im Nebel zu versinken?

Zum Reinbumsen geht's uns!

Sie verkniff sich jeglichen Spott und legte sich auf die Pritsche, was beschwerlich war, der engen Lacklederhose wegen, von deren Sitz sie hoffte, dass Sanchez ihn wohlwollend zur Kenntnis nähme. Er zeigte keine Reaktion, löste ihren Verband und träufelte Betäubungstropfen in beide Augen. Es fühlte sich an, als zöge sich eine kalte Folie über Mels Augen. Sie hasste Betäubungstropfen. Die Folie begann zu schrumpfen. Sanchez griff nach dem Augendruckmesser. Das war ein antiquiertes Gerät aus Messing, dessen pfenniggroße Grundfläche direkt auf die Hornhaut aufgestellt werden musste. Der Patient durfte nicht zwinkern, der Arzt nicht zittern. Millimeterarbeit – in dieser Situation völlig unangebracht. Sanchez' linke Hand, schlank, grün, kühl, etwas feucht, riss Mels Lider weit auseinander. Reiß nur, Genosse, dachte Mel und hielt sich an der Pritsche fest, als ginge es ans Gebären.

Sanchez' rechte Hand zitterte mehr als sonst. Er presste die Lippen aufeinander. Auf seiner Stirn standen Schweißperlen, als er vergeblich versuchte, das sperrige Ding auf den Augapfel aufzusetzen.

Mel griff nach seinem Handgelenk und zog ihn zu sich herunter. »Sie sind schlecht rasiert«, sagte sie. »Was sagt denn Ihre Frau dazu?«

Sanchez, tonlos, halbwahr, schon gen Fegefeuer taumelnd: »Ich habe keine Frau.«

Es gab auch Tage, da war Masserberg das Paradies, und es geschah Märchenhaftes. Sie küssten sich.

Zwei Wochentage unterschieden sich von den anderen: der Sonntag, da war nachmittags liegefrei, und der Donnerstag. Donnerstag war Badetag. Für eine halbe Stunde stand zwei Personen die Badewanne von Haus IV zur Verfügung. Vorausgesetzt, sie hatten sich rechtzeitig in die Badeliste eingetragen.

Mel nahm den Verband ab. Sie befand sich heute in einer seltsam stillen und traumwandlerischen Verfassung. Dieser Sanchez mit seiner zitternden Hand. Ein Veilchen hatte er ihr gespritzt, nach dem für beide unerwarteten Kuss, der besser war als Prokain. Sanchez hatte lediglich dem Drängen ihrer Hand nachgegeben. Sein bärtiger Mund hatte sich ihrem himbeerroten in Zeitlupe genähert, so langsam, dass schon allein der Weg, den Mund zu Mund zurücklegte, ein atemraubendes Ereignis war. Die Barthaare berührten sie zuerst. Dann die kalten feuchten Lippen. Als seine Zunge sich in ihre Mundhöhle legte wie ein müdes Tier, war ihr, als sei sie nach Hause gekommen.

Mel berührte ihre Lippen und sah in den Spiegel. Sanchez. Masserberg allein war schon ein Argument für ihn. Aber Masserberg plus Zeit war ein schwerwiegendes Argument. Und was man anfangs hochmütig sausenließ, erschien nach Tagen plötzlich akzeptabel, nach Wochen sogar erstrebenswert.

Der Spiegel war ein Lügner. Er zeigte ihr immer das Gesicht, das sie gerade sehen wollte: mal hässlich, mal schön. Heute schön. Wenn nur mein Spiegelbild krank würde – und ich dafür gesund, dachte Mel. Bei Dorian Gray hatte das doch auch geklappt. Alles Kranke, Verdorbene ins Abbild. Man muss es sich wünschen, ganz fest wünschen. Sie versuchte, durch die Schächte der Pupillen tief in sich hineinzusehen. Doch die asynchrone Stereo-Sicht lenkte ab. Ein Bild war normalfarben, eins überbelichtet. Eins scharf, eins unscharf, eins krank, eins gesund. Die beiden Bilder schoben sich übereinander, aber nicht ganz. Im Winkel des kranken Bildes störte eine kleine pechschwarze Fliege. Die Fliege kreiste, Mel schlug nach ihr, konnte sie aber nicht erwischen.

Molly planschte schon. Ihre Brüste glichen leeren Zellophantüten; Hautsegel, die unentschlossen auf der Wasseroberfläche hin und her waberten. »Es muss was Wunderbares sein, von dir geliebt zu werden«, trällerte Molly und dachte vermutlich an Ludwig. Mit dem zu Zöpfen geflochtenen kirschroten Kraushaar sah sie aus wie die Urgroßmutter von Pippi Langstrumpf.

Mel sah sie an: ihren zerfallenden Körper, in dem das schmächtige Skelett hing wie in einem zu großen Overall, ihr braun gebranntes Äffchengesicht, ihre weichen faltigen Ohrläppchen.

Molly hatte zwei Kriege überlebt, drei Ehemänner und den Reichsbischof Müller. Sie war uralt, unfassbar alt, älter als das Jahrhundert, und doch ein sexuelles Wesen mit Schamhaaren und schmutzigen Gedanken.

»Erzählen Sie doch noch mal die Geschichte mit Marlenes Kleid, Molly«, sagte Mel und setzte sich auf den Wannenrand. Und Molly erzählte, wie sie Marlene Dietrichs Kleid heimlich anprobiert hatte, als Marlene plötzlich hereinkam und mit tiefer Stimme sagte: »Gut siehst du aus, Süße! Hast fast so schöne Beine wie ich!« Mollys Wangen röteten sich, und sie hob stolz ihr mageres blau geädertes Bein aus dem Wasser.

Die kleine schwarze Fliege kreiste und kreiste. Immer an derselben Stelle. Mel schloss die Augen, öffnete sie wieder. Fliege weg. Zwinkern. Fliege wieder da. »Fliege? Wo! Ich seh nix«, sagte Molly und rubbelte sich die trüben Augen. »Soll ich mein Badewasser gleich drinlassen?«

Er hatte vergessen, wie Küssen war. Tinka und er küssten sich schon seit Jahren nicht mehr. Nicht in dem Sinne. So war das eben in Beziehungen. Zuerst hört man auf, sich zu küssen. Die Entwicklung des Kusses von der Geburt bis zum Tod einer Liebe hat immer denselben Verlauf. Am Anfang steht der Traum vom Kuss. Dem folgt wildes Knutschen überall, immerzu. Verzückung und das Gefühl, nie hätten zwei Münder besser ineinandergepasst. In deinem Mund ist es schön, komm du auch in meinen. Die gnadenlose Erforschung des Mundraumes des anderen, das Trinken von Aromen jeder Art, jederzeit. Der Durst ist groß, der Hunger ist groß, der Mund des anderen brennt darauf, beides zu stillen. Egal, ob auch mal Zahn auf Zahn prallt, egal, ob eine Erkältung im Anmarsch ist, egal, ob man isst, gegessen hat, geweint, gekotzt, geschlafen hat.

Doch schon nach wenigen Monaten wird der Kuss als Intro zum Sex nebensächlich. Die Küsse werden kürzer, die Zunge variiert nicht mehr, ihre Beteiligung verliert an Rasanz, schließlich verschwindet sie. Nun wird nur noch Mund auf Mund gedrückt, erst mit halb geöffneten Lippen, später mit geschlossenen. Bald ersetzt leichtes Schmatzen die einstige Leidenschaft. Dann löst der Wangenkuss den Mundkuss ab. Vom Reich der Sinne ist der Weg nicht weit bis hin zur vollständigen Verschwisterung, die schleichend, aber stetig ihren Fortgang nimmt. Aus dem Liebeskuss wird ein Geräusch, das von nichts kündet als vom Zusammenprall zweier Welten.

Dabei war Küssen so schön. Mels himbeerroten Mund zu küssen war die Erfüllung eines Traumes, den zu träumen Sanchez sich verboten hatte. Mel schmeckte besser als Mojito. Er hatte jahrelang nur gearbeitet und sich Tinkas Gezeter angehört. Nun spürte er, dass er lebte. Und das machte ihm Angst. Ein starkes, völlig unbekanntes Gefühl ergriff Besitz von ihm. Vermutlich, der Gedanke erschreckte ihn bis auf die Knochen, vermutlich war er verliebt.

Am nächsten Morgen stand er umsonst an der Bühne. Niemand spielte. Niemand deklamierte. Irgendein Vogel machte Lärm, aber die Bühne war leer. Zehn Minuten später, als er die Betonbaracke betrat, saß sie schon da, zerzaust, verweint, völlig aufgelöst. Sie kam aus dem Labor, wo man ihr bereits 6.45 Uhr Blut aus Ohrläppchen und Fingerkuppe gezapft hatte.

»Diese Labor-Vampyrella!«, jammerte sie und starrte auf ihre Fingerkuppe, aus der ein runder schwarzer Tropfen austrat, als hätte sie nicht schon tausendfach schlimmere Schmerzen erlebt. »Ich werd verrückt! Jetzt werd ich verrückt! Ich sehe immer eine schwarze Fliege, immerzu.« Sie zitterte.

Er notierte »deutlich reduzierter AZ«.

Sie tat ihm leid. Er hätte sie gern in den Arm genommen. Doch es durfte nicht sein.

»Ich sehe keine Fliege. Hier ist keine Fliege.« Er versteckte sich hinter dem Spaltlicht und hinter der medizinischen Erklärung: »Das ist kein Fliege. Ähm. Fraulein Tauber. Sie werden auch nicht verrückt. Das ist eine Glaskörperirritation. Ähm. Kommt von der Spritze!«

Er litt, als er sich so stammeln hörte. Sie trug ein ockerfarbenes Gewand, eine Art Stola, die an ihren Brüsten, an ihrem Körper hinabfloss wie Honig. Wie gern würde er ihn ablecken. Sie hatte ein Veilchen von seiner unruhigen Hand beim Spritzen. Wie gern würde er es berühren, streicheln, küssen.

Er notierte: »Glaskörperirritation«, und machte einen Kringel um den letzten EEG-Befund: »leichte allgemeine Hirnfunktionsstörung, Hinweise auf subcorticale Störungen«.

Einige Minuten später schien sie beruhigt, sammelte sich, beugte sich vor und nahm ihr beunruhigendes Spiel wieder auf. Es schien ihr Freude zu bereiten, ihn zu verunsichern und zu verwirren. Er spürte plötzlich ihren Atem heiß am Ohr: »Ichhabvondirgeträumtwirhamgevögelteswarschön.« Eine zähe Gänsehaut kroch ihm den Kopf hoch. Die Situation überforderte ihn. Es war die Maria-Velarde-Situation, die sich wiederholte, die sich ins Unerträgliche steigerte. Was sagen? – Wie bitte? Ach! Aha! Oha! Wirklich? Ich muss doch sehr bitten! Das gehört nicht hierher! Darüber reden wir später! Ich auch! –

Schwester Heidi riss die Tür auf. Auf dem Flur herrschte heillose Aufregung. Professor Heinrich hatte sich angesagt. Kurzfristig. Schon morgen wurde er erwartet.

»Sie … ähm … entschuldigen! Wir setzen die Untersuchung später fort«, sagte Sanchez und schickte Mel aufs Zimmer. Sie machte eine Wer-nicht-will-der-hat-schon-Geste, seufzte theatralisch und ging.

Man musste unverzüglich handeln! Eine Patientenliste zusammenstellen. Natürlich nur möglichst interessante Fälle. Eine Kapazität wie Heinrich, ein hoher medizinischer Würdenträger, eine Koryphäe, würde schließlich nicht nach Masserberg reisen, um sich mit sehschwachen Omas zu langweilen. Der hatte genug anderes zu tun. Und wenn schon die Fälle nicht genug hergaben, dann konnte man sie ja etwas dramatisieren. Bizarre Diagnosen, Genesen, Prognosen. Und das alles bis morgen!

Ach du Scheiße, dachte Sanchez und suchte alle Schubladen seines Schreibtisches nach seinem Parteiabzeichen durch.

Tagebuch

Masserberg, 1. Juni 1984

Trinke löslichen Kaffee aus Zahnputzbecher. Rechtzeitig zum Eintreffen der Koryphäe hat sich mein Befund aufs interessanteste verschlechtert. Brennweite im Eimer, Scharfstellen nicht mehr möglich. 15 Uhr also Heinrich. Die streichen sogar noch schnell die Betonbaracke lila an. Als käme Honecker. Sanchez ist eine Knallcharge. (Der letzte Satz ist durchgestrichen.)

Die Sonne brannte Löcher in den Rasen. Mel starrte Löcher in die Wand. Einauges Bett war immer noch leer. Der Lautsprecher knisterte debil vor sich hin. Sie begann, die Fotos zu sortieren, die Tom in ihrem Auftrag hatte entwickeln und abziehen lassen. Verschwommene Schwarzweißfotos mit Zackenrand, als könne man sowohl Kurpatienten als auch Masserberg nur schemenhaft festhalten. Mel und Peter, Mel und Bob, Mel und Molly. Kein Sanchez. Mel warf die Fotos in die Schublade und gähnte. Warten auf die Koryphäe.

Dann Aufregung im Krankhaus. Punkt 15.00 Uhr

versammeln sich alle halbwegs interessanten Fälle im Wartezimmer. Eine Horde Einäugiger, aufgekratzt wie kurz vor der Bescherung. Aufgeregtes Wispern. Zu Mels Erstaunen war auch Klosettchen dabei, mit der sie noch nie ein privates Wort gewechselt hatte, da sie sie zum einen sowohl für einen Spitzel als auch für eine Simulantin hielt. Zum anderen hatte Klosettchen außer der Dauerlächelei den Tick, alles mit einem Hmhmhmhm zu kommentieren. Kaum fing man an zu sprechen, nickte sie lächelnd, machte »Hmhmhmhm« und hörte damit erst wieder auf, wenn auch der andere nicht mehr sprach. Die weichen Konsonanten waren bei ihr hart: »Tresdner Eierschäcke, Truck ausüben, Schokolade tritteln.«

Mel hielt die Hand wie einen Schirm vor den Kopf. Die hektisch lila gepinselte Betonbaracke glänzte noch. Von Koryphäen keine Spur.

»Muss dos sein?«, zischte der Marxist-Leninist, der mit wetzenden Kittelschößen vorbeilief, und zeigte auf Mels Beine. Sie trug eine aufs ungeheuerlichste zerrissene Strumpfhose, lila, passend zur angetünchten Barackenfront. Manche der Maschen konnte man beim Klettern beobachten, ein atemberaubender Vorgang, aber auf solche künstlerischen Feinheiten achtete der Marxist-Leninist eben nicht.

»Das ist doch sicher eine rhetorische Frage«, erwiderte Mel und spreizte die Beine ein wenig, nur einige Millimeter, wie zur besseren Bequemlichkeit. Der Marxist-Leninist zog die Oberlippe hoch, auch nur wenige Millimeter, strich mit seiner behaarten Hand über den Dederon-Schlips, der aussah, als hätte ein Papagei auf eine Blumenrabatte gekotzt, und ging vorbei.

Das Wispern schwoll wieder an. Pathologische Fakten und medizinische Halbwahrheiten wurden ausgetauscht, aufgebauscht, angezweifelt, verteidigt. Jeder der anwesenden Fälle kämpfte um sein Recht, das Grundrecht des Patienten, der interessanteste, hoffnungsloseste Fall von allen zu sein.

Als der alte Mann eintrat, dessentwegen alle liegefrei hatten, stand man bereits kurz vor der Handgreiflichkeit. Es war kurz nach vier. Alle Anwesenden hielten den Atem an. Auch Mel. Er war imposant. Er war weise. Wenn einer wusste, wo die großen Wundhaken anzusetzen waren, dann er. Er würde Mel heilen, so viel war klar. Er war der Hohepriester der Gesundheit, der Papst der Heilung, der liebe Jott von Masserberg. Oder verlieh ihm die bis ins Unerträgliche gesteigerte Erwartung den Nimbus des Allwissenden?

Heinrichs kahler Schädel mit dem spitz zulaufenden Dach schimmerte matt. Auf der höchsten Stelle des Kopfes war ein halbes Dutzend Haare angesiedelt, weiß und geschmeidig wie Borsten einer Zahnbürste. Die einzige Behaarung auf weiter Flur. Wimpern und Brauen schien er keine zu haben. Seine blassgrauen Augen waren von Hautwucherungen begrenzt, deren obere man Schlupflider und deren untere man Tränensäcke nennt.

Er knöpfte seine lässig geschnittene Kaschmir-Strickjacke auf und schlurfte in karamellfarbenen Mokassins durch den Flur, sicher aus butterweichem Leder, während draußen sein schnittiger Volvo einparkte. Flankiert wurde er von Sanchez und dem Marxisten-Leninisten. Beide würdigten Mel keines Blickes, während Heinrich, als er unbestimmt grüßend nach allen Seiten nickte, sie kurz ansah. Gleich danach sah er die extra gehisste DDR-Flagge, die platschend vor dem Fenster wedelte. Sofort furchte sich seine Stirn, aber nur bis dahin, wo die pergamentene Stirnhaut in die glatte Schädelschwarte überging. Er wendete sich dem Marxisten-Leninisten zu, stumm fragend: Haben Sie etwa diesen Quatsch verzapft? Für einen Moment sah die Glatze aus wie eine Glatzenperücke und der Professor wie ein Clown. Der Marxist-Leninist duckte sich und sah strafend auf Sanchez, als sei dieser in Wirklichkeit ein notorischer Flaggenhisser. Sanchez sah erst auf des Professors Mokassins und dann auf sein beredtes Mienenspiel. Heinrich, dessen Respekt für den Marxisten-Leninisten sich rapide zu lockern schien, seit er die DDR-Flagge entdeckt hatte, erschien Mel plötzlich sympathisch. Sie schlug nach der schwarzen Fliege, die keine war, und beschloss, dem Mann bedingungslos zu vertrauen.

Sanchez konzentrierte sich darauf, indifferent vor sich hin zu starren. In Wirklichkeit, dachte er, in Wirklichkeit bin ICH IHR Chef. Eines Tages würde er das laut sagen.

Gut, dass er sein Parteiabzeichen nicht hatte finden können. Heinrich war vor dreißig Jahren aus Österreich in die DDR gekommen, aus privaten Gründen. Er verfügte über einen österreichischen Pass und konnte sich im Unterschied zum normalsterblichen DDR-Bürger Kapricen wie das Stirnfurchen über eine DDR-Flagge leisten. Ein Mann von Welt. Sanchez sah mutlos an seiner Hochwasserhose hinunter und wünschte sich – auch im Interesse von Fraulein Tauber – mit einem Fingerschnippen ein Mann von Welt zu sein.

»Nun, meine Herren«, säuselte Heinrich in einem aufreizend österreichischen Singsang und ließ sich auf einen Hocker plumpsen. Dann sprach der Chef.

»Iore Stibbvisite, wertor Herr Professor, möschte isch zum Anlass nähmen, ein baar Worte zu sagen. Unser Moddo: Wissenschaftler der DDR, jetzt ärscht räscht mit höchsten Leisdungen für die gonsequente Friedenspolidik unseres sozialisdischn Staates …«

Ichhabvondirgeträumtwirhamgevögelteswarschön

»Die von den aggressivsten Greisen des Imberalismus, insbesondere dor USA, heraufbeschworene Gefahr eines adomaren Infärnos muss gebannt werden. Anlässlisch deor Barteiwahlen gonnte über spürbare Fortschridde beim Ausbau deor medizinischen Betreuung berischtet werden.«

Ichhabvondirgeträumtwirhamgevögelteswarschön

»Immor meor Mitarbeidor des Gesundheitswesens ringen darum, die zur Verfügung stehenden Middel mit noch höherem Nutzen zum Intresse dor Bürgor einzusetzen. Das widorspiegelt sich auch in den vielen Wettbewerbsinitiativen in Vorbereidung auf den 35. Jahresdag deor DDR …«

Der Karpfenmund des Chefs blubberte Blasen. Wettbewerbsinitiativen. Weltniwoh. Wohl des Volkes. Blub. Blub. Blub. Sanchez strich die Krankenakten glatt, obwohl sie glatter nicht sein konnten.

Heinrich verdrehte die Augen. »Liebes«, rief er leicht lispelnd und drückte mit zwei Händen die Luft runter. »Lassens uns onfongen!« Sein Wiener Schmäh prallte an den Wänden ab und fiel zu Boden.

Der Chef machte die leicht ungehaltene Geste eines Dirigenten, der sein Orchester auffordert, doch endlich aufzustehen. Sanchez' Hände zitterten. Er zog das erste Blatt. Er brauchte nicht draufzusehen. Die Akte Tauber. Melanie Tauber. Mel, wie sie die anderen Kurgäste nannten. Er wusste, dass sie da draußen im Wartezimmer saß.

Er wusste auch, wo sie saß. Er hatte sie nicht gesehen, nur gewittert. Wie schrieb Goethe? Du bist wie Moschus. Wo du warst, gewahrt man dich noch.

Sein Zeigefinger, dessen nikotingelben Zustands er sich plötzlich bewusst wurde, traf den roten Knopf knapp: »Melanie … ähm … Tauber bitte.« Er schaffte es nicht, den Blick zu heben. Erst sah er nur ihre in lila Maschen gehüllten Beine. Der Chef atmete geräuschvoll aus. Sanchez hielt die Luft an und sah hoch. Ackermann hat sie, dachte er. Nicht mal heute hatte sie sich die Haare gekämmt. Gerade heute nicht, dachte er.

Der Professor betrachtete Mel und schmatzte leise. »Soso«, sagte er und winkte sie heran.

Gleich trieft ihm der Geifer, dachte Sanchez. Fehlt nur noch, dass sie sich einmal um die eigene Achse drehen soll, zur Begutachtung. Er brachte der Krankenakte einen kleinen Knick bei und begann mit der Vorstellung: »Schwere rezidivierende Iridozyklitis links …« Ihre Silhouette war göttlich. Gott sei Dank ist sie nicht perfekt, dachte er, als er im Tageslicht Mels schrundige Gesichtshaut unter dem Puder sah. »Frische Präzipitate …« Mels Blick traf ihn. Ichhabvondirgeträumtwirhamgevögelteswarschön. Sanchez hatte Mühe, nicht zu taumeln. »Wir führten durch während des bisherigen Aufenthaltes in Masserberg eine anti-entzündliche Behandlung und begannen mit einer … ähm … allgemeinen Kortison-Kur.« Dann hatte Sanchez den Faden verloren. Er schwieg länger, als es eine Denkpause erlaubte. Er schloss die Augen, öffnete sie wieder, atmete tief durch, suchte Mels Blick. Mel sah ihn an, zog einen Mundwinkel hoch und blähte die Nüstern.

Heinrich blinzelte aufmunternd. Na, los, weiter, hieß das. Für einen Moment schien es, als durchschaue der

Professor die Situation und wolle Sanchez einen Weg aus dem Blackout bahnen. Er sprach ihn direkt an. »Wo kommen Sie her, Liebes?«

Der Chef starrte auf seinen Daumennagel. Mel machte ein beleidigtes Gesicht, weil man das Interesse an ihr zu verlieren schien.

»Aus Kuba«, murmelte Sanchez.

»Aaaah«, machte der Professor, reckte echsenhaft den Hals und drohte ihm schelmisch. »Schöne Frauen, gute Zigarren, amerikanische Autos, hä?«

Sanchez nickte stumm. Die dieser Art von Konversation innewohnende Torheit machte ihn traurig. Wenn Fremde von Kuba sprachen, dann sprachen sie von Palmen und Stränden, Tabak und Rum, Ananas und Peseten, Castro und Hemingway. Für ihn war Kuba Lebensmittelkarten, Stromsperrungen, heruntergekommene Plattenbauten, Moskitos, uralte russische Kühlschränke, keine Seife, kein Benzin, kein Fleisch.

Was sollte er antworten? Sanchez war gehemmt. Damals, 1972, als er mit Ronaldo um die Wette geschossen hatte, um Heike, die Putzfrau, auf Honecker, den Pappkameraden, war er nicht gehemmt gewesen. Siegen, lecken, triumphieren. Amboss oder Hammer sein. Treffer linkes Auge – lecken. Treffer rechtes Auge – blasen. Hoch! Die! Indornationaaaale Soli-Dari-Tät! Ronaldo traf souverän. Links mit dem ersten Schuss, rechts mit dem zweiten. Er selbst traf nicht mal das Gesicht, nicht mal das Foto, schoss verzweifelt weiter in die Wand, schoss um sich, während Heike mit der Gewissenhaftigkeit einer Prostituierten erst den ersten, dann den zweiten Teil des Versprechens erfüllte. Dieses Schmatzen!

Aber es war nicht Ronaldos Schmatzen in Sanchez' quälender Erinnerung. Es war Heinrich, der schmatzte.

Das Schmatzen war Ausdruck seiner Ungeduld. Es war die Ungeduld eines Greises, der haushalten muss mit seinem Lebensrest. Sanchez sah in Mels Richtung. Sie machte eine Bewegung, als wollte sie aufstehen und gehen. Einfach aufstehen und gehen.

Aber Heinrich hatte schon ihr Oberlid gepackt und zog es hoch, während er die Konversation mit Sanchez vorantrieb: »Und was hat Sie hierher verschlagen?« Dazu machte er ein Gesicht, als hinge alles auf Gedeih und Verderb von einer präzisen Antwort ab.

Da war es wieder, Sanchez' Problem. Er überlegte. Jetzt könnte er sich mit Schlagfertigkeit profilieren. Das Klima? Ein Wirbelsturm? Vor Fidel auf der Flucht? Ihm fiel nichts ein. Sein Kopf war eine große leere Blase. »Ich ... ähm ... habe hier studiert.« Pause. Er hätte genauso gut »Mickymaus« sagen können.

Heinrich hörte die Antwort nicht mehr. Die Einsicht in Mel schien ihn plötzlich ungemein zu fesseln. »Sälzam, sälzam«, murmelte er kopfschüttelnd und starrte durch das Spaltlicht. »Schauens sich *dos* mal an!«

Der Chef stürzte herbei. »Na so was«, beeilte er sich zu sagen, als ihm gestattet war, dicht an dicht mit dem Professor einen Blick auf Mels Befund zu werfen, den er doch jeden Tag sah, den er doch aus dem Effeff kannte.

»Feinblasiges Epitel-Ödem«, sagte der Professor mit einer Handbewegung, als wollte er Mels Kniereflexe mit einem Hämmerchen prüfen. »Pupille übermittelweit ... ungewöhnlich! Da! Synechien im rechten oberen Quadranten, hier und hier ... Gibt's ja nich! Unmöööglich! Wie alt sind Sie, Mädelchen?«

Bang hoffte Sanchez, dass sie den Professor nicht verhöhnen möge. Ihn Opachen schimpfen und am Kinn kraulen oder an den Eiern. Aber in ihrem Auge glimmte

Hoffnung, und sie beschränkte sich darauf, versöhnlich »Alt genug!« zu knurren.

Wie sperrig sie ist, dachte Sanchez, stolz, so stolz, als sei Mel sein Geschöpf.

»Sälzam, sälzam«, wiederholte Heinrich wie eine gesprungene Schallplatte. »Sälzam, sälzam, sälzam.«

»Die Batientin ist siepzähn«, steuerte der Chef diensteifrig bei.

Heinrich erhob sich ächzend, um die Hände zu waschen. »Tja. Schwierig, schwierig. Was sagen Sie, meine Herren?«

Die Herren sagten vorsichtshalber erst mal nichts.

»Da gibt's nur eins.« Er sah den Chef an. Er sah Sanchez an. Er sah Mel an. Er sagte feierlich: »Man muss den Nelson-Test machen.«

Der Chef nickte. Fehlt nur noch, dass er sich auf die Stirn haut, dachte Sanchez und versuchte einen Einwand: »Aber …« Weiter kam er nicht. Der Professor warf einen Bannstrahl auf ihn. In seinen brauenlosen Augen spiegelte sich das Nichts, das Sanchez war.

Der schwieg. Nelson-Test! Ein Test zum Nachweis spezifischer Antikörper im Patientenserum, die lebende Treponemen immobilisieren. Vollkommener Blödsinn. Treponema pallidum, das gehört doch zur Gattung der Syphilis-Erreger. Der Alte muss schwachsinnig sein, dachte Sanchez. Ich will tot umfallen, wenn dieser Nelson-Test was bringt!

In diesem Moment hörte er ein Geräusch. Es kam aus seinem Rücken und klang, als fiele ein Kartoffelsack durch eine Kellerluke. Als er sich umdrehte, sah er, wie Heinrich am Boden lag, und hörte dessen pfeifenden Atem. »… Nelson … Nelson …«, keuchte er. Mel und der Chef beugten sich über den alten Mann, und Sanchez wusste nicht, wo er zuerst hinsehen sollte: in Heinrichs fahles Gesicht oder in Mels Ausschnitt.

Wenig später war der Jott von Masserberg tot. Akutes Herzversagen. Die *Jenaer Volkszeitung* würdigte seine Dreifaltigkeit: Eine Anzeige von der Familie, eine von der Klinik, eine von der Partei. Letztere erhob Heinrich, der die Stirn nicht länger missbilligend furchen konnte, posthum in den Stand eines Genossen:

> Am 1. Juni 1984 verstarb plötzlich und unerwartet der Direktor des Bezirkskrankenhauses »Frieda Hockauf« Suhl, Genosse Hellmuth Maria Heinrich, Stadtverordneter der Bezirksstadt Suhl, Träger der Medaille »30. Jahrestag der Gründung der DDR«, des Ordens »Banner der Arbeit«, anderer hoher staatlicher und gesellschaftlicher Auszeichnungen sowie Aktivist der sozialistischen Arbeit. Mit ihm verlieren wir einen unermüdlichen Streiter im Dienste der Arbeiterklasse, einen pflichtbewussten, der Partei treu ergebenen Genossen, der sich mit seiner ganzen Kraft für die Stärkung unseres sozialistischen Staates einsetzte. Wir werden ihm stets ein ehrendes Angedenken bewahren.
> Betriebsparteiorganisation
> Betriebsleitung
> Betriebsgewerkschaftsleitung
>
> JENAER VOLKSZEITUNG

Mel hielt eine kurze Andacht vor dem Schminkspiegel, um dann ein besonders aufwendiges Make-up aufzutragen. Zur Feier des Tages. Heinrich hatte ein Vermächtnis hinterlassen: den Nelson-Test. Sein »Rosebud«, Mels Schlüssel zur Heilung.

Der Nelson-Test. Wie viel Hoffnung da mitschwang! Wie kompetent das klang! Warum man da nicht eher drauf gekommen war! So viele Ärzte hatten sie untersucht, so viele Untersuchungen hatten sie vorgeschlagen, aber keine klang so beruhigend, so heilbringend, so absolut vertrauenerweckend wie der Nelson-Test. Warum war das nicht Sanchez eingefallen, diesem R-rollenden Blender, diesem feigen Zwerg, der sie verschmähte und mied, der ihr nach Belieben sein olivgrünes Geschlechtsteil zueignete und entzog, der einfach seine Pelztier-Zunge in sie steckte, um sie dann zu meiden, Sanchez, Einauges Mörder. Wenn sie erst den Nelson-Test gemacht hätte, wenn sie erst geheilt wäre, dann wären aufgeblasene Weißkittel wie Sanchez nur noch Luft für sie. Sie war nicht auf ihn angewiesen. Was wären sie auch für ein Paar gewesen! Er mit Schokonüssen, Rotzbremse und Hochwasserhose. Sie mit Teersalbe, einäugig und struppig. Königin Drosselbart und das Schlenkermännchen.

»Babieee«, schnaufte Bob, als er sich diesmal über sie beugte. »Du bist einfach zum Reinbumsen!«

»Na, denn mal los!«, sagte Mel und ließ provozierend den Badewannenzimmer-Schlüssel am Finger baumeln.

Bob hatte seinen Schreck schnell überwunden, schnalzte leise und machte: »Aha! Klickerdiklick!« Er ließ den Zeigefinger an der linke Schläfe vorwärts kreisen, um zu demonstrieren, dass er verstanden hätte, denn nichts anderes konnte es bedeuten, wenn Bob »Klickerdiklick« sagte.

»Ich seh vielleicht ein bisschen dämlich aus, aber ich bin nicht dämlich.«

Auf diese Debatte wollte sich Mel keinesfalls einlassen. »Worauf wartest du dann noch?«

Bob machte ein wild entschlossenes Gesicht. Endlich konnte er zeigen, dass er mehr konnte als Wischkreise ziehen, eine Tür aufstoßen und wild knutschen. Er justierte Mel, die stumm und passiv blieb, an die kalte Fliesenwand im Badezimmer, hob ihren Morgenrock und führte ohne großes Brimborium seinen kurzen stumpfen Penis ein. »Babieh, Babieh, Babieh«, keuchte er, während Mel bei jedem Stoß an den Fliesen höher rutschte. Es quietschte. Zu ihrem großen Bedauern hatte Bob keinen olivgrünen. Seiner glich eher einem Mehlwurm.

Mel schloss die Augen. Siebzehn Jahre und das Leben ein Scherbenhaufen. Na und? Wie Sanchez wohl mit dem Vornamen hieß? Leandro? – quietsch – Domingo? – quietsch – Gonzales?

»Carlo«, sagte Sanchez mit rollendem R und hielt ihr die feingliedrige olivgrüne Hand hin. Sie zitterte leicht, die Hand, und war feucht und kühl.

Carlo also, dachte Mel und hatte schon zum zweiten Mal in seiner Gegenwart das Gefühl, etwas gefunden zu haben, noch bevor sie es überhaupt gesucht hatte. Sie duckte sich ein wenig. Sanchez sollte sich neben ihr nicht kleiner als nötig fühlen. Die Gravitation des Planeten bestimmt die Körperhöhe, dachte Mel. Deswegen sind Kubaner so winzig. Mels Großvater war auch ein kleiner Mann gewesen. »Was soll's«, hatte Queen Mum, die ihn fast um Haupteslänge überragte, stets forsch gesagt, »Hauptsache, es passt in der Mitte!«

Frontal in ihren Nelson-Bob-Sanchez-Schlamassel hinein hatte sie am Mittag Post von Ludwig erreicht. Sie enthielt außer dem geforderten Sappho-Text von Grillparzer nichts Brauchbares, nicht die dringend erwarteten Waschlappen, nur flehentliche Offenbarungen, für die Mel keinerlei Verständnis aufbringen konnte. Während der Lektüre hatte sie den Brief laut und ärgerlich kommentiert, bis Klosettchen die Radio-DDR-Tipp-Parade lauter drehte.

Angebetete,

die Umstände der letzten Zeit sind mir etwas über den Kopf gewachsen.

»Welche Umstände?«

Schuld daran sind mein Unvermögen, »richtig« für dich zu empfinden, und die beständige Ahnung, dich bald zu verlieren.

»Na, wenn du so weitermachst!«

So mögen wir zwar äußerlich »zusammen« sein, sind uns im Innern aber ganz fremd, kennt einer die Gefühle des anderen nicht. Wir treten uns gegenüber wie zwei blutlose Wesen, ohne Eigenschaften, ohne persönliche Offenbarkeiten …

»Offenbarkeiten!!«

Das ganze äußere Gebäude droht zusammenzustürzen, falls die leiseste Frage nach einem wesentlichen Zusammenhang vernehmbar wird.

»Sag lieber, wo meine fußlose lila Strumpfhose ist!«

Wenn ich glaubte, wenn du glaubtest, die Sexualität aus unserer Beziehung völlig auszuschließen, so erweist es sich jetzt als tragischer Irrtum. Sie, die Sexualität, ist gewiss nicht das Band, welches uns zusammenhält, doch finde ich immer weniger Gründe, die uns noch bleiben.

»Ich schon! Strumpfhose! Waschlappen! Taschenlampe! Batterien!«

Denn damit, dass es die Sexualität nicht gibt für uns, hat sie Gestalt angenommen in jeder hässlichen Bemerkung, in jeder kleinen Quälerei, die wir uns zugefügt haben.

Ich denke sehr oft an dich. Alles, was ich tue, verbindet sich mit deinem Bild. Ich möchte, dass du bei mir bist, richtig bei mir bist.

»Pfff! Was heißt hier richtig?«

Ich liebe dich noch immer sehr. Nach Masserberg kann ich aus finanziellen Gründen erst wieder nach dem 10. Juni kommen.

»Hoffentlich sehe ich die Waschlappen vorher!«

Sie hatte langsam den Brief zerknüllt und sich immer wieder gefragt, was ihr Ludwigs Liebe und Hingabe bedeuteten. Als sie sich daraufhin in erstaunlich kurzer Zeit klargemacht hatte, wessen Liebe ihr mehr bedeuten würde, wählte sie den signalroten Nagellack zum blauen Kleid und schickte sich an, Sanchez nach dem Dienst abzufangen.

Lange nahm sie sich Zeit, die passende Augenverpackung zu wählen. Sie schwankte zwischen Spiegelei-Verband, einem ovalrunden wasserabweisenden hellbraunen Westpflaster und einer nagelneuen schwarzen Augenklappe, dreieckig, pappverstärkt und mit schwarzem Stoff überzogen. Die Wahl fiel auf Letzere, die passte besser zum Kleid.

Genau zwischen Abendessen und Bettruhe würde er die Baracke verlassen, quer durch den Park am Teich, am Brunnen und an der kleinen Bühne vorbei gen Ortsausgang laufen, so wie jeden Abend. Das wusste sie schon. Das war nicht schwer herauszufinden. Aber wo ging er hin? Was war sein Lebensplan – und er hatte gewiss einen! Wie verbrachte er seine Abende? Las er, trank er, spielte er Fußball, sammelte er Bierdeckel? War er schwul, ein Neutrum, verlobt, ein Einsiedler? Was immer er trieb, es musste etwas Merkwürdiges sein.

»Gehen wir ein Stück zusammen?«, hatte sie gefragt,

als er mit einem Blick auf seine Ruhla-Armbanduhr aus der Tür trat. Er hatte die weiße zerschlissene Hochwasserhose gegen eine dunkelblaue bretthart e Boxer-Jeans getauscht. Sein stummes, fast ergebenes Nicken wirkte, als würde er nun aufs Schafott geführt. Von weitem winkte Molly und hielt peinlicherweise den Daumen hoch, aber Sanchez nahm das gar nicht wahr. Er starrte auf Mels Brüste, als könne man dort ablesen, was es zu sagen gelte. Er bewegte seine Extremitäten wie ein Passgänger. Plötzlich blieb er stehen, sah an Mel vorbei, hielt ihren Brüsten die Hand hin und sagte »Carlo«. Das war wenig, aber es war mehr, als Mel erwartet hatte. »Mel«, sagte Mel und, um den Faden nicht abreißen zu lassen: »Das war ja neulich ’n Ding mit Heinrich!« Sie schüttelte seine Hand, die etwas feucht war und zart wie die einer Frau.

»Ähm – ja! Ein Ding«, wiederholte Sanchez stumpf. »Ding is Ding. Kann man nix machen.«

Was war das für ein Quatsch? Warum stieg er nicht ein? Heinrichs Tod war doch ein gebührender Anlass zum Warmplaudern.

»Sie reden zwar nicht viel, aber wenn, dann versteht man überhaupt nichts«, sagte Mel.

Er wirkte gepeinigt. Hinter seiner olivgrünen Stirn arbeitete es. Seine Hand kramte in seiner Jackentasche. Schließlich wurde er fündig: »Zigarette?«

»Oje. Nönö! Juwel 72. Das sind doch die mit Bulgartabak. Lieber hack ich mir ins Bein!«

Sanchez steckte seine Zigaretten wieder ein und verschränkte die Hände auf dem Rücken.

Schweigend liefen sie einige Schritte über die Wiese gen Wald, ihre Knie wurden von Farn gestreichelt, bis sich ihnen eine kurze dichte Sanddornhecke in den Weg stellte. Zuvorkommend streckte er seine Hand aus, um Mel über die Hecke zu helfen. »Bitte keine Ritterspiele«, hörte Mel sich sagen und zog ihre Hand weg. Warum tat sie das? Noch im Überlegen strauchelte sie, da ihr räumliches Sehen stark eingeschränkt war, geriet ins Wanken, spürte Dornen in ihren Waden und war froh, als Sanchez sie doch noch packte.

Er hielt sie fest, ihr Augenverband löste sich, sie sah ihn im Gegenlicht in trüb-blindes unwirkliches Licht getaucht. Das Licht hüllte ihn ein. Er trug ein Scheichsgewand aus Licht. Sie machte sich schwer in seinen Armen. Wenn er losließe, würde sie fallen. Sie verzog das Gesicht vor Schreck, vor Wonne und weil es schmerzhaft ist, wenn sich Liebe von innen nach außen stülpt. Er schien ganz aufs Halten konzentriert, denn seine Armmuskulatur zitterte, und so richtig stark schien er auch nicht zu sein. Warum er sie allerdings nicht küsste, hier, mitten auf der Wiese, in dieser Kulisse, hinten der Sonnenuntergang, vorn der Wald, war ihr ein Rätsel. Wut stieg in ihr hoch und machte sich in gut zwei Worten Platz, die für beider Zukunft richtungsweisend werden sollten: »Wird's bald!«

»Die ist bestimmt gut im Bett«, hatte Sanchez oft sagen hören, wenn Mel vorüberging. Er war dann stets mit sich uneins, ob er die Ohren verschließen oder spitzen sollte. Immerhin handelte es um einen Sachverhalt, an den auch er schon den einen oder anderen Gedanken verschwendet hatte. Das Wörtchen »bestimmt« machte ihm Hoffnung, wusste es doch offenbar keiner aus eigenem Erfahren. Man spekulierte. Man machte sich Gedanken. Man tauschte sich aus. So war das eben bei so einer Frau.

In Sanchez' Phantasien mischten sich tatsächlich passierte Szenen (honigfarbenes Gewand, verwischter Lippenstift; Mels zerzauster Kopf vor seinem entblößten Glied, das Weiße unter ihrem Auge) mit erdachten (sie sitzt auf dem Hocker, mit dem Rücken zum Binokularmikroskop, er taucht zwischen ihre Beine, er setzt das Stethoskop zwischen ihre nackten Brüste, dann eine Sexszene auf der Bühne, vor ausverkauftem Haus, sie Luise, er Ferdinand, halb nackt, moderne Inszenierung).

Er wischte die Gedanken weg. Das waren Nachtträume – und jetzt war Tag.

Aber was war das – »gut im Bett«? Es klang verheißungsvoll, ohne Frage, es roch nach heißen vibrierenden Körpern, es schmeckte nach Körperflüssigkeiten aller Art, doch welcher Fähigkeiten bedurfte es, um gut im Bett zu sein? Ging es um Biegsamkeit und Sportlichkeit? War die Größe des männlichen Geschlechtsteils entscheidend? Spielte die Bereitwilligkeit zum Cunnilingus eine tragende Rolle? Galten Kreativität und Kampfeslust als Qualifikation? War lautes Stöhnen Bedingung, und musste beim Liebesakt in Trance vom Bett gefallen werden?

War Tinka gut im Bett? War er gut im Bett? »Schlecht im Bett – sonst ganz nett«, hatte er jüngst eine OP-Schwester über einen Liebhaber sagen hören. Verheerend. Traf es auch auf ihn zu? Er wusste es nicht. Und konnte er es überhaupt beurteilen? Gab es das überhaupt, gut im Bett, wurde es nur in einem bestimmten Stadium von Verliebtheit oder Leidenschaft so empfunden, oder war es ganz und gar Legende?

Es gab einen Lebensbereich, der Sanchez stets mit tiefer Unruhe erfüllt hatte: sexuelle Ausschweifungen, von denen man las, hinter vorgehaltener Hand hörte, von denen man träumte. Die glibberige Tropfsteinhöhle der Laster war ein Etablissement, zu dem Männer wie Sanchez keinen Zutritt hatten. Vielleicht, weil sie nicht wagten, ihn zu erbitten oder gar zu fordern. Mel roch danach. Das Weiße in ihren Augen war der Vorhang, hinter dem die Tür lag in jene andere dunkle raunende Welt.

Nun stand er kurz vor dem Eintritt. Würde er das Codewort wissen? Er war nervös. Er hatte Komplexe. Was, wenn er *nicht* gut war im Bett? Wenn *er* nicht gut war? Seine Verunsicherung hatte er sich nicht anmerken lassen, als sie energisch auf ihn zulief, vor der Baracke, in einem sehr kurzen weit schwingenden Kleid, das ungefähr die Farbe ihrer kranken Iris hatte: verwaschen blau. Ihre Brüste führten darunter ein so aufregendes Eigenleben, dass man in Sorge sein musste, die drei – Mel und die Brüste – könnten sich nicht auf eine gemeinsame Richtung einigen. Während er wenig später schweigend neben ihr herging und seiner sexuellen Qualifikation nachhing, tauchte in seinem Hirn wieder die Sache mit Ronaldo auf.

Ja, auch er war mal ein Tier gewesen. Er sieht Ronaldo, schnaufend und keuchend über Heike, der Putzfrau. Er sieht sich, wie er Ronaldo wegstößt, ohnmächtig vor Wut und besinnungslos geil. An diesem Punkt reißt die Erinnerung ab. Das nächste Bild zeigt ihn vor Gericht. Zwei Anklagepunkte: staatsfeindliche Hetze und Vergewaltigung.

Sanchez reckte sich. Mel war trotzdem größer als er. Sie sah ihn an. Er musste etwas sagen! Es musste dringend etwas gesagt werden! »Carlo«, sagte Sanchez und hielt ihr die Hand hin, obgleich sie leicht zitterte und er an Hyperhidrosis litt. Besser: Er hielt seine Hand ungefähr dahin, wo er Mel vermutete, denn er konnte sie nicht ansehen. Sie würde alles sehen in seinem Blick. Die Angst, die Lüge, die Unerfahrenheit, die Geilheit. Sie trug eine Sonnenbrille, die ihrem Gesicht etwas Ameisenhaftes verlieh. Er konnte ihre Augen nicht sehen. Er konnte ihren Blick nicht sehen, als sie ihren Namen sagte und irgendwas von Heinrich.

Sanchez stammelte. Er war verwundert darüber, dass er und Mel durch Masserberg liefen und sich unterhielten, als würden sie nicht schon seit Wochen umeinander herumtänzeln, ständig auf der Flucht voreinander, ständig auf der Suche nacheinander. Oder war ihm das nur so vorgekommen? Zu Heinrichs Tod fiel ihm nichts Schlaues ein. Schließlich schwieg er und versuchte, seinem Schweigen etwas Beredtes zu geben. Dann machte Mel eine abschätzige Bemerkung über das Niveau ihrer Konversation.

Er kam in Zugzwang. Jetzt bloß nicht der Velarde-Effekt! Auf keinen Fall durfte der Velarde-Effekt eintreten. Er musste Zeit gewinnen. Schließlich sagte er lässig, fast so, als ob nichts wäre, als liefen sie jeden Abend nebeneinanderher und plauderten: »Zigarette?« Er zog die Schachtel aus seiner Hosentasche. Mel warf einen Blick darauf, von dem er froh war, dass sie ihn nicht auf ihn geworfen hatte. Sie reagierte auf seine Zigarettenmarke so angewidert, dass er selbst nicht mehr zu rauchen wagte. Lieber ins Bein hacken, als eine Juwel 72 zu rauchen. Da war ihm gleich der Appetit vergangen. Obwohl ihm diese Marke ganz gut schmeckte. Und sie war immer vorrätig. Andere Zigarettensorten, Club oder Cabinett, gab es nur unter dem Ladentisch. Juwel 72 konnte man überall kaufen. Wahrscheinlich des Bulgartabaks wegen. Der war ihm nie negativ aufgefallen! Wie wenig Geschmack er doch hatte!

Unter dem Hemd lief ein Schweißtropfen kitzelnd an seiner Wirbelsäule hinab. Sie waren vom Trampelpfad abgekommen, der über eine Wiese zum Ortsausgang führte. Es wurde unwegsam und stachlig. Er gab dem Impuls nach, Mel festhalten zu wollen. Sie machte das Kann-schon-alleine-Gesicht eines Kindes und sagte zickig: »Bitte keine Ritterspiele!« Dann verlor sie das Gleichgewicht. Vielleicht tat sie auch nur so. Er konnte sie eben noch halten. Die Sonnenbrille fiel ins Kraut. Er hielt Mel. Ihm war, als würden innere Tore aufgestoßen. Er hielt sie oberhalb der Taille und spürte, wie sich ihr Zwerchfell unterm Thorax aufblies und ihn groß und klein werden ließ. Das Kleid hatte sich durch seinen Griff hochgeschoben und gab den Blick frei auf einen sehr gut entwickelten Glutaeus maximus. Das Gewicht ihrer Brüste lastete auf seinen Daumen. Sanchez' Gedanken verfingen sich in einer Endlosschleife: ... kein BH ... hab ich saubere Unterwäsche an? ... darf kein Lippenstift auf mein Hemd ... muss nach Hause, nach Hause ... Ihr Gesicht war erhitzt, sie atmete schwer. Sie sah zornig aus und keuchte: »Wird's bald?« Wollte sie, dass er sie losließ? Wollte sie, dass er sie küsste? Sanchez, todesmutig, entschied sich für das Letztere.

Es war wie in einem dieser Alpträume, in denen man fliegt, zu fallen glaubt, zusammenzuckt, sich festhalten will. Unter geschlossenen Lidern sah Mel Regenbögen. Falschfarbene Regenbögen. Diesmal blieb es nicht beim Kuss. Sie wälzten sich im Brennnesselbusch. Sie wälzten sich und knutschten, als ging es um alles oder nichts. Mels linke Hand umschloss Sanchez' gut ausgeprägten Hinterkopf, ihre rechte fuhr hektisch an seinem Körper entlang abwärts, auf der Suche nach der warmen trockenen olivgrünen Schlangenhaut seines Geschlechts. Ihr Kleid war nur noch ein gerafter Schal um ihren Hals. Sie lag nun mit Strumpfhose, Slip und entblößten Brüsten unter ihm. Es war, als drücke das Gewicht seines Körpers den Tod aus ihrem. Ein Holzstrunk geißelte ihren nackten Rücken. In ihren Ohren rauschte das Blut. Sie schwang sich mit einem Ruck in die Oberhand und rammte ihm ihre Brüste ins Gesicht. »Gefällt dir die Titte?«, rief sie heiser. »Nimm sie dir!« Dann bemächtigte sie sich seines Hosenstalls. Der Gürteldorn klemmte hartnäckig in der Schnalle. Einer ihrer roten Fingernägel brach ab, Wimperntusche lief in schwarzen Bahnen über ihr Gesicht, grub Schneisen in den Puder, schmeckte bitter im Mund, egal, sie war wie besinnungslos, sie musste ihn haben, jetzt gleich, auf der Stelle.

»Nein«, keuchte Sanchez plötzlich, als kämpfe er um seine Unschuld, und zwar mit dem Teufel selbst. »Nein … ähm … bitte nicht.« Er wehrte die wilden Hände ab, machte sich los, küsste Mels Stirn, richtete fahrig sein Hemd, klopfte die Hosenbeine sauber und ging.

Mel sah ihm nicht nach. Es kostete sie alle Kraft, sich nicht die Haare zu raufen, die Kleider zu zerreißen, die Stirn gegen knorrige Baumrinden zu schlagen, sie an ihnen blutig zu schlagen, nach dem bewährten Prinzip des Gegenschmerzes, weil ihr fast das Herz brach, weil ihr jede Katastrophe der Welt läppisch erschien im Vergleich zu der Tatsache, dass Sanchez jetzt fortging.

Tagebuch

Masserberg, 4. Juni 1984

Will ich ihn?
Will ich ihn nur, weil er mich nicht will?
Will er mich wirklich nicht?

Wollte ich ihn, wollte er mich?
Will ich ihn nur, falls er mich nicht will?
Hält der Zauber nur, bis ich ihn benenne, bis er ihm erliegt?
An manchen Tagen ist das Hirn so scharfkantig, dass es innen an der Schädeldecke kratzt. Schmisse. Inwendige Schmisse. Schmerzen. Irrsinnige Schmerzen. Olivgrüne Schmerzen. Quell des Übels ist nicht das Auge. Quell des Übels ist Sanchez.

Emma K. fummelte sich einen grünen Lockenwickler aus dem Fusselhaar. »Willem war 'n kräftja Mann. Viel gesprochen hatter nich, der Willem. Manchmal hatter mir ooch 'ne Koppnuss jejeben.«

Es gab viele Phantome in Masserberg. Namen von Verwandten, Freunden und Bekannten, von denen keiner wusste, ob sie wirklich existierten, weil niemand sie jemals in Masserberg gesehen hatte. Die Phantome flatterten herum wie Geister. In Köpfen, in Träumen, in Briefen und Päckchen. Nach und nach wurden sie Gesichter, Körper, Charaktere. Mit jeder Erwähnung nahmen sie mehr Gestalt an. Eins der Phantome war Willem, Emma K.s Mann.

Emma K. kramte mit zittrigen Fingern in ihrem durchsichtigen Tablettenkistchen, klaubte eine rotgelbe Kapsel heraus und seufzte. Sie seufzte immer, wenn sie von ihrem Mann sprach. Der lag im Koma, irgendwo in Berlin. Er war mit seinem feuerroten Lada in die Leitplanke gerast, im Vollsuff, Nordhäuser Doppelkorn. Mel stellte ihn sich vor wie eine proletarische Ausgabe des späten Erich von Stroheim: halslos, glatzköpfig, verbittert, mit Specknacken.

»Nur jut«, sagte Emma K. bitter. »Alleene hätte der

nich für sich sorjen können. Nu sorjen die Ärzte für ihm. Jott sei Dank!«

»Hmhmhmhmhm« machte Klosettchen. Da war er wieder, Jott. Mel war nicht ganz klar, wofür sich Emma K. bei ihm bedankte. Für das Koma von ihrem Willem? Für den Überschuss an Dativ? Für Masserberg?

»Das Leben ist eins der schwersten«, sagte Klosettchen und vollführte einen vieldeutigen Schlenker mit der Häkelnadel. Als keiner antwortete, sah sie sich lächelnd um: »Stimmt's oder hab ich recht? Ja oder ja?«

»Hören Sie sich eigentlich manchmal zu?«, fragte Mel gereizt. Sie fuchtelte sich unterstützend mit der Handfläche vor ihrer Stirn hin und her.

Klosettchens Tonfall wurde kalt und flach, ihr schmallippiger Mund wurde zum Karpfenmund, und sie fing an zu sächseln, als sei der Marxist-Leninist in sie gefahren: »Was wardn das eben für 'ne Handbewegung?«, fragte sie und sah erst Mel an, dann Emma K., die die Schultern hob. Mel wiederholte die Handbewegung. »Meinen Sie, ich lasse mir Ihre Frechheiten länger gefallen?«, fragte Klosettchen. »Meinen Sie, ich weiß nicht, dass Sie hier ständig die Kurgesetze brechen? Meinen Sie, ich höre Ihre abfälligen Bemerkungen über die Deutsche Demokratische Republik nicht?«

Warum war Willem nicht hier und gab Klosettchen eine Koppnuss? Warum fuhr Jott nicht in die Radioantenne und dann damit durch Klosettchens Kopf?

»Sie werden sich noch umkucken«, drohte Klosettchen und warf einen Seitenblick auf den Zimmerlautsprecher, als säße darin ihr Führungsoffizier.

Mel gähnte gespielt lässig, wartete, bis Klosettchen wegsah, und holte das Tagebuch aus dem Versteck.

Tagebuch

Masserberg, 5. Juni 1984

Demnächst muss ich Klosettchen drohen, sie zu erwürgen. Sie dreht immer wieder Radio DDR auf, volle Pulle, hängt ihren Morgenrock an meinen Haken, legt Häkeldeckchen auf den Tisch, stellt 50 000 Vasen drauf, stößt politische Drohungen aus. Ein tragischer Todesfall liegt in der Luft. Und dann wird in der Zeitung stehen: Spaziergänger machten einen grausigen Fund.

Neue Therapie:
2x Atropin
5x Dexamethason
3x Neosynephrine
3x Solkoserylsalbe

Dann beendete sie ein Schlenkermännchen aus Brotteig, warf es auf einen Haufen schon fertiggestellter Schlenkermännchen und stülpte sich den Kopfhörer auf. Isoldes Liebestod rauf und runter.

Da öffnete sich die Zimmertür, und Schwester Heidi fuhr ein Bett herein. In diesem Bett lag eine Frau auf ihrem Bauch. Mel lüpfte den Kopfhörer. Die Frau stöhnte und jammerte und wurde schließlich dort eingeparkt, wo früher Einauge dichtete, direkt neben Mel. Dann kam Sanchez, einen Gruß murmelnd, in der olivgrünen Hand den Anamneseblock. Rasch schob Mel mit dem Fuß die Brotteig-Schlenkermännchen unters Bett. Sanchez' Blick schlug einen eleganten Haken um Mel, um ihr ganzes Bett. Er nahm sich einen Stuhl und setzte sich mit dem Rücken zu ihr seitlich vor die Neue. Mit weinerlicher Stimme erzählte diese ihre Krankengeschichte. Gut, dass Heinrich tot war. Mit der Nummer hätte sie allen die Show geklaut: Iridozyklitis seit etwa zehn Jahren. Rezidive immer heftiger, grauer Star, grüner Star, Glaukomanfall, »Vereisung« der Augen, Loch mit Laser, Linsen entfernt, vorübergehend völlige Erblindung, dann doch wieder sehend, aber mit Glaskörperirritation. Seit einem Jahr war auch das andere Auge erkrankt und musste behandelt werden. Kürzlich wurde unter Vollnarkose rechts der Glaskörper entfernt, der entstehende Hohlraum mit Öl gefüllt. Nun musste sie auf dem Bauch liegen, warum, konnte Mel nicht verstehen, weil ihr vor Schreck ganz übel wurde.

Jott hielt ihr einen Spiegel vor. Das da, das wimmernd im Nebenbett lag, war ihre Krankheit im Endstadium! Und das da, das olivgrün und R-rollend vor dem Bett saß, war vielleicht ihr Schicksal. Sie wollte diesen Mann, wie noch nie eine halbblinde Teenagerin einen Schlenkermann wollte. Ins Wasser springen, weil man hofft, dass dort ein Boot sei. Der Sprung Sanchez, das Boot der Nelson-Test, das Wasser Blindheit? Oder andersrum? Mel kritzelte auf einen Zettel *Morgen früh um 7 an der Bühne* und schob ihn Sanchez in die Kitteltasche.

Hier bahnte sich etwas Gewaltiges an, das spürte Mel unter der Haut. Im Tagebuch notierte sie mit ihrer Neigung zu »lutherischen Wortungetümen«, wie Martin es nannte, es sei »das Vorgefühl eines Niesers, der das Universum erschüttern« würde. Dieser wildfremde Arzt mit dem Talent, im richtigen Moment erotisch das Falsche zu machen, übte auf sie einen immer größeren schwer bestimmbaren Reiz aus. Nicht eine Minute verging, in der sie sich nicht ausmalte, wie das nächste Treffen mit Sanchez verlaufen würde, am nächsten Morgen, an der kleinen Bühne. Er würde da sein, das wusste sie. Es würde zu einem Kuss kommen und dann unweigerlich zum Äußersten. Das morgige Treffen wäre zweifelsohne der Anfang einer leidenschaftlichen Affäre.

Allerdings hätten sie Publikum. Mels Passion hatte sich inzwischen herumgesprochen. Ihr schauspielerisches Talent, das wusste sie, war mäßig, aber für Masserberg ausreichend. Dass Sanchez sie heimlich beobachtete, wenn sie für die Schauspielprüfung probte, hatte sie schnell bemerkt. Doch bald kamen auch andere, Kurgäste und Masserberger, klatschten Beifall, riefen Bravo, mischten sich anderweitig ein. Mel gefiel sich in der Rolle der Lokalmatadorin. Die Zustimmung der Hottentotten war ein Vorgeschmack von Ruhm. »Schauspielerin ... vom Theater...«, raunte einmal ein Einheimischer, seine Frau anstoßend, und zeigte auf Mel, die eben die Drogerie betrat, »... aus Berlin!«

Mel räkelte sich provokant, als ein neuer Pfleger das Zimmer betrat und alle Insassen nach den Namen fragte. Sie würde Sanchez also morgen früh in den Wald entführen müssen, um mit ihm allein zu sein. Erst war Emma K. dran. Dann unterbrach die neue Patientin ihr Wimmern und stellte sich entspannten Tones als Petra Scheibel vor. Molly wirkte seltsam versteinert und diktierte dem Jungen harsch »Christina Gräfin von Hohenzollern« in den Block. Mel fand den Scherz gelungen und beschloss, noch einen draufzusetzen. Da stand er auch schon vor ihrem Bett:

»Und wie heißen Sie?

Lüstern hauchte sie: »Soraya-Chantal. Aber nenn mich Muschmusch. Und du?«

Er, amtlich, mit gesenkten Lidern, an denen rote Wimpern hingen und nach Mama schrien: »Den Nachnamen, bitte!«

Dann teilte er Thermometer aus, die lang und dünn wie Strohhalme waren.

»Oh, raffiniert! Wo soll ich mir denn das hinstecken?«, fragte Mel.

Er mit belegter Stimme: »Nur untern Arm!«

Mel träumte weiter. Das, was sie träumte, hieß bei Orwell Gedankendelikt. Wie Sanchez ihre Hüften packen würde. Wie er sie so gründlich untersuchen würde, wie noch nie ein Arzt eine Patientin untersucht hatte. Wie er mit ihr alle möglichen Schweinereien machen würde und zu guter Letzt auch noch den Nelson-Test. Doktorspiele mit einem echten Doktor.

Mel war in den ausgefeiltesten Liebestechniken geschult. Am Gymnasium galt sie als begnadete Schwertschluckerin. Kein noch so großes Geschlechtsteil konnte sie schrecken. Im Pionierlager am Werbellinsee wurde sie eine ausdauernde Taucherin. Mehr als zwei Minuten konnte sie unter Wasser bleiben und blasen, ohne Luft zu holen, bis zum Orgasmus des Partners. Sie war eine temperamentvolle Reiterin, eine multiple Kommerin, und sie war mit den Zehen geschickter als manch andere Frau mit den Fingern. Das alles sollte Sanchez zuteil werden. So weit die technische Seite.

Erschwerend kam ein dumpfer Schmerz im Bauch hinzu, wenn sie an ihn dachte. Sie konnte sich an kein vergleichbares Gefühl erinnern. Es fühlte sich an, als sei eine Metallscheibe tief in ihr Innerstes implantiert, die in Schwingung geriet, sobald etwas sie an Sanchez erinnerte. Und es erinnerte sie alles an Sanchez: Bärte, Betten, Spritzen, braune Augen, weiße Hosen, grün in jeder Schattierung, alles, alles … Sie weidete sich daran, sie suhlte sich darin, sie freute sich auf das, was kommen würde. Doch die Anbahnung der Affäre wurde jäh und machtvoll unterbrochen, denn zwischen dem Abend und dem Morgen lag die Nacht. Und in der Nacht wurde Molly verrückt.

Die Gräfin von Hohenzollern war kein Spaß gewesen. Noch als der Pfleger längst wieder weg war, schlurfte Molly als Gräfin durchs Zimmer, huldvoll nach allen Seiten grüßend, Klosettchen die gichtige Hand zum Kusse hinhaltend. Schon wenig später war sie Marlene Dietrich. Sie sang falsch, zeigte ihre Hühnerbeinchen bis zum Ansatz und zog die Augenbrauen derart heftig hoch, dass die Ohren unterm kirschroten Haar wackelten: »Dschoooohnieee, a-wänn duuuh Geburrrtstack hast, a-binn ich bei diaaarrr zu Gast, a-die ganzä Nahaaacht …« Dann lief sie auf Mel zu, halb Gräfin, halb Marlene. »Gib mir das blaue Kleid, kleine Pute«, herrschte sie sie an. »Nicht das taubenblaue aus Satin! Das meerblaue! Das Organzakleid mit den perlmuttschimmernden Pailletten! Na los! Vitevite!« Mel griff nach dem Morgenmantel und half Molly hinein. »Ungeschickte Person!«, herrschte diese sie an.

Mel war trotzdem dagegen, die Schwester zu rufen. Sie war fest entschlossen, das alles für eine Sinnestäuschung, einen kleinen senilen Aussetzer, schlimmstenfalls für den längsten Scherz der Welt zu halten. Molly war ihre Freundin, ihre Vertraute. Noch am Vormittag hatte Mel ihr in allen Details von ihrem abendlichen Spaziergang mit Sanchez erzählt, im Gegenzug wusste Molly Ähnliches von sich und dem Kastanienmann zu berichten. Die Zeit der Kurschatten war angebrochen. Und nun plötzlich verrückt?

Gegen halb zehn war der halbwegs spaßige Teil von Mollys Wahnsinn vorbei. Emma K. war eingeschlafen und entwickelte im Profil eine beängstigende Ähnlichkeit mit Leonid Breschnew. Schon das war gruslig genug. Klosettchen hatte sich unter der Bettdecke verschanzt und äugte wie ein Erdhörnchen durch die Ritze. Auch das machte wenig Mut. Mel saß sprungbereit im Halbdunkel des Kerzenlichtes und beobachtete Molly, die hinter der Gardine stand, erstarrt in einer Lady-Macbeth-Pose, mit erhobenen Krallen und gespenstisch geöffnetem Mund, schrecklich und stumm wie *Der Schrei* von Munch. An der Wand flackerte der Gardinenschatten. Sonst bewegte sich nichts. Nach geraumer Zeit, als sich keine Veränderung einstellen wollte, fasste sich Mel ein Herz, stand auf und trat nahe an Molly heran. Diese stand steif, kein Gesichtsmuskel zuckte, als sei sie kurzfristig eingesprungen im Gruselkabinett.

Mollys kranke, leicht blutunterlaufene alte Augen fixierten nichts. Sie waren geöffnet, aber sie sahen nichts. Das Gesicht hinter der Gardine war mit Abstand das Schrecklichste, was Mel jemals gesehen hatte. Sie fürchtete sich, packte aber trotzdem zu, beruhigend auf Molly einredend: »Es wird ja alles wieder gut! Nu schlaf erst mal! Morgen früh sieht die Welt schon ganz anders aus.« Molly war warm und atmete ruhig, fühlte sich aber steif an wie eine Schaufensterpuppe. Es war harte Arbeit, sie vom Fenster zum Bett zu bugsieren, aber Mel war froh, etwas zu tun gegen den Horror. Sie tat, als sei alles ganz normal, redete auf Molly ein wie eine Pflegerin. »Nun mach doch mal 'n bissel mit, Molly! Komm! Leg dich hin! Ruh dich erst mal aus, hm?«

Schließlich gelang es Mel, die Erstarrte rückwärts aufs Bett zu biegen, ohne dass sie Gegenwehr leistete. Mollys Füße schnellten federnd hoch, als sie die Bodenhaftung verloren. Da lag sie nun wie eine sperrige Wurzel, Mund

und Augen aufgerissen, die Arme griffen ins Leere. Mel breitete die Decke über Molly, legte sich ins Bett und täuschte Schlaf vor. Sie befand sich in einer ähnlichen Erregung wie damals, als sie Einauges Lider schloss. Sanchez und der bevorstehende Morgen waren vollständig aus ihrem Bewusstsein verschwunden. Wenn sie einen Arzt rufen würde, dann käme Molly ins Irrenhaus. So viel war klar.

Sanchez kannte sich selbst kaum wieder. Er pendelte zwischen Überschwang und Albernheit. Du bist schön, sagte er zu jedem Einmachglas, zu jedem Kohlkopf im Dorfkonsum und um ein Haar auch zur Kassiererin. Jede Salbe war Mel, jede Kanüle, jede Patientin. Er sah Mel in seinem Zahnputzbecher, und er sprach mit ihm. Er sah Mel in seinem Kopfkissen und schmiegte sich daran. Er küsste sich den eigenen Arm hoch wie ein Idiot und tat wahlweise so, als sei es Mels Arm oder Mels Mund an seinem Arm.

Aus dem Häuschen, dachte er immer wieder. Bin ganz aus dem Häuschen. Der Zettel prickelte förmlich in seiner Hosentasche. Morgen würde er sie sehen! Morgen würde er sich nicht wieder vorschnell ergießen wie ein Schuljunge, der erste feuchte Träume hat. Gut, dass er das Malheur vor Mel hatte verbergen können! Nicht auszudenken!

Er war am Abend nach Dienstschluss so aufgeräumt, dass er Nelken kaufte, rote Nelken, Tinkas Lieblingsblumen. Im Überschwang hob er Tinka hoch, wirbelte sie herum. Ihr Hauspantoffel fiel vom Fuß und prallte gegen die Schrankwand.

»Was ist denn los?«, fragte Tinka erhitzt.

»Gute Laune«, sagte Sanchez und stellte sie ächzend

ab. »Ich werd doch wohl noch mal gute Laune haben dürfen!« – »Dann wirst du gleich noch bessere Laune haben«, sagte Tinka.

Sanchez hörte nur mit halbem Ohr hin. Was würde er morgen früh anziehen? »Ich war bei Doktor Wogenstein.« Etwas Warmes, denn die Masserberger Morgen waren kalt. »Er hat mich gründlich untersucht.« Etwas Robustes, denn sie würden sich sicher auf dem Boden wälzen. »Er sagt, es besteht kein Zweifel.« Frische Unterwäsche, schicke moderne Unterwäsche. Und diesmal, das war sicher, würde er sich nicht wieder entziehen.

»Bärchen, ich glaube …«

»Weißt du zufällig, wo meine blaue Unterhose ist?«

»Ich glaube, ich bin schwanger.«

»Die du mir zu Weihnachten geschenkt hast.«

Wie alle Verknallten war Sanchez nicht mehr Herr seiner Körperfunktionen. Er lief nicht, er traumwandelte. Er sah nur, was er sehen wollte. Er hörte nur, was er hören wollte. In seinem Kopf war nichts als Resonanz. Es dauerte einige Sekunden, bis er die Entrüstung auf Tinkas Gesicht zur Kenntnis nahm. Und auch das nur, weil sie sich ihm in den Weg stellte, die Hände in die Hüften gestützt, in den Türrahmen, durch den er gehen wollte, um im Wäschefach die blaue Unterhose zu suchen.

»Was ist denn?«

»Hast du nicht zugehört?«

»*Du* hörst nicht zu! Ich suche meine Unterhose, meine blaue Unterhose.«

»Die habe ich weggepackt. Die wollte ich Alessandro schenken.«

»Warum?«

»Weil du sie zu jugendlich findest.«

»Wer sagt …?«

»Du. Hast du gehört, was ich gesagt habe?«

»Jaja!«

»Was hab ich denn gesagt?«

»Naja … ähm … ich …«

»Ich sagte, ich glaube, bin schwanger.«

Sie standen sich jetzt genau gegenüber. Tinka sah ihn unverwandt an. Sanchez hörte ihre Worte, aber er begriff sie nicht. Und als er sie begriff, da konnte er sie nicht glauben. Und als er sie glaubte, sah er sich außerstande, sie zu kommentieren. Schwanger. Tinka. Seine Tinka. Schwanger von ihm. Von ihm? Das hatte ihm gerade noch gefehlt. Was sollte er denn mit einem Kind?

Ein Kind, das ihn an Tinka binden würde, jetzt, wo er eine Trennung in Erwägung zog. Er würde sie heiraten müssen. Er würde Mel nicht kriegen. Was für eine Scheiße! In diesem Moment wurde ihm das Klischeehafte der Situation bewusst. Der Klassiker. Die abermillionste Variation auf den Klassiker. Er stand da mit Tinka, gleichzeitig sah er sich da mit Tinka stehen, gleichzeitig sah er sich, wie er sich da mit Tinka stehen sah.

»Du siehst ja nicht grade begeistert aus.«

»Doch, äh … ich …«

»Wir warten doch schon so lange drauf.«

»Ja, aber …«

»Du warst es doch, der sich immer einen Sohn gewünscht hat. War doch so.«

»Hmmmm … ähm … ich dachte nur, du bist … du hast … du kannst nicht …«

»War eben ein Irrtum.«

»Ähm … sicher?«

»Nein, aber …«

»Ohne ein Risiko? In deinem Alter?«

»Na, so alt bin ich nun auch wieder nicht.«

»Oh. Sch...schön.«

In Sanchez rangen Wut und Verzweiflung. Die Wut siegte. Als hätte Tinka es geahnt, was zu tun sei! Schwanger! Was für ein mieser und gemeiner Trick. Und überhaupt: Ob er der Vater war? Natürlich war er der Vater! Wer sonst sollte wohl der Vater sein! Aber wie? Wie konnte das nur sein? Er hatte doch ewig nicht mit ihr. Nicht, dass er wüsste!

Er räusperte sich: »Wir haben doch ewig nicht ...«

Tinka hielt ihm stumm die winzige FDJ-blaue Unterhose hin. Sie sah ihn an, wie man ein Kind ansieht, das einen Fußball in eine Fensterscheibe gekickt hat und leugnet, obwohl von Augenzeugen umringt.

»Du wolltest doch mal nach dem Wasserhahn sehen«, sagte sie leise. »In der Küche der, weißt schon.«

Der Wasserhahn. In der Küche. Weißt schon. Was sollte das jetzt, in einem Moment, in dem blaue Unterhosen und Wasserhähne so unwichtig waren wie der Dreck zwischen den Zehen. Der Wasserhahn. Weißt schon.

Und dann wusste er. Da fiel ihm wieder ein, wie derb er sie hergenommen hatte, nachdem er bei Mel abgeblitzt war. An jenem Abend, plötzlich stand es wieder deutlich vor ihm, von hinten, an der Spüle. Was für ein in jeder Beziehung unseliger Tag das war! Wie lange war das jetzt her? Vier Wochen oder länger? Konnte man eine Schwangerschaft so schnell feststellen? Tinka nickte, als könne sie seine Gedanken lesen. *What shall we do?* Sanchez nahm die ihm entgegengestreckte Unterhose und starrte sie an wie ein vollkommen fremdes Ding. In ihm war nicht ein Schimmer des Begreifens.

Nur Leere. Was war das? Was wollte er gleich damit? Mel beeindrucken? Ach ja, Mel! »Das war's ja dann wohl endgültig mit uns«, sagte er im Geiste zu Mel. Das hatte sich nun wohl erledigt.

»Deinetwegen«, hätte er brüllen mögen, mitten in Tinkas müdes ungeschminktes Gesicht. Er wollte sie schütteln, ihr das unselige Balg aus dem Leib schütteln. Was fiel ihr ein? Er war wütend. Er hatte jedes Recht, wütend zu sein.

Doch dann sah er die Träne. Sie rollte über ihre Wange. In den wenigen Sekunden, die Tinkas Träne brauchte, um den Weg vom unteren Augenlid zum Kinn zurückzulegen, wurde aus Sanchez' Wut Scham. Er sah Tinka an. Er sah ihren Mund. Ihre Lippen waren spröde. Er sah ihre Zunge. Sie fuhr über die Lippen. Er sah ihre Augen. Sie hatte braune Augen wie er. Er konnte bis auf den Grund sehen.

Er würde am nächsten Morgen nicht zur Bühne gehen! Er ließ die Unterhose fallen und nahm stattdessen Tinka in die Arme. Er küsste die Träne weg, rieb seinen Bart an ihrer Haut und spürte ihren warmen reifen Körper, Brüste, Bauch, Schenkel. Sie roch nach Zuhause. Hier war sein Platz, hier bei ihr, mit ihr.

»Du hast recht! Schenk sie Alessandro«, sagte er, als hinge ihrer beider Zukunft vom Verbleib der Unterhose ab. »Alles wird gut!« (… ohne Unterhose) »Wir schaffen das schon!« (… ohne Unterhose) Tinkas mögliche Schwangerschaft war ein Fingerzeig, ein Warnschuss des Schicksals, sein Angebot zur Rettung.

Mel fand kaum Schlaf in dieser Nacht. Am nächsten Morgen machte Mollys Wahnsinn Pause. Erleichterung lag in der Luft. Emma K. fragte gar nicht mehr nach.

»Hmhmhmhm« machte Klosettchen und gab sich lächelnd mit einer War-nur-Spaß-Erklärung zufrieden. Nur Mel traute dem Frieden nicht ganz. Sie saß an Mollys Bett, mit pinkfarbenen Krallen, übernächtigt, parfümiert und in Schale. Sie war fest entschlossen, nicht zur Bühne zu gehen. Molly brauchte sie jetzt. Sanchez würde ihr nicht weglaufen. Nicht auszudenken, dass sie nicht da wäre, wenn ein neuer Ausraster käme. Der Student verabreichte die Spritzen. Den Labortermin 6.45 Uhr ließ sie sausen. Klosettchen ging zum Wiegen. Emma K. schlief. Molly lächelte somnambul vor sich hin.

Draußen lief der kleine Peter vorbei, mit dickem Augenverband, im Hopserlauf, in der Hand ein Stück Papier. »Komma hoch«, rief Mel aus dem Fenster. »Los! Schnell!«

Atemlos sprang Peter wenige Minuten später ins Zimmer. »Kommste nachher zum Früh...irgendwie...stück?«, rief er. »Ich hab nämlich ... irgendwie ... gedichtet.«

»Zeig mal her«, rief Mel betont munter, denn Peter sollte nicht merken, dass sie nervös war. Es sollte alles so sein wie immer. Er reichte ihr triumphierend das bekleckste Blatt.

ERLSCHWANZ

Wer reitet so spät durch Nacht und Wind?
Es ist der Vater; er ornaniert sein Kind!
Der Knabe muss plötzlich eine Wurst legen,
der Vater sagt, er kann sie an den Pferdearsch kleben.

Du geiles Kind, komm, bumse mit mir!
Gar schöne Sex-Spiele mach ich mit dir!

Wir werden dich verwöhnen im Wasser, dass du stöhnst und mir dann die Schamhaare fönst.

»Onanieren«, sagte Mel milde wie eine Lehrerin, die die Aufklärung über die Maßregelung stellt. »Das heißt onanieren! Nicht: ornanieren. Das kommt nämlich aus der Bibel, von einem Typen, der Onan hieß und seinen Samen immer neben sich fallen ließ. Nicht von Ornament!«

»Okay«, sagte Peter und kritzelte das r weg. »Und sonst?«

»Hmmm! Du pubertierst ein bisschen. Aber das ist normal. Hör mal, Junior-Goethe, kannste mir 'n Gefallen tun? Jetzt gleich? Kannste diesen Brief hier mitten auf die Bühne legen und mit einem Stein beschweren? Los! Schnell! Vitevite!« Peter rannte los, in der Hand Mels Brief, und ließ vor Übereifer sein Gedicht liegen. Mel sah aus dem Fenster. Der Morgenhimmel verdüsterte sich. »Wo bin ich?«, fragte eine dünne Stimme. Es war Mollys Stimme aus der Kissenkuhle.

Es ging schon auf acht, als Sanchez eilig schlenkernd den Pfad an der Bühne passierte. Sanchez hatte sein großes weißes Stofftaschentuch an allen vier Ecken geknotet und über den Kopf gelegt, denn ein plötzlicher Regen war aufgekommen, ein Platzregen, der vor den Augen Fäden zog. Das Wasser tropfte vom Taschentuchrand auf Brauen und Nase, sammelte sich in Rinnsalen, welche durch das Dickicht des Schnauzbarts flossen, um von dort und vom Kinn herunter auf seine relativ unschicke Manchesterjacke zu tropfen. Die Wolken waren dunkelgrau und mit parallelen Wellenlinien durchzogen, als hätte Gott mit der Gabel Muster darauf gemacht. Nur undeutlich erkannte Sanchez, dass die Bühne leer war, dass sich auf dem Steinboden Lachen gebildet hatten, dass in der Mitte der Bühne ein kindskopfgroßer Felsbrocken lag wie ein geheimes Voodoo-Zeichen, ein Fluch vielleicht, Mels Fluch, weil er nicht gekommen war.

Aber das war nicht mehr wichtig. Wichtig war nur, dass er in letzter Sekunde entkommen war, dass er über Nacht wieder der gefestigte Arzt und Lebensgefährte war. Der, der er gewesen war, bevor Mel, immer einen Knopf mehr offen als schicklich, mit giftgrünen Stilettos und orangefarbenen Fingernägeln an seinem Weltbild gekratzt hatte. Noch dazu war er nun ein werdender Vater, was sein Leben – das wusste jeder, der ihm diese Erfahrung voraushatte – von Grund auf ändern würde.

Im Gang vor dem Spritzenzimmer, durch die angelehnte Tür der Teeküche, wurde er Zeuge eines Gespräches, das ihn zugleich verletzte und in seiner Haltung bestärkte: »Heißer Ofen, die kleine Ausgeflippte, die Mel«, hörte er eine männliche Reinigungskraft mit bulligem Nacken und buckliger Stirn zu einem Kollegen sagen: »Geht im Bett ab wie 'ne Rakete!«

Nachher zur Untersuchung würde er sie sehen und nicht das Geringste empfinden. Sie würde ein Patient sein wie alle anderen auch, keine Rakete, keine Versuchung, ein geschlechtsloses geruchloses Wesen mit einer Krankheit dran, ein Fall. Nichts als ein Fall. Eine Iridozyklitis, ein beliebiges Etwas, das ihn nicht länger beeindrucken konnte, weder mit einem Ackermann-Mund noch mit freischwingenden Brüsten und schon gar nicht mit diesem unverschämt gut entwickelten Glutaeus maximus.

Seine Zukunft trug Pferdeschwanz und hieß Tinka.

Sie war bei ihm geblieben trotz der Sache mit Ronaldo. Sie hatte damals im Prozess sogar als Zeugin ausgesagt, Sanchez' Aussage stützend, die Heike (»staatsfeindliche Hetze«) und Ronaldo (»staatsfeindliche Hetze«, »Vergewaltigung«) stark belastet hatte. Ronaldo bekam fünf Jahre und musste nach Abbüßung seiner Strafe zurück nach Kuba. Heike saß zwei Jahre im Jugendwerkhof: Er selbst ging straffrei aus, von dem bisschen Spitzelei mal abgesehen.

Mels Hände sind links und rechts an einen Pfahl gefesselt. Sie ist eine Vogelscheuche auf einem Kirschbaum-Acker. Stare greifen an und schlagen ihre Schnäbel in ihr Fleisch. Dann steht ein Vopo vor ihr mit einem Telefon. Einauge ist dran, aus dem Jenseits. Gutes Flugwetter, sagt sie. Komm rüber!

Ein spitzer Schrei riss Mel aus dem Alptraum. Sie war kurz eingenickt zwischen Frühstück und Fiebermessen, als Klosettchen schrie, mit vor Schreck hervorquellenden Augen, aber grinsend wie immer, mit langen Zähnen grinsend wie Egon Krenz, zum Fensterbrett zeigend, auf dem Molly stand, dünn und säbelbeinig, im himmelblauen Flanellnachthemd, und sich anschickte zu springen. Mel schreckte hoch, taumelte schlaftrunken zu Molly, griff nach deren Nachthemd und hielt den kleinen leichten Körper erst mit einem Arm, dann mit beiden, während Klosettchen hysterisch um Hilfe brüllte. Im Moment des Rettungsaktes verschwendete Mel keinen Gedanken daran, wovor sie Molly eigentlich rettete, was kommen würde, wenn es ihr gelänge, sie zu halten. Sie dachte gar nichts außer: Scheiße!

Wenig später lag Molly wieder auf ihrem Bett, kichernd, zerzaust, zusammengerollt wie eine altersschwache Katze. Hatte sie denselben Traum gehabt wie Mel? Gutes Flugwetter. Komm rüber. Der Marxist-Leninist eilte in Begleitung fremder Ärzte und fremder Pfleger herbei. Die Ärzte schraubten an Molly herum, einer der Pfleger warf lieblos ihre Wäsche in den Koffer. Mel empfand plötzlich Zärtlichkeit für diesen harten karierten Fünfzigerjahre-Koffer, der an den Ecken abgestoßen war wie Molly, wie sie, wie alle hier in Masserberg. Ramponiert und blessiert. »Nach meene Beene is ja janz Berlin verrückt«, schnarrte Molly zwischen all dem klimpernden Medizinerbesteck, das man ihr in verschiedene Leibesöffnungen stieß, um in Rekordzeit eine Diagnose zu stellen. Da war Mel, als würde sie die Freundin für immer verlieren, so oder so. Hätte sie Molly doch nur einfach springen lassen! Vielleicht hatte sie ja sterben wollen oder sterben sollen – nach dem Willen Jottes.

»Ich mach das«, sagte Mel, nahm dem Pfleger einen Stapel Omaschlüpfer aus der Hand, klaubte verstohlen ihre Bücher aus Mollys Wäschefach und wäre am liebsten mitgegangen in die Geschlossene Abteilung der Psychiatrie des Kreiskrankenhauses Suhl. Stattdessen blieb sie reglos sitzen, mit gesenktem Kopf und vors Gesicht geschlagenen Händen. Sie hörte wie durch Watte, dass Klosettchen unbekümmert vor sich hin trällerte, dass Petra Scheibel stöhnend samt Bett zur Untersuchung gekarrt wurde.

Sie wusste, was Molly erwartete. Es war jetzt mehr als ein Jahr her, dass man sie selbst in die Geschlossene Psychiatrische Abteilung eingewiesen hatte, zur Beobachtung und für eine weitere Lumbalpunktion. Die Neurologie und die Psychiatrie galten als Einheit, Verrückte und neurologisch Auffällige, Depressive und Alkoholiker wurden aus formalen Gründen zusammengesperrt. Kopf ist eben Kopf, dachte man wohl. Diese eine Nacht zwischen all den Gespenstern im Nachthemd würde Mel nie vergessen. *Einer flog über das Kuckucksnest* war ein Witz dagegen. Die Frau, die rasend schnell sprach und ihre eigene Familie nicht erkannte. Die am Bett Festgebundene, die schrill singend mit ihrem Regelblut mystische Zeichen an die Wand malte, die dritte im Zimmer, die jeden mit üblen Flüchen belegte. Die verschlossenen Türen, die Guckfenster, die Zwangsjacken, die vorsintflutlichen Kameras, die gespenstisch quietschten, wenn sie die zu überwachenden Patienten fokussierten. In solche Hölle musste Molly nun, nur ihretwegen, weil sie sie am Sprung gehindert hatte.

In dieser Verfassung fand sie Martin, der ins Zimmer trat, obwohl seinem artigen Klopfen keinerlei Aufforderung gefolgt war. Er trug einen Shell-Parka mit dem herausgeschnittenen »Schwerter zu Pflugscharen«-Symbol, das Anfang der achtziger Jahre ein Aufreger gewesen war. Der rote Kreis am Oberarm, der nichts umschloss, galt einige Jahre als dezenter Hinweis darauf, »dagegen« zu sein, und war nun langsam aus der Mode. Über dem Vollbart, der Hasenscharte und Akne fast vollständig verdeckte, strahlte ein erwartungsvolles Lächeln aus Martins klugen grauen Augen. Er hatte Augen, wie Augen werden, wenn Wege kurz sind zwischen Sehen und Verstehen. Vielleicht würde Mel ihn ja lieben, wenn er sie mit einem Besuch überraschte. Weit gefehlt.

»Ach du! Geh weg«, schrie Mel. »Hau ab! Was willst du überhaupt hier? Wir haben Liegekur, jetzt darf keiner rein. Ich will dich nicht sehen. Will überhaupt keinen sehen! Das kann ja wohl nicht sein, dass hier jeder x-Beliebige reinmarschiert!« Sie weinte hemmungslos und trommelte mit den Fäusten auf Martins schmale Trichterbrust. Seine Kiefer mahlten gekränkt unterm Bart. Es war klar, was er dachte. Da war er extra aus Berlin ... kurz vor der Verteidigung seiner Promotion ... hatte sich an den Schwestern vorbeigeschlichen ... wo er doch wirklich Besseres zu tun hatte. Wie viel anschmiegsamer war die Mel aus seinen Träumen!

»Ich kam rein zufällig hier vorbei, Mel!«

»Zufall«, schluchzte Mel. »Zufall ist eine Erfindung der Marxisten.« Klosettchen und der Zimmerlautsprecher räusperten sich synchron.

»Wladimir Iljitsch sagt ...«, begann Martin. Aber Mel hielt sich demonstrativ die Ohren zu und trampelte mit den Füßen. Martin wartete ruhig, bis der Anfall vorüber war, und setzte neu an: »Wladimir Iljitsch sagt, der Zufall ist der Schnittpunkt zweier Notwendigkeiten.« Nach kurzer Irritation war er nun wieder ganz in seinem Element. Er nannte Lenin, wann immer er ihn zitierte, und er zitierte ihn oft, fast zärtlich beim Vor- und Vatersnamen. Als Mel jedoch nicht reagierte, wechselte er das Thema: »Hast du etwa Liebeskummer? Das wäre kein Wunder ... ich meine, deine leichte Entflammbarkeit vor dem Hintergrund der schweren Krankheit ... Du weißt ja, im *Zauberberg* wird es gesagt: Alle Krankheit ist verwandelte Liebe. Sei vorsichtig! Die meisten Männer verderben sich an so viel Persönlichkeit den Magen!«

»Jaja, du Schlaubolzen. Ich hab kein' Liebeskummer. Ich hab nur das Gefühl, dass einer mein Auge in Glassplittern rollt.« Mel schluchzte leise, tränenlos, stoßweise atmend.

»Das vergeht wieder!«

Mel sah ihn zornig an und suchte nach einer möglichst gemeinen Beleidigung: »Was weißt *du* schon, du ... du ... Gesunder!«

Martin trat mit einem Fuß auf den anderen. »Stimmt. Was weiß ich schon. Aber möglicherweise lenkt dich ab, dass es unser Erich in seinen besten Tagen geschafft hat, zwanzig der dreißig Minuten der *Aktuellen Kamera* mit seiner Person zu füllen.« Auch mit Honecker schien Martin auf eine unheimliche Weise per du zu sein.

»Manno! Ich kann das im Moment nicht skurril finden. Ich kann auch deine blöden Zeitungsmeldungen nicht skurril finden.« Sie zerrte ein Bündel zerknitterter Zeitungsausschnitte aus ihrem Tagebuch und warf es Martin vor die Füße. »Ich kann im Moment überhaupt nichts skurril finden.«

Martin hob ungerührt die Papierschnipsel auf. Ein Lufthauch wehte zu Mel herüber. Sie zog die Nase kraus. Martin wusch sich ungern. Er roch wie ein nasser Hund. »Aber hier, Mel! Kuck mal diese tolle Erfolgsmeldung aus den Untiefen unseres Fernmeldewesens.« Mit seiner hellen, brüchigen Gelehrtenstimme begann er, einen der Artikel vorzulesen: »Im Fernmeldewerk Leipzig wurde am Mittwoch der 80000. Telefonapparat fertiggestellt. Die Massenproduktion war im Oktober vergangenen Jahres aufgenommen worden. Genosse Wolfgang Kleinschmidt, Meister aus dem Rationalisierungsmittelbau, erläuterte: ›Wir haben seit dem VIII. Parteitag der SED unsere Leistungen auf das Fünfzehnfache gesteigert. So tragen wir zu wachsendem ökonomischem Ergebnis und damit zur Sicherung des Friedens und zur Fortsetzung der auf das Wohl des Volkes gerichteten Politik der Partei bei ...‹«

Mel hielt sich die Ohren zu. »Hör auf mit dem Scheiß«, fuhr sie Martin ins Wort. Heute sah sie besonders schlecht. Sie konnte mit dem kranken Auge nicht mal die Überschrift lesen. »Keine Sau hat ein Telefon. Du auch nicht. Martin, du kannst doch unmöglich so tun, als sei das alles nur Aktionskunst.«

»Nicht Aktionskunst, Doppeldenk. Bei Orwell ist das Doppeldenk. Keiner hat ein Telefon, aber alle haben gute Laune, weil der Plan erfüllt ist.«

»Martin, das hier ist die Realität. Ich brauche keine Artikel über den Planvorsprung bei den Feinstrumpfwirkern des VEB Schießmichtot Oberlungwitz.«

»Aber ich schicke dir die Meldungen nicht einfach so. Ich will mit dir zusammen Kunst machen«, rief er. »Du kannst doch da … diese Sprache. Wie heißt die noch?«

»Löffelsprache?«

»Genau die! Ich möchte, dass du Lesungen machst. Ich stelle dir Texte zusammen, und du liest sie in Löffelsprache. Das Ganze verkaufen wir als eine Art spätrevolutionäres Aktionstheater. Und dann machen wir Auslandstourneen!«

Der Lautsprecher knackte bedrohlich.

»Schnapsidee«, brummte Mel, aber beim Stichwort Auslandstournee leuchtete ihr Auge auf.

Martin beugte sich dicht zu ihr. »Der große Bruder«, formten seine Lippen, und in seinen klugen grauen Augen stand gespielte Angst.

Der Lautsprecher enthielt sich eines Kommentars. Stattdessen rief er das Ende der Liegezeit und das Nahen des Mittagessens aus. Mel nahm Martin kurzerhand mit in den Speisesaal. Es war ja nun Platz an Tisch eins. Er würde eben Mollys Portion bekommen. Molly hätte ihn sicher sehr charmant gefunden und nach Lutherstadt Wittenberg eingeladen. Aber sie war weg. Mel würde Molly vermissen, und dann würde sie sie vergessen. Wie sagte Emma K. immer? Was weg ist, brummt nicht mehr. So war das nun mal.

Mel schob Martin zwei Scheiben Malfa-Kraftma-Brot zu und ließ ihr Auge schweifen. Nicht nur Molly fehlte, auch der kleine Peter war nicht da. Er saß heute ganz woanders, am Kindertisch, verheult und Mels Blick meidend.

An Tisch zwei saß Klosettchen. Sie sprach leise, aber eindringlich, mit ausgeprägten Zischlauten, so dass man jedes zweite Wort verstand, ob man wollte oder nicht, obwohl sie am anderen Tisch saß, obwohl das Gemurmel der anderen groß war, obwohl Mel nicht mal hinsah.

»… Erlkönig …«, hörte Mel, »kulturelles Erbe«, »verunglimpft« und »Johann Wolfgang Goethe« – das »von« war in der DDR nicht opportun. Nun sah Klosettchen zu ihr herüber, stützte ihre weißen wabbeligen Arme in die Seiten und fauchte: »Sie vermissen wohl Ihren kleinen Dichter? Tja, der wird wohl nun nach Hause fahren müssen. Die Zeit der Extrawürschte ist vorbei.«

Der Erlschwanz! Klosettchen hatte gepetzt. Mel biss sich auf die Lippen, stürzte glucksend drei Becher Buttermilch und wünschte, es wäre Klosettchens Blut.

Martin fühlte sich sichtlich unwohl. »Im Unterschied zum *Zauberberg*, wo man den Patienten die Wurmstichigkeit nicht ansieht, gibt es bei euch ein sichtbares Madenloch!« –

»Danke«, sagte Mel und grinste. Das Bild gefiel ihr. Martin war tatsächlich der Einzige hier ohne Madenloch. Die Einäugigen starrten ihn strafend an, als er in Mollys fade Frikadelle biss. Da war ein Gesunder in ihr

Reich eingedrungen, ein skrupelloser Blender, ein abgefeimter Frikadellendieb.

Mel beobachtete den Zusammenprall der Welten. Kranke und Gesunde hatten einander nichts zu sagen. Kranke vergaßen rasch, dass sie mal Gesunde waren. Ich bin krank, also bin ich. Wenn ein Gesunder krank wurde, überschritt er den Point of no Return. Den Gemütszustand des Gesunden ließ er für immer am Ufer zurück. Als Krankem standen ihm nicht nur Schmerz und Qual bevor, er war auch unfähig, sich dem Gesunden mitzuteilen. Kranke kennen nur Krankengeschichten. Gesunde kennen nur gesunde Geschichten. Kranke funken Gesunden in die gute Laune und in die Freizeit rein. Gesunde haben keine Ahnung, was Kranke durchmachen.

Martin duckte sich unter den Blicken der Sehschwachen, wagte nicht zu schlucken, schlug die Augen nieder, zwei gesunde kluge graue Augen. Ozeanien führt Krieg gegen Eurasien, dachte Mel, Martin schien sich enttarnt zu fühlen, als Voyeur, als Eindringling. Er hospitierte – wie Odysseus im Schattenreich.

»Hier«, hätte er wohl gern gerufen und sich den Bart vom Gesicht gerissen. »Ich habe auch was! Eine Hasenscharte! Seht doch! Ich bin gar nicht gesund!« Aber abgesehen davon, dass das unmöglich war, hätte er wohl damit wenig Eindruck gemacht.

Der Lerchenberg war ganz in Sonne getaucht. Der Dorfteich schillerte in allen Farben des Regenbogens. Martin sah das nicht. »Was hier oben herrscht«, sagte er leicht zischend, »ist Materialismus in Reinkultur oder, besser, die Materialisierung des Menschen, indem er auf seinen Körper reduziert wird.«

»Da würdest du aber ziemlich schlecht wegkommen«, sagte Mel, noch angriffslustig, aber mit abschwellender Tendenz.

Die Ente richtete sich steil empor, als hätte ihr das Wasser des Dorfteichs den Hintern verbrüht, als stünde sie auf Zehenspitzen und liefe übers Wasser. Begleitet wurde der Akt des Aufbäumens von raschem, kraftvollem Flügelflattern.

Martin hielt es nach einer angemessenen Pause wohl für besser, das Thema zu wechseln. »Der Westen ist ganz nah«, sagte er und wandte den Kopf. »Der Rennsteig zieht sich vom Mittellauf der Werra bis zum Oberlauf der Saale, grenzübergreifend sozusagen.«

»Der hat's gut, der Rennsteig«, motzte Mel müde. Um ihre linke Augenhöhle herum zog ein Unheil herauf. Sie kannte dieses Gefühl. Es vergingen wieder ein paar Minuten. Dann versuchte es Martin mit einem Witz.

»Platz der Einheit«, sagte er, auf das verwitterte Straßenschild weisend, und in seine Augen trat ein spitzbübisches Funkeln, da er glaubte, Mels Humor zu treffen, »meint das die Einheit Deutschlands oder die Einheit von Wirtschafts- und Sozialpolitik?«

Mel warf schweigend Brotkrumen in den Teich und dachte an Sanchez.

Nach einer weiteren Pause berichtete Martin das Neueste aus dem Westfernsehen. Dass ein Arzt namens Hackethal einer todkranken Frau Gift gegeben und damit eine Diskussion um Sterbehilfe entfacht hatte.

»Aha.« Mel dachte an ihre persönliche Sterbehilfe, die mittlerweile 47 gesammelten Faustan. Was würde bleiben, wenn sie tot war?

»Wie weit bist du eigentlich mit deinem Buch?«, fragte Mel.

Martin, der leicht geduckt nebenan auf der Bank saß, schüttelte den Kopf: »Der Begründer der Skeptiker, Pyrrhon, schrieb kein einziges Buch. Vermutlich, weil er glaubte, dass es sowieso niemand lesen würde.«

»Mit anderen Worten – du schreibst gar nicht mehr?«

Martin schwieg.

Mel schwieg.

Jetzt schwiegen beide. Einhellig. Schweigen konnte man mit Martin wunderbar.

Ein alt gewordenes Paar humpelte taktsynchron vorbei.

»Los, versuch mal«, sagte Martin und hielt Mel einen Zettel hin. Sie hielt den Zettel nah an ihr gesundes Auge und deklamierte: »Also: elhelefel-lekheklefek-tronhonlefon-nischhischlefisch-ehelefe Steuheulefeu-erherleferrunghunglefung … Das heißt ›elektronische Steuerung‹, das ist schon mal die halbe Überschrift. Wie lange soll denn die Aufführung dauern, wenn ich, sagen wir mal, zwanzig Meldungen vorlese?«

Martin kicherte. »Vorsingen. Ich habe grade beschlossen, dass du singen wirst!«

Ein Kind zerrte einen schwarzen Köter hinter sich her, den es Gabi nannte. Die Enten auf dem Teich schlugen wieder mit den Flügeln.

»Hör doch! Die Enten applaudieren, siehst du nicht?«

»Das sehe ich anders. Es klingt eher wie ein bestialisches Zähneklappern.«

»War das die doppelte Löffelsprache? Dann nimm eben die einfache.«

»Okay, ich sage jetzt ›für Batterie-Zündanlagen‹: füllefür Ballefatt-tellefer-rillefie-allefan-lallefa-gellefen.«

Martin machte ein nachdenkliches Gesicht. »Also, die doppelte ist irgendwie schöner, oder?«

Mel grunzte verächtlich. »Los! Nur noch eine knappe Stunde bis zur Liegezeit. Ich probe grade die Sappho. Soll ich dir vorspielen?«

Martin nickte tapfer. Vielleicht würde Mel ihn lieben, wenn er sich für ihre Schauspielkunst interessierte. Gabi zerrte inzwischen das Kind hinter sich her.

Wenig später, die Sonne hatte den höchsten Stand erreicht, stand sie auf der Bühne, in Verzweiflungspose, die Hände vor dem Kinn gefaltet, den Blick in die Ferne gerichtet. Martin saß auf der Holzbank in der ersten Reihe, gestisch und mimisch Aufmerksamkeit demonstrierend, in den Händen den Text.

Es ist umsonst!

Weit schwärmen die Gedanken und kehren ohne Ladung mir zurück!

Was ich auch tue, was ich auch beginne, doch steht mir jenes tiefverhasste Bild, dem ich entfliehen möchte, wär' es auch weit über dieser Erde dunkle Grenzen, mit frischen Farben vor der heißen Stirn!

Wie er sie hielt! Wie sie sein Arm umschlang!

Und nun, dem Drange weichend, hingegeben auf seinen Mund sie – fort! ich will's nicht denken!

Schon der Gedanke tötet tausendfach! –

Doch bin ich denn nicht töricht, mich zu quälen und zu beklagen, was wohl gar nicht ist.

Wer weiß, welch leichtverwischter, flücht'ger Eindruck, welch launenvolles Nichts ihn an sie zog, das, schnell verschwunden so wie schnell geboren, der Vorwurf wie der Vorsatz nicht erreicht?

Wer heißt den Maßstab denn für sein Gefühl in dieser *tiefbewegten Brust mich suchen?*

Mel stockte: »Wie geht's weiter?« Da fiel ihr Blick auf Sanchez, der zwei Reihen hinter Martin saß. »Nach

Frauenglut«, rief Martin, stolz, Mels Stichwortgeber und als solcher gefordert zu sein. Dass sie nicht mehr allein waren, hatte er gar nicht zur Kenntnis genommen. Er achtete immer nur auf das Wesentliche.

Nach Frauenglut misst Männerliebe nicht, wer Liebe kennt und Leben, Mann und Frau!

Gar wechselnd ist des Mannes rascher Sinn, dem Leben untertan, dem wechselnden.

Frei tritt er in des Daseins offne Bahn, vom Morgenrot der Hoffnung rings umflossen, mit Mut und Stärke wie mit Schild und Schwert zum ruhmbekränzten Kampfe ausgerüstet.

Zu eng dünkt ihn des Innern stille Welt, nach außen geht sein rastlos wildes Streben …

Von der Bühne hinunter, im grellen Gegenlicht, sah Mel, wie ein Etwas mit Zopf sich auf Sanchez zubewegte, kurz neben ihm stehen blieb, sich dann hinsetzte und heftig gestikulierend auf ihn einredete.

»Und findet er die Lieb'«, rief Martin, dessen helle Gelehrtenstimme für so viele Dezibel nicht ausgestattet war und sich überschlug. Er baute einen Trichter aus den Händen. »Und findet er die Liehieb', bückt er sich wohohl … – Was ist denn los?«

Mel stand da, das gesunde Auge zu einem Schlitz gekniffen, und sah irgendwo hin. Martin drehte sich um, sah den Weißkittel und eine Zopffrau, die eben aufstanden und sich anschickten zu gehen, sah auf der Bühne Mel, ihren Blick, ihre Haltung, sah noch mal hinter sich, wieder auf Mel. Die nahm mit neuer Stimme, als sei ihr eben eine andere gewachsen, den Text wieder auf. Von da an ratterte sie Wort für Wort runter.

Wer war die Frau, die sie im Gegenlicht kaum hatte sehen können?

Und findet er die Lieb', bückt er sich wohl, das holde Blümchen von dem Grund zu lesen, besieht es, freut sich sein und steckt's dann kalt zu andern Siegeszeichen auf den Helm.

Er kennet nicht die stille mächt'ge Glut, die Liebe weckt in eines Weibes Busen!

Wie all ihr Sein, ihr Denken und Begehren, um diesen einz'gen Punkt sich einzig dreht. Wie alle Wünsche, jungen Vögeln gleich, die angstvoll ihrer Mutter Nest umflattern, die Liebe, ihre Wiege und ihr Grab mit furchtsamer Beklemmung schüchtern hüten; das ganze Leben als ein Edelstein am Halse hängt der neugebornen Liebe!

Er liebt, allein in seinem weiten Busen ist noch für andres Raum als bloß für Liebe!

Und manches, was dem Weibe Frevel dünkt, erlaubt er sich als Scherz und freie Lust.

Ein Kuss, wo er ihm immer auch begegnet, stets glaubt er sich berechtigt, ihn zu nehmen.

Wohl schlimm, dass es so ist, doch ist es so!

Sie sprang von der Bühne und rief schon von weitem: »Wie sah sie aus?«

»Wer denn«, fragte Martin, eilfertig wie ein unvorbereiteter Prüfling, sichtbar erleichtert darüber, dass Mel nicht gefragt hatte: »Wie war ich?«

»Mann, Einstein! Die Frau eben! Sah sie gut aus?«

»Naja, nö, normal«, sagte Martin, der sich offenkundig nur mit Mühe entsann, dass da überhaupt eine Frau gewesen war.

»Wie alt war sie?«, fragte Mel weiter.

Martin versuchte, sich zu konzentrieren. Er hatte keine Ahnung und sagte einfach etwas, von dem er hoffte, es könne Mel beruhigen: »Älter, glaub' ich.«

In Mel stritt die Wut mit der Erleichterung. Martin ist

wirklich zu nichts zu gebrauchen, sagte die Wut. Die Erleichterung hatte zwei Argumente: *Sie* war älter, und *er* war da.

»Wer war das?«

Carlo schlenkerte schweigend neben Tinka her. Eigentlich ging es inzwischen zu Hause ganz harmonisch zu. Es war eine neue Qualität eingetreten. Vorher war seine Beziehung zu Tinka einfach da und verlangte keine Pflege. Und plötzlich doch. Das forderte ihn natürlich. An Mel dachte er tagsüber kaum mehr. Er mied auch den ärztlichen Kontakt mit ihr. In seinen Träumen, freilich, in denen war sie noch präsent, aber als Traumfigur, die eine Traumfigur bleiben sollte. Und die eine Traumfigur hatte … Geht ab wie 'ne Rakete …

Er wusste auch nicht genau, was ihn zur Bühne getrieben hatte. Er war einem inneren Zwang gefolgt, als sei er programmiert worden. Er ließ sich willenlos von seinen Füßen tragen, vielleicht, um herauszufinden, ob er schon stark genug war für eine Konfrontation. Und nun? Fing Tinka jetzt an zu spionieren? Sofort wurden Aversionen wach. Morgens noch hatte er ihr zärtlich die Hand auf den Bauch gelegt. Und nun? Wie sie watschelte! Sie war noch nicht mal im dritten Monat und fing schon an zu watscheln. Oft hatte Sanchez dieses Phänomen bei Frauen beobachtet. Das Watscheln stellte sich zwangsläufig ein, es gehörte bei Schwangeren fast zum guten Ton. Sie waren ganz versessen darauf, dass sich ihr anderer Umstand herumsprach. Sie konnten nicht abwarten, ihren Bauch vor sich herschieben zu müssen, und übten schon mal mit dem imaginären Bauch.

»Ich hab dich was gefragt, Carlo!«

Na toll. Wenn sie ihn Carlo nannte, wurde es ungemütlich. Im Grunde konnte er sich nicht erinnern, dass sie ihn jemals Carlo genannt hatte. Vielleicht war es einfach zu lange her. In langjährigen Beziehungen wie der ihren war der Vorname bis auf weiteres abgeschafft. Er wurde nur stumm geführt, für die Ämter. Auch in ihrem Bekanntenkreis wimmelte es von Hasis, Schatzis und Spätzchen. Sanchez wurde bei normaler Wetterlage Bärchen genannt, was ihn nur vor Publikum beelendete, Tinka hörte gern auf den Kosenamen Mäusel, zumal der ihre Statur verharmloste.

Die Situation forderte eine präzise Antwort, eine Antwort, harmlos genug, um keinerlei weitere Fragen aufzuwerfen. Das schleuderte Sanchez wieder ins Velarde-Trauma. Wer das war? Weiß nicht. Eine Patientin. Nur eine Patientin. Irgendeine Patientin. Er fühlte sich ertappt, ohne sich schuldig zu fühlen. Was war schon passiert? Er hatte irgendjemandem beim Deklamieren zugesehen. Na und? Berechtigte sie das dazu, ihn tückisch herunterzuputzen? Er war vollkommen schuldlos, und sie konnte ja nicht wissen, dass er gewissermaßen erwogen hatte, Schuld auf sich zu laden. Natürlich könnte er die Wahrheit sagen. Er könnte Tinka sagen, dass er Mel begehrte. Er könnte Mel sagen, dass er mit Tinka lebte. Er verlangsamte den Schritt und fand für den Bruchteil einer Sekunde Gefallen an dieser Idee. Ja! Genau! Er würde alles sagen, sich Tinka gegenüber enttarnen als verliebter Trottel, Mel gegenüber als De-facto-Ehemann einer anderen, als werdender Vater, beiden als Stasi-Spitzel. Ja, heute würde er alles bekennen, reinen Tisch machen. Er würde Tinka verlassen. Er würde Tinka verlassen, schwanger oder nicht, und mit Mel ein ganz neues, aufregendes Leben beginnen. Nur sie zwei. Wie im Märchen. Lolita und IM Skalpell. Der Mut rieselte ihm in Körnern durch die Adern. Doch dann verklumpte er und schmolz.

Sanchez blinzelte in die Sonne. Es war heute einfach zu warm für die Wahrheit. Er schloss die Haustür auf, plötzlich eines Besseren besonnen. Nichts würde er beichten! Überhaupt nichts! Und es gab ja auch nichts zu beichten. Er würde heute besonders nett zu ihr sein, mit ihr »einen zwitschern«, einen nur, weil sie ja schwanger war. In diesem Jahr gab es eine Krimsekt-Schwemme, es gab keinen Ketchup, keine Kaffeesahne, aber hektoliterweise Krimsekt, er hatte einige Kästen gebunkert. Schlechtes Gewissen würde Tinka kriegen ob ihrer unangebrachten Neugier. Sie würde schon sehen, was sie davon hatte. Nun, wo sie stehen blieb, bedrohlich ächzend, als stünde im Fall einer Antwortverweigerung ein Abort bevor, nun, wo sie ihn abwartend ansah, entsann er sich ihrer Frage, geriet unter Zeitdruck und gab von allen möglichen Antworten die denkbar falscheste: »Das geht dich nichts an.«

Nachdem sie Martin zum Bus gebracht hatte, fühlte Mel sich schwach wie selten. Kaum schaffte sie es, zurück auf den Lerchenberg zu kraxeln, immer kurz vor der Ohnmacht. Sie warf sich aufs Bett, bekleidet, mit Schuhen und atmete gegen die Handflächen, um nicht zu hyperventilieren. Sie krümmte sich zusammen und umklammerte die Beine mit den Armen, als wolle sie ihr jemand wegnehmen. Kurz nach Beginn der Liegekur wurde sie schläfrig. Im Einschlafen dachte sie daran, dass sie vergessen hatte, Martin das Benzinfeuerzeug zum Nachfüllen mitzugeben. Sie knirschte mit den Zähnen, bis die Amalgamspäne rieselten. Sie träumte eine

Hinrichtung ohne Vollstreckung, immer das Gefühl des Beils im Nacken, während Leuchtpistolen, auf ihr von fremden Händen aufgerissenes Auge gerichtet, im Sekundentakt abgefeuert wurden.

Sie erwachte davon, dass eine Schlagbohrmaschine in ihren Kopf eindrang. Die rotierende Spitze fuhr ihr unter dem linken Auge ins Hirn, lenkte dahinter um und trat über dem linken Auge wieder aus dem Stirnknochen aus. Der damit verbundene Druck- und Wundschmerz war mit nichts vergleichbar, was Mel jemals erlebt hatte. Sie schrie wie ein waidwundes Tier, ließ sich aus dem Bett rollen und schrie und schrie, während sie beide Hände vor das Bohrloch presste, wie um das gepeinigte Auge wieder in die Höhle zurückzutreiben, wie um ihr Hirn am Auslaufen zu hindern. Schwester Heidi stand vor ihr, die roten Spülhände in die Seiten gestemmt, das Häubchen keck auf dem Scheitel, etwas unsicher, ob man nun helfen müsse. »Mein Auuuuge«, brüllte Mel, als sei das nicht ohnehin schon klar, robbte auf sie zu und verkrallte sich in ihrem Kittelschoß. Dann stand der Marxist-Leninist in der Tür, konstatierte finster die Mahuh auf dem Boden und ergriff die Initiative: »Nu stähnse mal auf, Frolln Taubor!«

Mel wand sich und weinte: »Ich halte das nicht aus!« Sie ließ Heidis Kittel los, robbte nach vorn und veratmete sich im Schenkel des Marxisten-Leninisten.

»Das is wouhl Rolle siebzehn bäh«, sagte der kleinlaut.

»Schneiden Sie mir das Auge raus, ampu-tie-ren, ich flehe Sie an … diese Schmerzen! Diese Schmerzen!« Mels Stimme überschlug sich, wurde heiser, aus der Nase tropfte blutiger Rotz, sie weinte und jammerte, am Bein des Marxisten-Leninisten herunterrutschend.

»Amputieren!«, schrie sie, und der Marxist-Leninist wurde kaum Herr seines panischen Gesichtsausdrucks, weil ihm selbst diese Kraft, diese Verzweiflung wesensfremd waren. Er selbst lebte ein angepasstes Leben, hatte sich weitestgehend in der Gewalt, biss sich auf die Zunge, wenn ihm in der Öffentlichkeit ein »Scheiße« entfuhr. Und nun dieser enthemmte, entfesselte Schmerz.

Er sah regelrecht angewidert aus. »Eine Drage«, zischte er die Schwester an und wischte sich mit der behaarten Hand Mels klammernden Griff vom Bein. Mel sah ihn an hinter ihrem Tränenschleier. Dann zog sich seine gedrungene Gestalt diagonal auseinander, wurde breit, dann dünn wie ein Strich, verschwamm, verfärbte sich erst pink, dann lila, dann schwarz. Sein Mund war ein großes schwarzes Loch, ein feuerspuckendes Loch, in der Hand hielt er etwas, einen Blitz, einen Speer wie Neptun –

Als Mel aus der Ohnmacht erwachte, zog der Marxist-Leninist – immer noch gespenstisch verzerrt wie im Spiegelkabinett, aber wieder normalfarben – gerade eine Spritze auf, die die Ausmaße einer 200-Gramm-Liebesperlen-Flasche hatte.

»Was ist das?«, fragte sie matt.

»Alexan«, sagte er. »Eigentlüsch ein Middel gegen lymphoblastische Leugämie, entzündungshämmend, nisch ganz ohne. Mocht genetische Veränderungen. Also, Kindor dürfense jetzt nisch kriegen.«

»Nicht … ganz … ohne?«, murmelte Mel mit schwerer Zunge, vor ihr die monströse Spritze.

»Naja, die Nebenwirkungsliste ist medorlang. In-vitro-Inkompatibilitäten unn so. Sie haddn einen schwären Glaukomanfall, Frolln Taubor! Sie ham noch ma Glück gehabt.«

Plötzlich war die Spritze weg. Der Marxist-Leninist

hielt sie leicht seitlich von Mel, aber sie konnte sie nicht sehen.

»Gesichtsfeldausfälle, Frolln Taubor. Sinn ganz normal beim Sekundärglaukom.«

Gesichtsfeldausfälle. Das wäre tödlich. Wie die Luxemburg-Frau aus dem Speisesaal.

»Unn middor Netzhaut stimmd ooch was nich«, sagte der Marxist-Leninist. »Die Netzhaut, dos isso wie eine Leinwand bei einor Filmbrojektion.«

Was hatte Jott mit ihr vor?

»Was wior sehen, wird auf die Netzhaut brojiziert unn in Nervensignale umgewandelt.«

Die Schmerzmittel wirkten.

»Deor Sehnerv leitet diese Informationen zum Gehörn weitor.«

Mel fühlte sich taub, abgestorben, eingelullt vom Ostinato des Marxisten-Leninisten.

»Wenn de Netzhaut beschädigt ist, gann man von einem Tag auf den andern blind werden.«

Ihr Kopf war weich und wattig, ein großes taubenblaues Wollknäuel, das sich aufzudröseln drohte.

»Typische Symbdohme sind Blitze oder Gesichtsfeldausfälle. Hamse Blitze, Frolln Taubor?«

Mel versuchte, den Kopf zu schütteln.

»Wenn jemand helle Strahlen sieht oder plötzlich ein Teil des Gesichtsfeldes schworz wird, muss er so schnell wie möglisch obberiert werden. Naja, Se ham noch ma Glück gehabt.«

Glück gehabt! Ha! Das schmerzstillende Mittel verlieh ihr die Illusion neuer Kraft. Der Schmerz war eingepackt, auch die Erinnerung daran war eingepackt. In Packpapier. Und gut verschnürt. Sie konnte wieder spotten. »Glück? Sollte das Glück sein?«

»Augendruck dreiundsiebzig, um ein Haar hätte es Ihnen den Sehnerv abgedrückt – und dann wäre Schluss mit lusdsch. Solsche Symdohme muss mor ernst nehmen! Machense ma 'ne Faust!« Der Marxist-Leninist setzte die kuliminendicke Kanüle am Handrücken an, fand aber keine Vene. »Pumpense mal, pumpen!«, sagte sein Karpfenmund, der an den von Udo Lindenberg erinnerte. Der Karpfenmund öffnete und schloss sich, die behaarte Hand öffnete und schloss sich, Mel pumpte und pumpte, bis eine Vene hervortrat. Dann floss die widerlich blassgelbe Flüssigkeit in ihren Körper, um ihn zu vergiften. Alexan. Es verwandelte ihren Körper in ein fremdes krankes Tier. Sie wurde ein fremdes krankes Tier, verseucht mit Alexan. In-vitro-Inkompatibilität. Glaukomanfall. Gesichtsausfall. Schluss mit lusdsch. »Wir wollen doch Karpfen werden«, sagte der Marxist-Leninist. Oder sagte er: »Wir wollen doch gesund werden«?

Tagebuch

Masserberg, 8. Juni 1984

Möchte schlafen, immer nur schlafen, nie mehr aufwachen. Bin müde, unendlich müde, vollkommen leer. Man bringt mir alles ans Bett: Frühstück, Mittag, Abendbrot, Post, sogar die tägliche Augenspritze. Scheiß-Alexan. Keinen Hunger, keine Lust zu rauchen, bin immer müde oder kacke, Haare fallen aus. Wenigstens ein toller Nebeneffekt: Mein Drosselbart ist weg! Ich häute mich. Darunter wie neu. Nie mehr Teersalbe!

Die Netzhaut hat was weggekriegt. Das andere Auge fängt auch an. Kriege täglich zwei Injektionen i.v., einmal 80 und einmal 120 Gramm. Dazu statt Vitamin B jetzt Vitamin A i.m., und Vitamin E oral –

kriegen die Hühner, damit sie mehr Eier legen, wird anderen weggenommen, weil es knapp ist und ich wichtiger bin. Dazu, neu und superfies: Traubenzucker-Augenbäder, ätzend wie das Fegefeuer. Wie leichtfertig habe ich früher gesagt: Mein Auge brennt! Jetzt weiß ich, was das ist, ein brennendes Auge. Die Augäpfel schwimmen im Benzin, und jemand hält – wuff! – ein Streichholz daran. So sind Glukose-Bäder.

Die Schübe der Patientin Tauber wurden kürzer und heftiger. Sanchez war besorgt. Mel wirkte zu rasch wieder stabil und tänzelte übermütig an ihrem fahrbaren Tropf durch die Gänge. Sie hatte tiefe, tiefe Schatten unter den Augen.

Er stellte sie zur Rede. »Kann es sein, dass Sie Faustan unterschlagen?«

»Ach, Dottore! Mit dem Zeugs kann man sich doch nicht wirklich umbringen, oder?«

»Doch! Ähm … letale Dosis liegt bei so dreihundert Milligramm, Halbwertszeit vierzig Stunden. Aber man müsste schon an die sechzig Tabletten nehmen, das sind … ähm … drei Packungen. Eine zusätzliche Unterkühlung wirkt komplizierend …«

»Vielen Dank, Dottore, für diese Anleitung zum Suizid!« Mel hob den Kopf und lacht klirrend. Sie hatte mindestens vier verschiedene Lachen: die glucksende, die asthmatische, die dröhnende und die klirrende. Alle zu laut.

Sanchez dachte: Ich bin ein Idiot! Ich bin so ein Idiot!

»Streichen Sie mir die verlängerte Liegekur, Dottore«, rief sie ihm zu. »Dann muss ich mich auch nicht umbringen!«

Ihm wurde übel, so ätherisch schön war sie. Ihre Gesichtshaut war weitgehend abgeheilt. Sie wird zu schön für mich, dachte er trübsinnig. Fehlt nur noch, dass sie gesund wird. Dann habe ich sie verloren, ein für alle Mal. Dann habe ich sie verloren, noch bevor ich sie besessen habe.

Im Büro zündete Sanchez sich eine Zigarette an – Club! Nie mehr Bulgartabak! – und wühlte in einem Papierstapel. Tauber. Sein Herz tat einen irren kleinen Hüpfer. Er legte die linke Hand prüfend auf die Brust. Extrasystole? Paroxysmale Tachykardie? Und was genau war der Unterschied zwischen einem eingebildeten Herzinfarkt und Liebe?

In der Hand hielt er eine Terminbestätigung für die Untersuchung der Patientin Melanie Tauber, geboren am 15. Juli 1966 in Berlin. Bald hatte sie Geburtstag. Würde sie ihn in Masserberg feiern müssen? Dann wäre sie volljährig. Er stand auf, ging quer durchs Zimmer zum Bücherregal und öffnete den zweiten Band des Medizinischen Wörterbuchs bei »U« wie Uveitis. Uveitis war der Überbegriff für eine Entzündung des Augeninneren, die von der Regenbogenhaut oder Aderhaut ausging. Die meisten ihrer Formen, Iritis, Iridozyklitis oder Chorioretinitis waren beidseitige Erkrankungen. Er griff sich verschiedene andere Wälzer, nahm sie mit zum Tisch, leckte an der Kuppe des nikotingelben Zeigefingers und begann zu blättern. Dabei murmelte er leise vor sich hin. Das machte er oft, wenn er an der Grenze seines Konzentrationsvermögens angelangt war. »Nelson-Mayer-Test, benannt nach dem amerikanischen Serologen Robert A. Nelson, geboren 1922 … siehe Treponema-Pallidum-Immobilisations-Test … ah ja! Hier! TPI … das historisch erste Verfahren, um Antikörper bei einer Syphilis-Erkrankung nachzuweisen … sehr komplex … wird im nichtsozialistischen Wirtschaftsgebiet (USA, GB, Frankreich) mit großem Erfolg angewendet …« Er schob den Wälzer weg, kramte das alte Medizinische Wörterbuch von 1980 vor, ein Westbuch, das er zum Kurs von 1:10 von einem Studienkollegen erschachert hatte. Da stand etwas ganz anderes: »Hmmmm … langwierig, kompliziert und fehlerbehaftet, gilt als überholt …«

What shall we do? Ach was! Sie wollte ihn, und sie sollte ihn haben, ihren Nelson-Test. Er selbst versprach sich herzlich wenig davon, aber man musste jede Möglichkeit ausschöpfen.

Mel war ihren Tropf los und durfte zum ersten Mal nach dem Schub wieder im Speisesaal essen. An Tisch drei, genau in ihrem Blickfeld, sah sie die Frau mit der Luxemburg-Frisur. Sie trug eine getönte Brille, hielt den Kopf aufrecht, tastete auf ihrem Teller herum und schnitt eine Scheibe Graubrot mit Käse in kleine Stücke. Reiterchen. Queen Mum hatte ihr oft welche geschnitten, als sie ein Kind war. Die Brotscheibe sah kalt und feucht aus. Luxemburg spreizte den kleinen Finger ab. Mel spürte, wie eine große Erregung sie ergriff. Sie wusste, dass sie gleich aufstehen, zu dieser Frau gehen und ihr Fragen stellen würde. Ihr Herz schlug bis zum Hals, als sie vor Luxemburg stand.

»Guten Tag!«

Luxemburg hob ihren Kopf übermäßig hoch und fixierte Mel lange. »Guten Tag!«

Mel stand weiter vor ihr, da sie nicht zum Sitzen aufgefordert wurde, sie stellte sich nicht vor, sie dachte nicht nach, sie folgte einem großen inneren Drängen.

»Sehen Sie mich?«

»Sehen würde ich das nicht nennen. Vor einigen Wochen habe ich noch einen kleinen Ausschnitt gesehen. Das Letzte, was ich sah, war ein Marienkäfer.«

»Dann sind Sie ganz blind?«

»Ich mag dieses Wort nicht. Ich bin sehbehindert.«

»Ja, aber, was sehen Sie denn?«

Luxemburg ließ die Gabel fallen und stieß Luft aus der Nase, als Zeichen ihrer Verächtlichkeit.

»Nichts.«

»Ja, aber, ich meine, was sieht man, wenn man blind ist? Sieht man schwarz oder weiß, sieht man Strukturen, Blitze ...«

»So eine blöde Frage kann nur ein Gesunder stellen.«

Mel war beleidigt. Nicht der blöden Frage wegen, ihr kam die Frage plötzlich selbst sehr blöd vor. Aber gesund, was für eine ungeheure Verdächtigung!

»Ich bin nicht gesund.«

»Haben Sie auch RP?«

»RP?«

»Retinitis Pigmentosa.«

»Nein, ich habe eine rezidivierende Iridozyklitis. Links Visus Null.«

»Und rechts?«

»Noch gut.«

»Na also. Sie sind sehr jung, nicht wahr?«

»Fast achtzehn.«

»Ich will Ihnen jetzt mal was sagen, mein Kind. Setzen Sie sich. Jemand, der nicht sehen kann, hat so viele Bilder im Kopf, dass er sich nicht mehr darauf konzentriert herauszufinden, was er sieht.«

»Ja, aber ...«

»Es ist nicht wichtig. Man sieht nichts. Als junges Ding sollte ich mal einen Aufsatz schreiben über das Nichts. Ich schrieb: ›Nichts ist Nichts, und über Nichts kann man nichts schreiben, es käme ja doch nichts dabei heraus.‹ Verstehen Sie?«

»Ehrlich gesagt, nein.«

»Dieses Nichts zu konkretisieren bringt nichts. Es spielt in der Wahrnehmung überhaupt keine Rolle. Es spielt eine Rolle, nirgends anzustoßen, in kein Loch zu fallen, anzukommen. Die Uhrzeit herausfinden, den richtigen Bus kriegen, das Klopapier auf einer fremden Toilette ertasten. Das ist wichtig.«

»Warum sind Sie noch in Masserberg, wenn Sie blind ... ich meine ... sehbehindert ... wenn Sie gar nichts mehr sehen?«

Luxemburg tastete neben sich, ertastete ihren weißen Blindenstock, der an den Tisch gelehnt war, und machte Anstalten aufzustehen:

»Ich will Ihnen sagen, was schlimmer ist, als blind zu sein.«

»Was?«

Tock tock tock. Luxemburg machte die ersten Schritte gen Tür, wobei sie gespenstisch den Stock schwenkte. Dann blieb sie stehen und wendete sich nochmals zu Mel:

»Blind und einsam.«

In diesen Tagen enthielt die Masserberger Reizluft einen großen Anteil Verrat. Sanchez war ständig müde, nickte oft ein und träumte von früher. Ronaldos Schmatzen. Der Lauf des Gewehrs. Der Gerichtssaal. Der Mann im Ledermantel, der sich als Herr Schmidt vorstellte.

»Herr Sanchez, Sie haben da eine Dummheit gemacht, und zwar eine Riesendummheit. Es gibt also zwei Möglichkeiten. Entweder Sie gehen erst ins Gefängnis und dann zurück nach Kuba, oder Sie kooperieren.«

Aus Schmidts kleinem Mund hatte »kooperieren« geklungen wie eine Auszeichnung. Sanchez wäre sowieso einverstanden gewesen. Weitere Überzeugungsarbeit war nicht vonnöten. Er unterschrieb und wurde IM Skalpell.

Drei Engel packten ihn und zogen ihn mit sich in die Luft. Er verspürte ein Gefühl von Glück und Körperlosigkeit. Er schmeckte deutlich Rum und Minze. Es roch nach Sonne auf warmer Haut. Nach kurzem Flug zeichnete sich unten eine Insel ab: la isla. Kuba. La patria es de todos – Das Vaterland gehört uns allen, sang jemand. Er sah Tabakplantagen und Tasadores, Zigarrenroller, einer davon sein Vater Ernesto. Zuckerfabriken, glucksende Mangrovensümpfe, ein kleiner olivhäutiger Junge grub ein Loch in den Dünensand und füllte es mit Vogelspinnen. Er lachte zahnlos. Er sah vergnügt aus. Es war er selbst. Carlo.

»Herr Doktor«, sagte einer der Engel mit quengelnder Stimme.

Sanchez schreckte hoch und rieb sein müdes Gesicht. Er war schon wieder eingeschlafen, am Schreibtisch, im Büro. Kurz nach Mitternacht. Er ließ seine Mittelfinger in den inneren Augenwinkeln kreisen, bis es knirschte. »Lass das«, würde Tinka jetzt sanft und mahnend sagen. Sie würde seine Hand nehmen, fest zwischen ihren immer kühlen halten und schließlich selbstvergessen mit seinen Fingern spielen. Fast wünschte er sich das in diesem Moment. Er wollte nach Hause gehen, sich zu Tinka ins Bett legen, sich an ihren Leib schmiegen –

Die Klinke seiner Tür bewegte sich: »Herr Doktor?«

Weg mit euch! Keiner da! Diese unendlichen Massen von Patienten machten ihn mürbe. »Können Sie nicht klopfen?« So würde es noch bis morgens 8.00 Uhr weitergehen. Fratzen. Alle Patienten hatten Fratzen. In eine dieser Fratzen tropfte er jetzt also mechanisch irgendetwas gegen Schmerzen hinein. Aber warum musste er sich immer diese weinerlichen Geschichten anhören? Er schaffte es mal gerade, ihre Krankheiten zu heilen, aber woher nahmen sie das Recht, ihn mit ihren Leben zu belästigen? Er hatte selbst Probleme. Er hatte selbst ein Leben, das aus den Fugen lief. Und mit diesem Leben belästigte er auch niemanden. Er war wütend auf die engen Daseinskreise, die er zog, darauf, wie festgefahren er war. Eine Figur, eine traurige Figur am Rande der Ereignisse.

Er versank in einen farbintensiven Tagtraum, und der führte geradewegs hinüber ins Mel-Land, ins Land der unbegrenzten Möglichkeiten. Wie Gedankenblitze kamen Bilder aus den vergangenen Tagen zurück. Die Laufmaschen ihrer Strumpfhose, ihr blassblaues Kleid, ihr abgebrochener Fingernagel, ihr Lippenstift. Sie.

Sirenengesang. Das war Sirenengesang und er, Sanchez, längst verloren! Warum war niemand da, Sanchez am Schiffsmast festzubinden? Sein Herz schlug gegen den Brustkorb, als wollte es raus hier, obwohl es ja schuldig war und zu Recht dort gefangen. Und doch erfüllte ihn mit Erleichterung, dass er plötzlich wusste, was zu tun war.

Zuerst erhob sich ein Teil von ihm, im Schoß seiner schmuddligen weißen Hochwasserhose. Dann erhob sich der Rest, ohne das Buch zu schließen, ohne die Schreibtischlampe auszumachen, ohne das Büro abzuschließen. Wie ein Schlafwandler verließ Sanchez das Ärztehaus und folgte dem Ruf aus Haus IV in die sternenübersäte Masserberger Sommernacht.

Im Zimmer hing ein Hauch von Alter, Krankheit und Erschöpfung. Mel saß munter im Schlafdunst der Alten, duftend und geschminkt im Bett, als hätte sie auf ihn gewartet. Er nahm sie an der Hand und führte sie aus dem Zimmer. Es war, als müsste es so sein, als sei dies alles unvermeidlich. Sie liefen stumm bekannte Wege, schüchtern fast, Hand in Hand, wie Teenager auf einer Nachtwanderung. Mel überragte ihn, und durch ihr weißes Nachthemd schien der Mond. Sanchez konnte seinen Blick nicht von ihr wenden. Sie war stark und tapfer und gespenstisch schön im fahlen Mondlichtkegel. Es war Nacht in Masserberg, und er war verrückt nach ihr. Was konnte falsch daran sein, wenn zwei Menschen sich verliebten?

Alles, was zu hören war, war Keuchen, Ächzen und das Klatschen nasser Häute aufeinander. Sie liebten sich stumm und erbittert. Dann lagen sie tief atmend über Kreuz. Mel zündete zwei Zigaretten an.

Der Lerchenberg wuchs in den Himmel in dieser Nacht. Sanchez sprach wenig und streichelte viel, von nichts als der Frage getrieben, wo Mels Haut am weichsten sei. Und dieser unnahbare spöttische Vamp lag in seinen Armen, zitternd wie ein Kind, Schutz suchend im Gestrüpp seiner Achselhöhlen. Das Biskuitporzellan bröckelte weg. Sanchez sah im Mondschein ein Mädchengesicht, ganz nackt. Er wusste gar nicht mehr, warum er vor Mel Angst gehabt hatte. Er hielt sie. Sie war klein und zerbrechlich in seinen Armen. Er spürte eine Mischung aus Erleichterung und – merkwürdigerweise, einordnen konnte er das nicht – Enttäuschung. Vielleicht, weil sie so klein war. Oder weil sie nachgegeben hatte. Oder weil er ihr genügte. Oder weil es schon vorbei war.

Tagebuch
Masserberg, 11. Juni 1984, Pfingstmontag
8.00 Uhr
Ein Gefühl bricht aus. Und wen es trifft in seiner kranken Wucht, den zerstört es.
10.00 Uhr
Liebe ist
Ein Knoten im Bauch,
ein Ring im Hals,
ein Specht im Kopf,
ein Kreuz.

Mel stockte und starrte erstaunt die Spitze des Kugelschreibers an. Schrieb sie da von Liebe? Was war Liebe? War in ihrem Leben Platz dafür? Musste man überhaupt Raum und Zeit dafür schaffen? Oder war Liebe vielmehr plötzlich da, unfassbar, irrational, hinterhältig und wie ein Trip? Konnte man wissen, was Liebe ist, wenn man sie nicht kannte? Tat Liebe weh, hatte jemals jemand erzählt, dass Liebe weh tat? Und wenn, hatte sie zugehört? Hatte sie das überhaupt bisher interessiert? Oder handelte es sich am Ende um eine Verwechslung? Gab es ein ähnlich starkes Gefühl, das einem über den Kopf wächst, das den Boden unter den Füßen raubt, die Luft zum Atmen nimmt?

Dieses Neue, Übermächtige blähte sich in ihr, rumpelte und vibrierte in ihr, blies sie auf, ließ sie schweben, suchte ein Ventil. Sie liebte! Sie war zum ersten Mal in ihrem Leben verliebt. Sie, die geglaubt hatte, alles zu kennen, sie wollte nur noch eins: In seine Arme! Mit geschlossenen Augen und pochendem Herzen in seine olivgrünen Arme! Sich mit ihm hinlegen und sterben vor Glück.

Hier machte es ein Plumpsgeräusch, an das sich ein Wimmern anschloss. Mel verstaute hastig ihr Tagebuch im Versteck, obwohl sie vermutlich platzen würde, wenn sie es nicht bald jemandem anvertrauen könnte.

Das Wimmern schwoll an wie das eines kleinen Kindes, um das sich die Welt dreht. Frau Scheibel war aus dem Bett gefallen, und Emma K., die gerade vorbeigeschlurft war, zerrte unschlüssig an ihr herum.

Vom alten Zusammenhalt war kaum mehr was übrig. Säge war weg, Einauge tot, Molly in der Klapse und Mel im Liebestaumel. Emma K. war mit Willem, dem Dativ und dem Zentralorgan beschäftigt, und mit Klosettchen sprach seit der Erlkönig-Krise sowieso keiner mehr.

Schwester Heidi, die die Post brachte, hievte Scheibel routiniert zurück und legte danach unbewegten Gesichts eine Ansichtskarte auf Mels Bett. Die Karte war so bunt, so unanständig bunt, dass sie alle in der DDR handelsüblichen Farben in den Schatten stellte.

Im Ort gab es zwei verschiedene Ansichtskarten. Sie sahen aus, wie DDR-Ansichtskarten so aussahen: sehr dünner Karton, hinten orangefarbene Schrift, vorne ein unmotivierter Mix aus fünf Fotos, zwanzig Pfennig eine. Zwei Motive also, Masserberg im Sommer und Masserberg im Winter. Auf der Masserberg-im-Sommer-Ansichtskarte stand links »Gruß aus Masserberg«, rechts »Thüringer Wald«, Schreibschrift, schwarz auf weiß. Darüber und darunter waren zu sehen: das FDGB-

Erholungsheim »Otto Grotewohl«, die Rennsteigwarte, die Werraquellenbaude, ein Blick zum FDGB-Erholungsheim »Otto Grotewohl« und das Kurhaus. Auf der Masserberg-im-Winter-Ansichtskarte stand mittig: »Wintersportplatz Masserberg«, Masserberg in Versalien, Druckschrift, schwarz auf blau. Sie zeigte die Skiübungswiese, die Rennsteigwarte mit Turmbaude am Rennsteig, das Betriebserholungsheim »Robotron« Leipzig, die Rennsteigstraße, Am Schwalbenhaupt. Auf allen Fotos lag Schnee, durch den Skifahrer mit roten und blauen Anoraks liefen. Die Farben waren blass, ausgelaugt, verwaschen, so wie Mels linke Iris.

Deswegen war sie fast geblendet, als sie Ullas Karte sah. Warum leuchteten Westfarben so sehr? Alles so bunt hier, lockten sie. Sie drehte die dicke, glänzende Karte in den Händen. Auf der Vorderseite posierte ein Punkmädchen mit rübenroten aufgestellten Haaren und einer Sicherheitsnadel in der Unterlippe. Das Mädchen sah ansonsten sauber und adrett aus, wie eine Punk-Barbie. Sein Haar passte farblich genau zum Kartenrand. Die Rückseite war mit einer Schrift bedeckt, der man ansah, dass sie selten zum Einsatz kam.

Es ist geil hier! Erst hab ich bei meinem blöden Onkel in Reinickendorf gewohnt. Da durfte ich nur einmal am Tag das Klo spülen. Aber jetzt hab ich einen Millionär kennengelernt, denk mal, der hat goldene Wasserhähne!! Und er hat ein Bidet, da habe ich reingepinkelt. Jetzt weiß ich, dass es nur zum Arsch waschen ist, aber es sieht aus wie ein Klo!
Komm rüber, meine Milchkuh!
Kisses Ulla

PS: Ich lass mir jetzt alle Zähne neu machen. Jacketkronen.

Ulla, das wusste Mel von Ludwig, hatte zu jenen gehört, die die westdeutsche Botschaft in Prag besetzt und so ihre Ausreise erzwungen hatten. Ganz sicher war das aber erst jetzt. Die Karte war der Beweis. Ihr Lebenszeichen brach in die Masserberger Welt ein wie ein Samurai-Schwert. Diese bunte glänzende Ansichtskarte markierte eine haardünne Verbindung zur Außenwelt. Ulla hatte ihr oft im Spaß zärtlich an die Brüste gegriffen und sie »Milchkuh« genannt. Jetzt war sie weg, für immer weg. Mel sah sie vor sich, turmhoch, fast nur Bein. Ullas Beinmaße hatte sie sich gemerkt, weil sie so fasziniert war davon: Außenmaß bis zum Hüftknochen ein Meter vierundzwanzig, Innenmaß neunundachtzig Zentimeter.

Ulla. Zum ersten Mal, seitdem sie hier war, spürte Mel wieder schmerzlich, dass es draußen ein Leben gab. Doch es war nur ein kurzer Schmerz, eher die Erinnerung an Schmerz, ein gewohnheitsmäßiges Sich-nach-draußen-Sehnen, das gar nicht mehr echt empfunden war. Mel bewegte sich draußen ungelenk, selbst in Gedanken. Sie gehörte unverrückbar hierher. Niemals wieder wollte sie Masserberg verlassen müssen. Das Leben draußen erschien ihr sonderbar. Sie drehte die Karte in beiden Händen immer wieder um. War das nicht eigentlich der Moment, an dem sie Ulla beneiden sollte? Denn sie hatte das getan, wovon Mel seit ihrer Teenagerzeit geträumt hatte. Sie war weiter draußen, als Mel jemals war.

Wäre Masserberg ein Schiff, dachte Mel, dann würde ich damit in See stechen, gen Westen. Aber Masserberg war kein Schiff. Masserberg war eine Insel. Das Schiff war die restliche Welt, kaum mehr sichtbar, draußen am Horizont. Ein Schiff mit goldenen Wasserhähnen, unter die Ulla ihre schlanken Glieder hielt, während sie mit blendend weißen Porzellanzähnen ihren Millionär anlächelte. Was hatte Martin geschrieben? Sie dürfe den Fehler nicht begehen, ins Wasser zu springen in der Annahme, in einem Boot zu landen, weil ja Sprung und Wasser sinnlos wären, existierte das Boot nicht?

Tinka roch streng. Sie hatte sich seit Tagen nicht gewaschen. Sie trug schon seit einer Woche denselben Trainingsanzug. Sie machte kein Frühstück mehr, kaufte nicht ein, sah nicht fern. Wenn Sanchez aufstand, saß sie mit schlampigem Pferdeschwanz, blass bis auf scharf abgezirkelte rote Flecken am Hals, vor ihren Büchern und Ordnern. Wenn er von der Arbeit kam, saß sie immer noch so, als sei sie gar nicht aufgestanden. Sie bekritzelte Blatt um Blatt mit einer mikroskopisch kleinen Schrift. Überall lagen bekritzelte Blätter herum.

Tinka hatte das Kind in der Nacht verloren, als Sanchez zum ersten Mal mit Mel geschlafen hatte. Sie hatte kurz nach Mitternacht, als er eben aufstand, um zu Haus IV zu gehen, Krämpfe bekommen, war zur Toilette gegangen und hatte einen kirschgroßen Blutklumpen verloren. Ihr Kind. Sein und ihr Kind. In jener Nacht, als er das Angebot zur Rettung ausschlug und zu Mel ging.

Manchmal brachte er Tinka Nelken mit. Sie stopfte sie in eine Vase, zwang sich zum Lächeln und sagte danke. Manchmal streichelte er Tinka. Aber er wusste keine Worte. Sie wurde unter seiner mechanisch sich wiederholenden Berührung ganz starr, knabberte an ihrem Stift und kritzelte weiter. Meist sagte sie nichts. Manchmal sagte sie: »Schon gut, schon gut!« Dann nahm er seine Jacke und ging zu Mel.

Sie trafen sich. Sie trafen sich heimlich. Sie trafen sich heimlich im steil abfallenden Fichtenwald nahe dem Verkehrsschild, welches rechts nach Katzhütte und links nach Schönbrunn wies. Eine kleine versteckte Lichtung wurde ihre Wohnung. Und sie waren matt in jenen gestohlenen Stunden. »Lachse sterben nach der Paarung an Erschöpfung«, sagte Mel und küsste Sanchez' Ohr. Sie hatte alle Kleidung abgelegt, auch den Augenverband. Sie zeigte ihm, wie man im Luftzug ein Streichholz entfacht – im Windschatten der hochgeschobenen Schachtelhülle. Ihre linke Pupille war durch das Atropin so groß wie die einer Katze. Sie war eckig, unrund, starr. Die Traubenzuckerbäder, die er ihr verordnet hatte, waren dabei, die Sklera, das raubtierhafte Weiße in ihrem Auge blutrot zu ätzen. Wenn ihre Augen zu glänzen begannen, dann war es, als wollte sie blutige Tränen weinen. »Du musst nicht herkommen, wenn du zu schwach bist«, sagte Sanchez, der es nicht fassen konnte, dass er sich mit einer minderjährigen Patientin im Wald traf, um mit ihr Sex zu haben.

»So schlecht kann es mir gar nicht gehen, dass ich dich nicht treffen könnte, Dottore. Auf dem Zahnfleisch würde ich herrobben, weil ich dich brauche wie die Luft zum Atmen.«

Sanchez streichelte sie, starrte schweigend durch die Laubkronen in den milchfarbenen Abendhimmel, in den sich logisch die Melodie ihrer Stimme einfügte. Irgendwann wieder hörte er auch auf den Inhalt ihrer Worte.

»Ulla hat eine Karte geschrieben, aus West-Berlin. Sie hat's geschafft!«

Solche Gedanken wollte Sanchez gar nicht aufkommen lassen. »Pah! Im Westen, im Westen ist alles am besten«, höhnte er.

Mel schwieg.

Warum sagte er das? Ein Spruch von Tinka. Inmitten seines Wohlgefühls wurde ihm plötzlich heiß vor schlechtem Gewissen, als er an Tinka dachte. Propoganda-Statistiken kamen in seinen Kopf, die Tinka für ihre M/L-Prüfungen pauken musste. Argumente, die er von ihr hörte, die wenigen Male, als er laut über eine mögliche Zukunft im Westen nachdachte: »Jeder zweite Arbeitslose in der BRD ist schon seit über einem Jahr auf der Straße. Eins Komma vier Millionen Bürger New Yorks leben in Armut …«

»Was quatschst du da eigentlich für 'nen Scheiß?«, fragte Mel und kitzelte ihn gutmütig. Er hatte laut gedacht. »Du klingst ja wie der Marxist-Leninist! Kennst du die Grenzgeschichte schon, wo sich zwei Hamburger geweigert haben, als Herkunftsland BRD ins Ausreiseformular zu schreiben? Sie mussten zur Strafe 30-mal ›Ich bin ein BRD-Bürger‹ auf einen Zettel schreiben.«

»Wer sagt das?«, fragte Sanchez scharf.

Mel grinste breit und wirkte überhaupt nicht eingeschüchtert: »Rias.«

Rias. Eine freie Stimme der freien Welt. Tinka würde ihn verlassen, wenn er einen Ausreiseantrag stellen würde. Tinka hing an diesem Land, das sie Heimat nannte und das, wie sie gern zu bedenken gab, »Kindern eine Zukunft bot«. Und er? Woran hing er?

»Zwei Freunde von mir wollen ein Flugzeug bauen. Die haben sich in der Staatsbibliothek richtige Konstruktionsbücher ausgeliehen und sind jetzt immer am Schweißen. Aber das klappt nie! Wenn ich nur einen

Weg wüsste, wie man ohne Risiko rauskommt«, sagte Mel, an einem Grashalm kauend, mehr zu sich selbst als zu Sanchez. »Ohne Risiko und ohne Stress, ohne Knast und diesen ganzen Psychoterror.«

»Ich wüsste einen«, sagte Sanchez, teils um sich wichtig zu machen, teils aus Gedankenlosigkeit. Natürlich erschrak er im selben Moment, aber gesagt war gesagt, und Mel wollte alles wissen, jedes Detail.

»Wo ist es nur?«, fragte Klosettchen in die eisige Stille des Zimmers hinein, dauerlächelnd und mit einem kleinen dummen Quaken in der Stimme. Sie war ein einfältiger Mensch mit durchsichtigen Verschleierungsstrategien. Sie hegte einen Verdacht. Nur zu gern hätte sie Mel überführt, verurteilt und hingerichtet. Das sah man ihr an.

Seit Stunden suchte Klosettchen ihr Ein und Alles, ihr Transistorradio, das wie von Geisterhand verschwunden war. »Das kann doch nicht weg sein«, murmelte sie immer wieder. Aber es war weg. Spurlos verschwunden. Emma K. grinste. Mel grinste. Nicht mal die Lautsprecher konnten sachdienliche Hinweise geben.

Mel lag im Bett und las einen Brief von Viktoria. Viktorias Briefe waren kleine Meisterwerke der Betulichkeit, ebenmäßige, perfekte Fleißarbeiten, stilistisch schlecht, nahezu inhaltsfrei, aber schön anzusehen. Mit runden Bögen, leicht nach links geneigt, bedeckte Viktorias Schulmädchenschrift Zeile um Zeile. Zartlila Briefpapier mit Blumenornament, mit untergelegtem Linienblatt, vorher ins »Unreine« geschrieben, dann übertragen. Mel, die ihre Briefe auf alles kritzelte, was ihr unter die Finger kam: Zeitungsränder, gebrauchtes Paketpapier, Tagebuchseiten, war jedes Mal ganz entzückt von der Fremdartigkeit dieser Briefe, die, wie Martin sagte, »den Sieg der Form über den Inhalt« verkörperten. Außer einer langweiligen Wochenschilderung enthielt Viktorias Brief Vorwürfe, dass sie nichts von Mel höre, ob etwas los sei, warum sie nicht nach Masserberg kommen dürfe.

Ab und zu kam eine Sanchez-Wehe. Dann presste Mel den Kopf fest ins Kopfkissen, unter dem das Radio versteckt war, hielt die Luft an, um nicht zu wohlig zu stöhnen, und träumte so intensiv, dass sie dabei wie in Trance mit weit aufgerissenen Augen an die Decke starrte. Mel und Carlo Sanchez, dachte sie, und in ihrem immer schmerzenden Schädel läuteten Hochzeitsglocken. Die Flitterwochen verbringen wir auf Kuba, aber auf dem Weg dorthin, in Gander, steigen wir aus und fliehen. Die perfekte Flucht, hat Carlo gesagt. Mel und Carlos Sanchez, dachte Mel. Republikflüchtlinge. Bitten Kanada um Asyl. Hauen ab im Transitraum. Steigen einfach nicht mehr ein. Sogar das Gepäck würden sie ausladen müssen. Nach internationalem Recht.

Sie hatte Visus Null, aber sie hatte nie klarer gesehen. Sie berührte ihn und mit ihm das Leben. Sie tippte das Leben an, aus dem sie herausgerutscht war. Sie tippte es von außen an und sagte: Ich will rein! Lass mich rein! Und hilf mir hier raus! Noch war es ein Spiel, kein Verführungsspiel mehr, sondern bereits ein Verstrickungsspiel. Aber ein Spiel. Mel versuchte mit ganzer Kraft, sich einzureden, dass es ein Spiel war. Und zudem eine ganz und gar wunderbare spielerische Möglichkeit, die Welt zu sehen, die ganze Welt, solange sie noch sehen konnte. Sanchez sollte ihr Mann werden – und dann ihr Witwer. Mel schwelgte in wildromantischen Phantasien dieser Art. Ullas grünes Taftkleid würde sie zur Hochzeit tragen, den Hut mit dem schwarzen französischen Spitzenschleier zur schwarzen Augenklappe, keine hohen Schuhe, Sanchez zuliebe keine hohen Schuhe, aber metallicgrüne Fingernägel, die extralangen.

Begriffe wie Liebe, Sehnsucht, Zärtlichkeit, Romantik, vorher vollkommen abstrakt in Mels Welt, begannen sich mit Bedeutung zu füllen. Ihr Körper, malträtiert von Spritzen und Therapien, war plötzlich in einer Art Alarmbereitschaft. Sie war beschwingt einerseits, verwundert und hilflos andererseits. War Liebe nicht nahezu rufschädigend für jemanden wie sie? Und dieser Überschwang, wohin damit? Sie war schon vor Sanchez oft nachts in den Wald gegangen, am Geländer entlang und in den Wald, allein, um sich ihrer Freiheit zu versichern. Nun hatte sie ein Ziel. Sanchez war ihr Ziel in der Dunkelheit.

Es fiel ihr schwer, in einem solchen Zustand zu schweigen. Sie war durchflutet von jenem Drang, sich mitzuteilen. Dieses übermenschliche, unmenschliche Bedürfnis, sich zu entleeren! In der vergangenen Nacht, als alle anderen schliefen, war es aus ihr herausgebrochen. Sie hatte einen Freund. Keinen Lover, Knaller oder Macker, wie sie die Männer in ihrem Leben sonst verächtlich nannte. Sie hatte einen Freund. Sie legte Wert auf die Tatsache, einen Freund zu haben, und sie sagte diesen Satz im Geiste oft vor sich hin. Sie brannte darauf, es jemandem zu erzählen.

Schwester Heidi, die den Nachtdienst versah und für beide Seiten überraschend zur Mitwisserin wurde, sah sie erst so verständnislos an, als spräche sie Löffelsprache. Dann kommentierte sie die Neuigkeit mit einem ehrlich empfundenen: »Der arme Herr Doktor!« Sie schien Verständnis für Mel aufzubringen, sie schien sich sogar geehrt zu fühlen, mit Mel ein Geheimnis zu haben, aber Mel fühlte sich nicht erleichtert. Im Gegenteil.

Wenn Mel an diese völlig unnütze Indiskretion dachte, wurde die vibrierende Scheibe in ihrem Bauch zum Diskus. Es war ein Fehler gewesen, Heidi einzuweihen. Bestimmt war es ein Fehler gewesen. Und es hatte sie nicht mal erleichtert. Sie musste sich jemandem anvertrauen. Aber wer war verständig, verschwiegen und zugleich greifbar? Sie strampelte ungeduldig die Decke von den Füßen, lief hinunter, drei Stufen auf einmal, hinaus zum Münzfernsprecher, mitten in der Liegezeit, spürte den schweren goldenen Zwanziger plumpsen, die einzige Münze zwischen all den Alu-Chips, den Zwanziger aus echtem schwerem Messing.

Jott spielte mit. Der Apparat funktionierte. Sie wählte Ludwigs Nummer im Theater. Er musste erst vom Inspizienten geholt werden und wirkte angespannt. Mel sprudelte über, erzählte von Sanchez, schwärmte von Sanchez, malte Sanchez in den schönsten Farben, benutzte alle Farben außer Olivgrün. Ludwig klang, als säße er in einer Röhre, als hätte er einen Tennisball im Hals. Er litt, Mel wusste, dass er litt. Aber er beherrschte sich.

»Kubaner?«, fragte er gepresst. Angewidert: »Parteimitglied?«, hoffend: »Kleiner als du?«, übertrieben: »Sooo alt?«, nachdenklich: »Sonderbar?« Sein Fazit war knapp und passte Mel überhaupt nicht: »Als Liebhaber eine grandiose Fehlbesetzung.«

Sie hängte wütend den Hörer ein, wodurch die altersschwache Gabel abriss und der Hörer an der sich dehnenden Spiralschnur auf dem Boden aufschlug und zersplitterte. Mel rannte zurück ins Zimmer.

Der Blödmann, der stumpfnasige! Warum zum Teufel war Molly nicht hier? Wer konnte sie ersetzen? Emma K. war gänzlich ungeeignet für Gefühlsdinge. Scheibel war schon am Vortag entlassen worden, nur ihr Wimmern lag noch in der Luft. Klosettchen kam natürlich gar nicht in Frage. »Hmhmhmhm« würde die sagen und falsch über hervorstehende lange Zähne grinsen. Außerdem wartete ihr Taxi schon. Niemand würde sie vermissen. Sie verließ Masserberg, ohne dass jemand wusste, warum sie hier gewesen war, ohne dass sich jemand an ihren wirklichen Namen erinnern konnte.

Und ohne ihr Radio. Das war ja wohl das Mindestmaß an Strafe. »Auf Wiedersehen«, sagte sie schließlich abgekämpft und fand etwa die Beachtung einer steppenden Mikrobe. Als die Tür ins Schloss fiel, sprang Mel auf und steckte all ihren Überschwang in eine Emma-K.-Umarmung, die erste, wohlgemerkt. Vermutlich auch die letzte. Emma K. klopfte irritiert auf Mels Schulter. Sie neigte nicht zu Zärtlichkeiten dieser Art. Sie neigte überhaupt nicht zu Zärtlichkeiten. Nicht mal mit Willem. Aber sie hatte noch drei ins Zentralorgan eingewickelte Flaschen Krimsekt im Nachttisch.

Emma K. und Mel tranken und waren nach einer Flasche schon betrunken genug, um Pionierlieder zu grölen:

Unsre Heimat, das sind nicht nur die Städte und Dörfer,
unsre Heimat sind auch all die Bäume im Wald,
unsre Heimat ist das Gras auf der Wiese, das Korn auf dem Feld
und die Vögel in der Luft und die Tiere der Erde
und die Fische im Fluss sind die Heimat.

Und wir lieben die Heimat, die schöne,
und wir schützen sie, weil sie dem Volke gehört,
weil sie unserem Volke gehört.

Sie tranken eben den letzten Schluck der ersten Flasche, prosteten sich mit ihren Zahnputzbechern zu und suchten über Kurzwelle einen anständigen Kanal wie den Deutschlandfunk oder Bayern Drei, einen mit anständiger Musik, da öffnete sich fast lautlos die Tür, und strahlend und rothaarig stand Molly vor ihnen.

Jott sei Dank, jetzt wird alles gut, dachte Mel und schloss die Freundin in die Arme. Der Dienstag war ein Freudentag im dreifachen Sinne.

Molly war aufgedreht und sehr gesprächig. Es ging hauptsächlich um Marlene und den Reichsbischof Müller, als sei sie bei beiden für ein paar Tage zu Gast gewesen – das Thema Klapsmühle sparte sie großräumig aus. Der Krimsekt floss in Strömen. Nach der zweiten Flasche brachte Emma K. ihnen Berliner Sprüche bei, gänzlich unverständlich, aber fremdartig schön: »Uffmucken! – Zähne spucken!« und »Jedenfalls – frisst der Arsch keen Gänsehals.«

Kurz vor Mitternacht lagen Mel und Molly zusammengekuschelt und hoffnungslos betrunken in Mollys Bett. Aus dem geklauten oder, wie Molly kichernd sagte, »organisierten« Radio plärrte der Feindsender.

Vor Einschlafen flüsterte Molly: »Du, Mel? Ich muss dir was sagen. Ich kannte sie gar nicht.« Sie roch ein wenig alt aus dem Mund.

»Wen?«

»Marlene.«

»Ich weiß.«

»Ich hab sie nur einmal gesehen, als ich ihr zwei Maßhemden in die Wohnung gebracht habe, als Verkäuferinnen-Lehrling.«

»Ist gut, Molly. Schlaf jetzt.«

In dieser Nacht in Mollys weichen alten Armen, Sekt im Kopf und Sanchez, in dieser Nacht liebte Mel das Leben – auch auf die Gefahr hin, dass es sie nicht zurückliebte.

Berlin, 20. Juni 1984

Liebste Mel,

du willst die Blindenschrift lernen? Ich war so erschrocken über deinen Brief. Er hat mir einen Schlag versetzt. Warum willst du die Blindenschrift lernen? Siehst du wieder schlechter? Sag mir, was los ist. Du wirst mich sicher auslachen, aber ich schicke dir ein Stück aus der letzten Predigt meines Vaters mit. Vielleicht ist es ein Trost für dich.
Und Jesus sprach: »Ich bin zum Gerichte in diese Welt gekommen, auf dass die, welche nicht sehen, sehend werden, und die da sehen, blind werden.«
Das heißt, wenn das, was wir sehen, das ist, was wir sind, dann sollten wir blind werden von dem Anblick.
Ich schicke dir diese Zeilen, weil ich finde, dass es keine Rolle spielt, wie es heißt, es zählt nur, was es ist. Das ist die Frage, die zählt, das ist die Frage, die gestellt werden muss. Sinn ergibt sich aus dem was es ist und es ist das was wir daraus machen denn kein Komma und kein Punkt machen es besser als es ist und es ist das was es sagt und es sagt wie es ist
Ich hoffe, das klingt jetzt nicht allzu wirr. Ich werde dich lieben bis zum Ende meines Lebens. Dein Tom

Sanchez hatte ein schlechtes Gewissen, wenn er zu Mel ging, er hatte ein schlechtes Gewissen, wenn er von ihr kam, aber wenn er bei ihr war, war alles gut. Sein Gewissen parkte er am Lichtungsrand.

Sie waren nackt, hielten sich in den Armen wie Gestrandete und erzählten, mal er, mal sie. »Tom hat mir einen flammenden Liebesbrief geschrieben. Er denkt noch immer, es gäbe eine Chance für uns. Er ahnt nichts, dieser arme Mensch.« Mel schob ihre Hand unter Sanchez' Hinterkopf.

Sanchez hatte Mühe, Mels männliche Trabanten nicht durcheinanderzubringen. Tom ahnt nichts, Mel ahnt nichts, Tinka ahnt nichts, dachte Sanchez, beugte sich über sie und presste sein Verrätergesicht zwischen ihre Brüste.

Sie zündete sich eine Zigarette an, schob immer wieder von unten nach oben die Finger durch sein Haar. Er war nur Gänsehaut und schnurrte. Ganz unbestritten war es schmeichelhaft, von einer solchen Frau begehrt zu werden, von einer so schönen und vor allem so spektakulär jungen Frau. Mel fand ihn aufregend. Nie zuvor hatte ihn eine Frau aufregend gefunden. Und dass sie ihn aufregend fand, machte ihn aufregend. Plötzlich war er ein ausdauernder Liebhaber. Noch kürzlich war er perfekt im Langweiligsein. Er beherrschte unendlich viele Varianten. Aber Mel war blind dafür. Ein brutales Bild, das war ihm im selben Moment klar, zumal er gleichzeitig sah, wie sie ihren Verband wieder anlegte, wie der weiße Mullverband Platz nahm in ihrem Gesicht, seinem Hauptwohnsitz. Erst jetzt war ihr Gesicht vollständig. Der Augenverband gehörte zu ihr wie der Schnurrbart zu ihm.

Er sah eine kleine Eidechse am Wegesrand. Sie verharrte in der Bewegung. »Wie soll es weitergehen?«, fragte er sie. Sie huschte weg. Die Beziehung zu Mel würde ihm bald über den Kopf wachsen. Erst war da nur der stechende Geruch der Sünde gewesen. Dann kam die erste Lüge, die die nächste nach sich zog und fünf weitere, von denen jede wieder neue Lügen zeugte. Ein Lügengeflecht, ein Labyrinth aus Lügen. Er arbeitete zu wenig, er belog Tinka, er sammelte Ausflüchte und Ablenkungen und Alibis. Stück für Stück nahm er Besitz von Mels Körper. Es wird schon gutgehen, dachte Sanchez, zuversichtlich, denn er war beschwipst vom Krimsekt. Dann, einen Moment später, in einem Anfall von Klarheit: Hoffentlich geht das gut! Wenig später: Klar geht das gut. Und so fort.

Mels Körper war so unverfroren jung, dass er sich manchmal am liebsten die Hände vors Gesicht schlagen wollte, weil er es nicht fassen konnte, weil er nicht glauben konnte, was er sah, und dass er sogar berühren durfte, was er sah. Und dass es sich genau so anfasste, wie es aussah. Die Linie ihrer Schultern, des Halses. Ihre Brüste, die weich in den Körper flossen, wenn sie auf dem Rücken lag wie jetzt. Nie zuvor hatte er bequemer gelegen als in dem Tal zwischen ihnen. Mels runder kleiner Arsch, der beeindruckend sich hervorwölbte, wenn sie lief und saß und lag, dessen knabenhaftes Muskelspiel er nicht müde wurde zu beobachten. Und natürlich Mels Mund. In den ersten Tagen wurde Sanchez nicht müde, ihn zu küssen, kühle feuchte volle Lippen, halb geöffnet, sich ihm entgegenreckend, wohlschmeckend, tatsächlich ein wenig nach Himbeere, ganz wie erträumt.

Aber während er Stück für Stück Besitz nahm von Mels Körper, nahm Mel Besitz von seinem Leben. Sie fragte. Sie wollte wissen. Sie wollte haben. Alles, gleich, jetzt, hier. Ihn. Er war leer. Und sie wollte ihn mit sich füllen. Zum Beispiel schenkte sie ihm ihre klobige Digitaluhr und verlangte, dass er sie trüge. Er trug sie. Auf Tinkas Fragen antwortete er: das Geschenk eines Kurgastes, was ja nicht falsch war.

Manchmal küsste er Mels Mund, um ihn zu verschließen vor Fragen wie: »Wann lieben wir uns endlich mal im Bett?« oder »Warum gehen wir nie zu dir nach Hause?« oder »Wer war eigentlich die Frau mit dem Zopf, neulich an der Bühne?« (knapp: »Meine Vermieterin!«) oder, wie jetzt: »Wann lerne ich sie denn mal kennen, deine Vermieterin?«

»Ich kenne sie ja selbst kaum«, murmelte er zwischen ihre Brüste. Er hörte seine Stimme nur von fern. Sie klang gar nicht wie seine eigene Stimme. Mels Stimme klang wie Mels Stimme. Mels Stimme klang immer wie Mels Stimme. Sie lachte vergnügt, glucksend diesmal, schrecklich laut für Nacht und Heimlichkeit, und vollkommen ahnungslos. »Seit wann bist du so schlagfertig?«

»Blindes Huhn findet auch mal Korn«, murmelte Sanchez und betete insgeheim um das Ende dieses Gespräches, da es Tinka besudelte und weiter besudeln würde.

Aber Mel fragte weiter: »Sieht sie gut aus? Wie alt ist sie eigentlich?«

»Alt. Und dick. Wenn du sie sehen würdest«, sagte Sanchez, und der Verrat schmeckte ranzig auf seiner Zunge, »dann wärst du nicht mehr eifersüchtig.«

»So schlimm?«, fragte Mel weiter. Sie fragte spielerisch, im neckendem Ton der Verliebten.

Aber Sanchez löste sich schroff aus der Umarmung: »Soll das ein Verhör sein?« Was wollte dieses Mädchen von ihm? Im Vorbeigehen sein Leben zerstören, sein perfektes Leben zertrümmern, viel zu laut lachen und dann weitergehen, als sei nichts gewesen?

Am nächsten Abend nach der nächsten Flasche Sekt fand Mel ein anderes Thema. Aber das war auch nicht viel angenehmer. »Wie war dein erstes Mal?«, fragte sie.

Sanchez schoss das Blut ins Gesicht. Er lag bäuchlings auf einer Decke, die Mel aus dem Zimmer geschleust hatte, denn man begann, sich häuslich einzurichten mitten im Wald, auf der kleinen Lichtung. Zwei Zahnputzgläser standen im Moos, die leere Flasche lag daneben und zeigte auf die beiden, als hätten sie im Pfänderspiel verloren.

Mel saß rittlings auf Sanchez und sprach in seinen Nacken.

»Sag!«

Tinka war sein erstes Mal. Er war 18 gewesen damals. Und er hatte sich nicht gerade mit Ruhm bekleckert. Tinka hatte geduldig die Regie geführt und seine Hand. Sein Glied war nicht richtig steif geworden. Sie hatte es beherzt genommen und mittig zwischen ihre Beine gestopft. Er war sofort gekommen, nach zwei Stößen, Ejaculatio praecox. Im Anschluss hatte Tinka jenen unseligen Satz gesagt, der ihren Sex bis heute überschattete: »Das üben wir noch!« Unglaublich! Tinka war seine erste Frau gewesen, Mel war seine zweite! Das durfte man keinesfalls zugeben. Tinka sowieso nicht und diese unglaubliche Unerfahrenheit auch nicht. Eine Frage des Gesichtsverlustes. Wo ihn Mel doch so schätzte als Liebhaber.

»Sie war Klassenschönste«, sagte er, log er, wobei es bis dahin ja eigentlich noch die Wahrheit war. »Ach, was!

Schulschönste war sie! Maria Velarde. Mit langen dicken schwarzen Haaren.« Bis dahin stimmte noch alles. »Und hat mich verführt, am Strand, zwischen lauter Vogelspinnen und Skorpionen.« Jetzt wurde es schwierig. Allerdings war Mel ja auch bloß eine klischeefressende Deutsche.

Sie beugte sich seitlich über ihn, ehrlich interessiert. »Wie hat sie's gemacht?«

Erstmals fiel ihm auf, wie farblos ihre Lippen waren, wenn sie nicht bemalt waren. Schön geformt, aber absolut farblos.

Sanchez schloss die Augen. Wie könnte sie es gemacht haben, Maria, seine Göttin? Er brauchte nur eine seiner zahlreichen Phantasien von damals zu schildern. Sich erinnern und sie zu schildern. Aber er erinnerte sich plötzlich nicht. Wäre er nur nicht so schlecht im Angeben und Geschichtenerzählen und Erinnern. »Getanzt. Sie hat getanzt.«

»Aha. Getanzt. Salsa sicher. Oder Mambo. Oder was wird da getanzt bei euch?«

»Ja, so.«

»Und dann?«

»Dann hat sie die Arme um mich gelegt und gesungen und hat mich gezwungen, auch zu tanzen.«

»Und dann?«

Und dann! Und dann! An dieser Stelle hörten Sanchez' Träume, einem inneren Zensor gehorchend, sowieso immer auf. »Wir fielen hin.«

»Genau wie wir damals. Weißt du noch?« Sanchez wusste noch. Und er erinnerte sich höchst ungern an die missglückte erste Liebesszene im Wald.

»Und dann?«

»Na, so. Was man macht.«

»Was man macht! Ihr Kubaner seid wirklich göttliche Erzähler. Was man macht. Diese blumige Sprache, diese Eloquenz, dieses Feuerwerk an Sprachbildern!«

Während Mel ihn in den Nacken biss, als sei er ihr Welpe und sie wolle ihn in ihre Höhle tragen, fragte er sich, was er eigentlich hier machte. Die Momente, in denen er sich fragte, was er eigentlich hier machte, nahmen zu. Warum mussten Frauen immer reden und fragen? »Und du? Wie war dein erstes Mal?«

Mel zögerte. Der weiße Küstensand, in dem Maria Velarde mit langen schwarzen Haaren tanzte, zerfloss in Farben und verschwand. Ihr erstes Mal. Sie sah Gesichter. Kichernde, höhnische, verzerrte Gesichter. Zehnte Klasse. Alle hatten schon. Nur sie nicht. Dieser Spott! Sie war sechzehn. Und begann zu lügen. Erfahren sei sie, erfahrener als alle zusammen. Die verdorbensten Geschichten dachte sie sich aus. Die hat schon mit jedem, hieß es bald. Sie überspannte den Bogen mehr und mehr. Und verfluchte sich für ihr intaktes Jungfernhäutchen. Christian Schmidt aus der Parallelklasse begann, ihr nachzustellen. Er verabredete sich mit ihr, zwang seine Zunge in ihren Mädchenmund, griff ihr unter den Rock, in den Slip, biss ihr ins Ohr. Am nächsten Abend seien seine Eltern nicht da. Sie musste handeln.

Ihr erstes Mal. Nie würde sie das jemandem erzählen. Nie. Das hatte in einer anderen Epoche stattgefunden, als der Kummer über ihre noch bestehende Jungfernschaft den Weltschmerz der Pubertät übertönte. Sie hatte sich selbst entjungfert. In jener Nacht unter der Bettdecke. Weinend, mit pochendem Herzen und zusammengebissenen Zähnen hatte sie eine Salatgurke aus

Queen Mums Küche in ihren Körper gezwungen. Immer weiter, Millimeter für Millimeter, bis ein scharfer Schmerz brannte, bis Blut kam.

Umsonst. Am Abend darauf, als Christian Schmidt auf seinem Klavierhocker saß und ein »Mondos feucht« über seinen aufgerichteten Schwanz rollte, hatte sie ihre Sachen geschnappt, war ins Bad gerannt und hatte sich eingeschlossen. Dieser im Schattenspiel an der Wand monströs wirkende Schwanz, viel größer und dicker noch als die Gurke! Und dann der Spott am nächsten Tag! Jeder in der Klasse zeigte mit dem Finger auf sie: Maulhure, Lügnerin, Angeberin, Mauerblümchen. Es gab keinen größeren Ansporn für eine ausgiebige Sexkarriere. Ihr erstes Mal also. Unschlüssig und dadurch etwas mechanisch strich sie über Sanchez' olivfarbenen Rücken. Vor ihr im Moos krabbelte ein Marienkäfer, orangerot, die Punkte konnte Mel nicht erkennen. Sie erschrak, hörte Luxemburgs Stimme: »Das Letzte, was ich sah, war ein Marienkäfer.«

Was würde sie als Letztes sehen? Die Zukunft war ein versiegelter Brief, die Neugier, ihn zu öffnen, flackerte nur noch selten auf. »Also, mein erstes Mal …« Mel entwarf eine schwüle und hocherotische Szenerie, in der Viktoria und Sandro, der brasilianische Tänzer aus dem Operncafé, vorkamen. Zu ihrer Zufriedenheit schien Sanchez, der unter ihrem Körper sich umdrehte und mit feuchten Händen ihre Schenkel umspannte, sehr inspiriert.

Es war ein heißer Junitag, als Jottes Wille vollstreckt wurde. Ein Sommertag, sehr heiß und still. Süßkirschenzeit. Unter dem Schild JE STÄRKER DER SOZIALISMUS, DESTO SICHERER DER FRIEDEN hatte sich eine Menschenschlange formiert. Eine dicke Frau in geblümter Dederon-Schürze stieß mit dem Unterteller in einen matschigen Kirschenhaufen und schüttete alles in eine braune Papptüte. Eine Stummfilmszenerie. Zwei Straßen weiter gab es eine weitere Rarität, Bückware, wie man es nannte: Damenschlüpfer, groß wie Zirkuszelte, drei Stück für zwei Mark fünfzig, Feinripp, Baumwolle, weiß.

Wäre nix für Molly, dachte Mel, eher für Emma K., so was mag Emma K., aber sie hatte weder Zeit noch Kraft, sich anzustellen. Sie trug mit kleinen vorsichtigen Trippelschritten und ausgestreckten Armen eine Flasche durch Jena. Die Flasche war groß und bauchig, aus dickem Glas, wie eine von Queen Mums Milchflaschen. Drin schwappte Blut, Mels Blut für den Nelson-Test. Das Blut war noch warm, braunrot wie Mels falsche Fingernägel und wahrscheinlich ziemlich krank. Mel fühlte sich geschwächt und ausgelaugt und schätzte, dass es gut ein Liter sein müsse. Aber sie war auch froh, etwas tun zu können. Der Berg ging zum Propheten, die Patientin trug ihr eigenes Blut von A nach B. Wie alle Kranken war sie darauf dressiert, zu erfahren, was sie krank machte. Wenn man schon nicht gesund wurde, dann wenigstens wissen, warum.

Sanchez. Seine Augenspritzen empfing Mel wie den Leib Christi. Selbst die verhassten schmerzhaft beißenden Glukose-Augenbäder nahm sie klaglos in Kauf. Sie trank Aromen aus seinem Schnurrbart. Sie legte ihren bissigen Spott ab wie eine Haut und fand Gefallen daran, ihn anzubeten. Sie wurde eine eifrige Sammlerin von Glücksmomenten. Sanchez' olivgrüne Ohrmuschel, die zwischen den Moosflecken hervorragt wie ein Krempling, Sanchez' Hand, die ihre mitnimmt in seine Jackentasche. Sanchez, der in ihren Armen einschläft, mitten im Wald, den Sternenhimmel als Bettdecke. Mel fühlte sich leicht und beschwingt. Sogar der Augenschmerz ordnete sich der vibrierenden Scheibe im Bauch unter. Das Gewicht verschob sich von der schweren Krankheit hin zur schweren Liebe.

Über Mels Gesicht lag jenes leicht dämliche Grinsen, an dem man auf der ganzen Welt Verliebte erkennt. Sie war in einem fast religiösen Zustand. Vergessen der Annäherungsversuch des San-kra-Fahrers, der auf dem Hinweg ihren Sehtest – Augenverband ab und zwinkern – für eine Anmache gehalten hatte. Vergessen das Sekundärglaukom, dass Ulla weg war und dass Ludwig immer noch nicht die Waschlappen geschickt hatte.

Ein Ikarus-Linienbus hielt quietschend vor ihrer Nase. Mel stieg ein und löste einen Fahrschein für zwanzig Pfennig. Das grobe schmutzig graue Papier erinnerte sie an das Klopapier in Masserberg, an dem sich Emma K. ständig ihre Hämorrhoiden aufriss. Die Sonne knallte durch die staubigen Scheiben. Mel kniff die Augen zusammen und tastete sich vorwärts. Sie sehnte sich nach kühlen grünen Baumtunneln.

Der Bus war voll und stank wie ein Raubtierhaus. Mels Blutarmut rächte sich. Ihr wurde übel. Doch die Kombination aus Augenverband und schwappendem Flaschenblut verschaffte ihr in kürzester Zeit einen Sitzplatz. Nur ein Fahrgast kapierte nicht gleich und raunte: »Gibt's Ketchup?«

Sie klemmte die lauwarme Flasche zwischen die neonbestrumpften Beine, setzte die Ameisenbrille auf, kramte das braunrote Nagellackfläschchen aus der Tasche und schickte sich an, ihre Nägel nachzupinseln. Da wehte ein Hauch von Kaloderma-Creme vorbei. Mel schloss die

Augen. Sie roch Queen Mum. Sie spürte plötzlich die Anwesenheit der Großmutter. Fast hatte sie Angst, sich umzudrehen. Erst sah sie durchs Fenster, aber sie sah nur den Staub auf der Scheibe und mittendrin, konturlos, ihr eigenes verwundertes Gesicht, in dem zwei Dinge signifikant waren: Augenverband und Zornesfalte. Dann aber wandte sie langsam den Kopf nach links. Auf der anderen Seite war ein Platz frei. Dort saß Queen Mum. Mel sah sie nicht, aber sie spürte deutlich ihre Anwesenheit.

»Ich bin bei dir«, sagte die Großmutter, aber es war nicht direkt ihre Stimme. Es war nur ein Gedanke, der sich von ihr auf Mel übertrug.

»Ich denke oft an dich«, flüsterte Mel.

»Ich weiß«, sagte Queen Mum.

»Du fehlst mir so«, sagte Mel etwas lauter.

»Ich weiß«, sagte Queen Mum.

»Wie ist das, tot zu sein? Sag mir, wie es ist.«

»Och, gar nicht so schlecht. Musst dich nicht fürchten.«

»Ich fürchte mich nicht vorm Totsein, ich fürchte mich vorm Blindsein«, rief Mel.

»Wie bitte?« Der dicke Mann neben ihr sah skeptisch erst auf die Nagellack-, dann auf die Blutflasche. Dann fragte er noch mal: »Wie bitte?« Der Platz an der anderen Fensterseite war jetzt besetzt, die Großmutter weg. Mel erinnerte sich plötzlich schwindelnd stark an sie. Wie sie in der Küche stand und das Krustenbrot direkt vor der Brust in Scheiben schnitt. Der Duft des frischen Brotes, das Rascheln der geblümten Schürze – wie sie mit dem Messer nicht enden wollende spiralförmige Schalen von Kartoffeln löste. Beim Kartoffelschälen, beim Apfelschälen, beim Anspitzen von Bleistiften würde Mel bis zum Ende ihres Lebens davon besessen sein, Endlosspiralen zu erzeugen wie die Großmutter.

Etwa zur selben Zeit stand Sanchez vor einer schummrigen Kneipe in Suhl. Er spiegelte sich in der Fensterscheibe und ließ die Kaumuskeln spielen. Das gab ihm etwas Männliches, fand er. Überhaupt sah er männlicher aus als früher. Er wirkte sogar größer, fast war es, als hätte er sich etwas gestreckt. Mel hatte seinem zwergenhaften Selbstbewusstsein Auftrieb gegeben. Was war er nur für ein Filou! Abends war er aufmerksam zu seiner Frau, streichelte sie und mied ihren erstaunten, fast dankbaren Blick. Nachts traf er sich im Wald mit dem aufregendsten Mädchen der Welt, Sektflaschen fielen um und pumpten Mooskissen auf, während er sie wild und hitzig liebte. Seine Arbeit versah er trotz allem mit Sorgfalt, sogar die Treffen mit Schmidt, die bisher ein Teil seines Alltags waren wie Schuhe putzen oder Holz hacken, bekamen plötzlich eine aufregende Note.

Schmidt erwartete ihn schon. Er ähnelte einem altersschwachen Nasenbär, halslos, die große Nase über den kleinen Mund gekrümmt, die Augen eng zusammenstehend, mit tiefen Nasolabialfalten. Ein Nasenbär im Ledermantel, dachte Sanchez. Der hat nie was anderes angehabt als diesen brettharten schwarzen Ledermantel. Ob die Stasi ihre Leute aus Selbstironie immer im selben Stil einkleidet? Steckt eine Art Wiedererkennungsprinzip dahinter? Ist ein bestimmter Kleidergeschmack Einstellungsbedingung? Obwohl Sanchez selbst nicht viel Wert auf Klamotten legte, war er doch fähig, zu erkennen, aus welchem Fundus Mäntel wie Schmidts Mantel mit seinen Siebzigerjahre-Kragenecken stammten.

In den vergangenen Jahren hatte er den Nasenbär ein paar Dutzend Mal getroffen. In wechselnden konspirativen Wohnungen in verschiedenen Städten, nie wie heute an einem öffentlichen Platz.

»Interhotel Zimmer 305. Kommen Sie in zehn Minuten nach«, murmelte Schmidt, ließ seinen müden engen Blick im Halbdunkel schweifen, als hätte er eine Großaufnahme in einem kreuzgefährlichen Agentenfilm, warf einen Zehnmarkschein auf den Tisch und ging. Sanchez bestellte eine Club Cola und war dankbar für die wenigen Minuten, die er träumen konnte.

Das Interhotel war gleich um die Ecke, die Lobby menschenleer, der Lift kaputt.

Zimmer 305 roch nach Spanfaserplatten, altem Rauch und noch älterem Urinstein. Zwischen Schmidt und ihm herrschte inzwischen ein höflicher, fast freundschaftlicher Ton.

»Lange nicht gesehen«, sagte Schmidt.

»Ja, lange nicht gesehen«, wiederholte Sanchez, außer Atem von der Treppensteigerei und nicht ganz bei der Sache. Einmal hatte sich Mel mit dem Rücken an einen Baumstamm gelehnt. Sie hatte ein weißes Trägerkleid mit schwarzen Punkten getragen und dessen Saum weit hochgehoben. Darunter ein schmaler weißer Slip. Sie hatte Sanchez bedeutet, stehen zu bleiben, zwei Finger in seinem Mund befeuchtet und, ihn unablässig fixierend, am Zwickel vorbei masturbiert.

»Zigarette?«, fragte Schmidt und hielt ihm eine halbleere Packung Juwel 72 hin.

»Nein danke, da ist Bulgartabak drin, lieber hack ich mir ins Bein«, sagte Sanchez.

Schmidt starrte einen Moment unschlüssig auf die

Zigarette, die er eben routiniert aus der Packung geschüttelt hatte, und zündete sie dann an.

Früher hat er mal Gedanken gehabt, dachte Sanchez, aber dann sind sie abgestorben und in seinen Bäckchen hängengeblieben.

Er verspürte plötzlich den Drang, Schmidt etwas Privates zu fragen, erstmals, nach all den Jahren. »Weiß eigentlich Ihre Familie, was Sie beruflich machen?«

Schmidt verzog die kleinen Lippen zu einem kleinen Lächeln. »Nein. Die denken, ich arbeite für die Gewerkschaft.« Schmidt beugte sich zurück und entnahm dem Furnierschrank eine Flasche braunen Inhalts: »Kognak?«

Sanchez trank sonst nie Kognak. Nur mit Schmidt. Das gehörte zum Ritual.

Die folgenden anderthalb Stunden verliefen in entspannter Atmosphäre. Sie trugen den Charakter wohlwollenden Nachhilfeunterrichts. Vor Sanchez lag ein linierter A4-Block.

»Und dieser Professor Heinrich hat sich geringschätzig über unsere Republikfahne geäußert?«

»Ja«, sagte Sanchez, erleichtert, einen Toten belasten zu können, »hat er.«

»Na, dann schreiben wir das, gell?« Und Sanchez schrieb.

»Und Ihr Chef hat neulich gesagt: Scheiß-Pfingsttreffen?«

»Ja«, sagte Sanchez und frohlockte, dass er dem Chef eins auswischen konnte.

»Und Schwester Heidi, wie oft geht sie zur Jungen Gemeinde?«, fragte Schmidt.

Das war schon schwieriger. Sanchez antwortete mit einer Frage. »Zweimal die Woche?«

Schmidt nahm die Frage als Information, die es zu vertiefen galt. »An welchen Tagen?«

Sanchez druckste. Er hatte keine Ahnung, an welchen Tagen. Jetzt war sein Improvisationstalent gefragt. Das Vermelden von Misserfolgen, so viel hatte er gelernt, war unerwünscht. »Mittwochs und samstags.«

»Na, dann schreiben wir das«, sagte Schmidt. »Haben Sie auch mal Bekannte von ihr kennengelernt?«

»Ja, einmal hat sie ein Freund abgeholt.«

»Und wie sah der aus?«

»Groß, dünn, mit langen Haaren.«

»Aha! Gut! Langhaarig also! Und der Name?«

»Bodo. Hieß Bodo.«

»Na, dann schreiben wir das, gell?«

Komplizierte Sachverhalte bleiben kompliziert, auch wenn man sie vereinfacht darstellt, dachte Sanchez und schrieb »Bodo«. Er fürchtete seinen Verbindungsoffizier nicht. Schmidt konnte keiner Fliege was zuleide tun. Außerdem schien er eigentlich gar nicht an ihm und den Berichten des IM Skalpell interessiert zu sein. Er musste eben auch nur seine Arbeit machen. Jeder musste seine Arbeit machen.

Nur selten gab ihm Schmidt eine Richtung, äußerte sein Interesse an aufmüpfigen Krankenschwestern oder Ärzten mit allzu viel Westverwandtschaft. Sanchez konnte sich nicht erinnern, jemals Skrupel beim Verfassen der Berichte verspürt zu haben. Sehr unwahrscheinlich, dass seine Schilderungen jemandem wirklich schadeten. Oft verspürte er, wenn er den Lohn für seine Dienste entgegennahm, ein gewisses Gefühl der Befriedigung, dem nach einer erfolgreich absolvierten Hornhautverpflanzung ähnlich. Er kooperierte. Er trug Schuld ab. Er war ein nützlicher Mensch.

Schmidt diktierte ihm nun den üblichen, das Ende eines jeden Treffens markierenden Quittungstext:

Am heutigen Tage wurden mir vom mir bekannten Offizier des MfS für die getätigten Auslagen und die ermittelten Sachverhalte 300 Mark übergeben. Suhl, 26. Juni 1984

Sanchez unterschrieb mit seinem Klarnamen, während Schmidt, Juwel 72 rauchend, sechs rote 50-Mark-Scheine aus der Brieftasche zog und eine kleine Lobeshymne anstimmte auf Wanderungen im Tannengrün, Ausflüge ins wunderschöne Schwarzatal mit der Oberweißbacher Bergbahn, auf Feengrotten, Tropfsteinhöhlen und die gute Thüringer Bergluft.

Sanchez träumte. Er würde Tinka etwas kaufen, ein Haustier vielleicht, einen Hund, jetzt, wo sie kein Kind haben würde. Und Mel, Mel würde sich bestimmt über ein Parfüm freuen, irgendwas Französisches. Oder eine Bluse, eine durchsichtige Bluse, unter der ihre Brüste frei schwingen könnten. Sanchez schloss einen Herzschlag lang die Augen, sah Mels leicht geöffneten Mund und hörte ihr Lachen.

Sein Wohlgefühl verschwand schlagartig, als Schmidt zum Schluss doch noch konkret wurde. Die Einleitung war, wie immer, eine vollkommen unsinnige Verknüpfung.

»Apropos Luft«, sagte Schmidt, »wir sind interessiert an einer Patientin von Ihnen.« Er blies eine Bulgartabakwolke über den Tisch und sah sein Gegenüber an.

Sanchez unterdrückte den Impuls, den schmierigen Couchtisch umzuwerfen und wegzulaufen. Sein Herz taktete aus und jagte ein elendes Zittern in seine Glieder. Wir. Wir sind interessiert. Er drehte das Kognakglas auf der Tischdecke. Die Tischdecke knautschte. Er wusste, um wen es ging.

»Es handelt sich um eine gewisse Melanie Tauber. Sie wissen, wen ich meine, gell?«

Sanchez täuschte ein Husten vor, Tränen schossen ihm in die Augen. »Kann sein«, keuchte er.

»Besagte Person unterhält Kontakte zu Staatsfeinden. Nach unseren Informationen bereitet sie eine Republikflucht vor.«

Sanchez verspürte ein heftiges Stechen in der Nase. Eine gewisse. Besagte Person.

»Ich bin nur Arzt«, sagte er. Das war natürlich albern.

»Jaja, ich kenne alle Tricks des Gewissens. Alle!«, sagte der Nasenbär sibyllinisch.

Das Stechen saß jetzt in der Seite. Sanchez konnte nicht richtig atmen. Er begann, imaginäre Fusseln von seinem Pullover zu lesen. »Ich will damit sagen …« Hier ein Fussel, da ein Fussel …

»Wenn Sie uns nicht helfen, dann sind Sie die längste Zeit Arzt gewesen.«

Noch ein Fussel.

»Und das wäre doch schade, gell?«

Sanchez' Bewegungen wurden hektischer, sein Eifer nervöser. Sein vegetatives Nervensystem war außerstande, etwas dagegen zu unternehmen. Er zupfte wie ein Idiot. Noch ein Fussel, noch ein Fussel, noch ein Fussel.

»Man würde Ihnen umgehend die Approbation entziehen, gell? Ich könnte nichts mehr für Sie tun, beim besten Willen nicht.«

Der Nasenbär fuhr die Krallen aus.

Berlin, 29. Juni 1984

Geliebte Mel!

Du bist so lange fort. Um mich ist es sehr dunkel, seit ich weiß, dass du dort unten die Liebe gefunden zu haben glaubst. Gott weiß, was ich leide. Oder, um es mit Plotius zu sagen: »Ich schäme mich, einen Körper zu haben.« Ich habe Vorkehrungen getroffen, dich aus diesem Fegefeuer der Verwirrung und Irrung zu retten. Man wird dich dort umbringen, so viel ist gewiss. Aber du sollst leben, und meine Arme sind offen, immer offen.
Ich eile! Ich komme! Ich rette dich! Ich liebe dich!
Ludwig

Der Chef biss in ein Stück überaus mohnlastigen Mohnkuchens. Krisensitzung des Masserberger Ärztestabes. Einberufen wurde er nach dem Prinzip des freiwilligen Zwangs. Sie müssen ja nicht. Bei uns wird keiner gezwungen. Treffpunkt um 9.00 Uhr. Einziger Programmpunkt: »Disziplinarsache Erlkönig«. Man besprach die Vorgehensweise des Verhörs und erwog mögliche Straf- und Abschreckungsvarianten. Gleich würden die beiden Angeklagten eintreffen: die 17-jährige Iridozyklitis Melanie Tauber, das 11-jährige Glaukom Peter Biller.

»Wior müssen Maßnahmen treffen«, sagte der Chef. »Maßnahmen gegen solsche Vorfälle.« Mohn hing ihm zwischen den Zähnen und im Mundwinkel. Sanchez diagnostizierte grimmig Ackermann. Der Chef rieb seine fleischigen Daumen an den restlichen Fingern. Es regnete Mohn. »Das ist Entehrung von Gulturgut. Es wurde ein Gemälde aus dem Fenster geworfen, Volkseigendum – und es wurde Goethe verhohnepipelt – also …« Der

Chef schien unangenehm berührt davon, dass ihm ein Slangwort entwichen war. »Also, naja, Goethe wurde entehrt.«

Wenig später war die Runde vollständig: die beiden Angeklagten, Molly, erste Zeugin der Verteidigung – leider mit Jagdschein. Emma K., zweite Zeugin der Verteidigung – leider schwerhörig. Schriftlich per Petzbrief präsent: Klosettchen, Kronzeugin der Anklage. Frau Dr. Anja Sommer, Zeugin der Anklage. Der Chef, Hauptankläger und Richter in einem – und er, Sanchez, dem die kalte Angst im Perineum saß.

Was tat er hier? Seit drei Nächten lag er schlaflos neben seiner Lebensgefährtin, die er betrog, und machte einen Bogen um seine minderjährige Geliebte, weil er sie bespitzeln sollte. Er spürte etwas Intensives hinter sich und drehte sich um. Warum stierte ihn Schwester Heidi so feindselig an?

Durch die sich öffnende Tür sah er Mel. Sie stand auf dem Flur und würdigte ihn keines Blickes. Sie trug ein enges schwarzes kurzes Kleid und ihre Ameisenbrille und tuschelte mit einem kleinen blassen Jungen, dessen Gesicht weißer schien als sein Augenverband. Der Junge nickte, stotterte und wischte ständig seine Handflächen an der Hose ab.

Zuerst wurde Mel vor das Tribunal gerufen. Sie tänzelte lächelnd herein und nahm Platz. Sanchez saß schräg hinter ihr, einige Meter entfernt. Er starrte auf ihren Rücken. Sie hatte eine ganz und gar ungewöhnliche Art zu sitzen, mit übergerader Wirbelsäule, schon knapp am Hohlkreuz, das Hinterteil herausstreckend, die Schulterblätter wie Flügel gespreizt, mit nach vorn gebeugtem Oberkörper, als benötige sie die Beckenspannung zur Konzentration.

Der Chef erhob die Anklage. Sanchez wusste nichts von der Geschichte. Wie er erfuhr, lag die zu verhandelnde Zerstörung des ägyptischen Wandgemäldes mehrere Wochen zurück, was nun, im Zusammenhang mit der Entehrung Goethes, hervorgekramt wurde. Mel machte ihrem Hang zur Schauspielkunst alle Ehre. Sie gab die labile Kranke, die meist tapfer ist, aber vom Schmerz zuweilen an den Rand des Wahnsinns getrieben wird. In solcher Verfassung wollte sie sich von dem Bild provoziert gefühlt haben. Es habe sie »lüstern angestarrt«, sie benutzte tatsächlich diesen Ausdruck, das Bild habe sie lüstern angestarrt, hier spannte sich ihr gut trainierter Glutaeus maximus, sie sah dem Chef direkt in die Augen, machte eine Pause und fügte hinzu: »… ähnlich wie Sie jetzt.«

Sanchez' Herz sprang rumpelnd aus der Bahn. Seine Hand griff reflexartig an die Brust. Natürlich hatte Mel recht, der Chef starrte sie in der Tat lüstern an, jeder starrte sie lüstern an, musste sie lüstern anstarren, aber nunmehr war jeder gütlichen Einigung der Boden entzogen. Niemand, der einen Klinikchef öffentlich der Geilheit bezichtigte, konnte straflos ausgehen. Er schloss die Augen und faltete die Hände im Schoß, beschämt über eine leichte Erektion. Er hatte es geahnt. Menschen wie Mel waren nie zerknirscht. Menschen wie Mel ließen nicht nur kein Mindestmaß an Reue erkennen, sie waren unverfroren, unbeirrbar, rasend anwesend. Mel hatte entweder keine Angst, oder sie zeigte sie nicht. Sie brauchte von allem eine starke Dosis, auch von der Konfrontation. Er bewunderte sie unendlich dafür. Sie war ein leidenschaftlicher Mensch, egal, ob sie einen Apfel aß, ob sie weinte, liebte, hasste – sie tat es ganz. Und jetzt war Showtime.

Alle Augen richteten sich erwartungsvoll und bang auf den Chef. Der schwieg. Entweder der ist neuerdings schwerhörig, dachte Sanchez, oder er wächst über sich selbst hinaus. Er *überhörte* Mels dreiste Bemerkung. Mehr noch, er tat, als hätte sie sich eben entschuldigt. Er machte sogar eine Art Schwamm-drüber-Geste. Er lächelte!

Die »Akte Erlkönig« jedoch, die als Nächstes folgte, konnte weniger schnell geschlossen werden. Nun wurde der kleine blasse Junge hereingerufen. Er murmelte: »Es tuttuttut mir … irgendwie … leid.« Sein gesenkter Kopf demonstrierte Demut und Reue, aber Sanchez konnte deutlich sehen, dass er Mel aus den Augenwinkeln zublinzelte. Klosettchens Petzbrief wurde vom Chef persönlich verlesen.

Mel schlug lasziv die Beine übereinander. »Kennen Sie die Liebesgedichte von Brecht?«, fragte sie halblaut. »Ist das etwa Pornographie?«

Der Chef sah seine Kollegin Sommer an, diese schlug die Augen nieder und versuchte ein Nicken.

»Nein«, hörte Sanchez sich heiser sagen. Ideologie und Kulturgutschutz waren auf seiner Seite. Die Liebesgedichte von Brecht waren zwar Mangelware, aber in der DDR verlegt worden, konnten also unmöglich Pornographie sein. Aber warum mischte er sich überhaupt ein, in seiner prekären Lage, anstatt sich diskret im Hintergrund zu halten? Er fing einen weiteren Blick von Schwester Heidi, für den die Deutung »Sittenstrolch« noch milde war. Was war mit ihr los? War sie, was Brechts Liebesgedichte betraf, anderer Meinung? Gewiss nicht. Vermutlich kannte sie sie nicht mal. Da war irgendwas anderes. Wusste Heidi am Ende, dass er sie beim Nasenbären verpfiffen hatte?

»Also«, sagte Mel. »Unsere ... meine Interpretation vom Erlkönig, die ich meinem Mitpatienten Biller diktierte, da mein Visus Null es unmöglich machte, selbst zu schreiben, war der Versuch, dieses zutiefst bürgerliche Gedicht vom Staub der Jahrhunderte zu befreien. Die Spottversion wollte ich nach meiner Genesung dem Zirkel schreibender Arbeiter vorlegen, wo ich übrigens seit drei Jahren Mitglied bin.« Sie zog ein Kuvert aus der Tasche, trat nach vorn und legte es dem Chef auf den Tisch. »Man muss das Gedicht laut lesen. Lesen Sie es vor, Sie werden sehen, es ist eine Satire!«

Satire! Zirkel schreibender Arbeiter! Vom Staub der Jahrhunderte befreien! Das war unverfroren. Unverfroren, aber gut. Der Chef kannte die Liebesgedichte von Brecht nicht. Er schien verunsichert. Erst öffnete er das Kuvert und überflog das darin enthaltene Dokument, das offenkundig Mels Mitgliedschaft in besagtem Zirkel belegte. Dann zögerte er kurz, räusperte sich und nahm das Beweisstück in die Hand, ein zerknittertes bekleckstes liniertes Blatt Papier.

Er liest es vor, dachte Sanchez. Er liest es tatsächlich vor!

»Erlschwonz. Wäor reidet so spät dursch Nacht unn Wind? Es ist dor Vador; er ounaniert sein Gind! Deor Gnabe muss plötzlich eine Wurscht legen, der Vador sagt, er kann sie an den Pferdearsch gleben. Du geiles Kind, gomm, bumse mit mior! Gar schöne Sex-Spiele mach ich mit dior! Wir werden dich verwöhnen im Wasser, dass du stöhnst und mior dann die Schamhaare fönst.«

Ein Kichern irrte durch den Raum, so vage, dass sein Ursprung nicht mehr feststellbar war.

Eine alte Dame mit fliegenden roten Haaren wies jedoch verdächtig rote Bäckchen auf und ein kleines

Zucken um den dürren Mund. »So war es«, rief sie, als alle Augen auf ihr ruhten. »Es war genau so, wie es Mademoiselle Tauber eben sagte.«

»Frau Moll, wartense, bisse gefragt werden. Außordem waren Sie, wie ich dem Protokoll entnehme, damals nicht zurechnungsfähig.«

»War ich wohl, bin ich immer, junger Mann«, klirrte das alte Stimmchen gekränkt, obwohl die »Mademoiselle« diese Behauptung nicht eben unterstützte. Molly schluckte neuerdings Psychopharmaka, die aussahen wie winzige gelbe Hüllen von Kinderüberraschungseiern, und war seitdem gedämpfter und etwas weniger streitlustig.

Es folgten die Zeugen der Anklage. »Ja«, sagte Doktor Sommer und biss sich auf die Lippen, bis sie blass wurden, »die Patientin war zuweilen recht ungezogen.« Auch andere Worte fielen: »undankbar«, »hysterisch«, »provokant«. Gegen den kleinen Jungen hingegen hatte niemand etwas vorzubringen. Peter geriet zusehends aus der Schusslinie. Und Mel schien ungerührt. Fast hatte Sanchez das Gefühl, er sei nach seinem Einwurf wirklich wieder nur Beobachter und für die anderen unsichtbar, als etwas geschah, das das Gegenteil bewies.

Der Chef sagte: »Genosse Sanchez, du hast noch nischts gesagt.« Obwohl das Du unter Parteigenossen üblich war, machte der Chef sonst kaum davon Gebrauch. Und nun doch. Sanchez hörte deutlich, wie ein Specht nebenan ein Loch in den Baum hackte, aber es fiel ihm in der Nähe gar kein Baum ein. Da plötzlich war ihm klar, dass es sein eigenes Herz war, das dumpf und morsch hämmerte.

»Ähm, ich ...«

Mel drehte langsam den Kopf, die schwarzen Zotteln kamen kaum ins Wanken. Eine Strähne hing genau über dem gesunden Auge. Sehr dekorativ, dachte Sanchez, sehr, sehr dekorativ, obwohl sie vermutlich überhaupt nichts sieht im Moment. Der Chef lächelte ermutigend und entblößte ein letztes Mohnkorn direkt zwischen den grauen Frontzähnen. Dann gähnte Mel, deutete sogar ein Räkeln an, erhob sich wie in Zeitlupe und – steuerte auf ihn zu! Sie näherte sich langsam, mit träge wiegendem Schritt, blieb nah vor ihm stehen, küsste ihn mit lautem Schmatzgeräusch auf den Mund und sagte: »Genau! Was sagst du dazu, Schatz?«

Sanchez' Herz veranstaltete eine Art Trabrennen. Fassungslos rang er nach Worten, die diese Ungeheuerlichkeit erklären könnten. Nicht auszudenken! Eine minderjährige Patientin zweifelhaften Rufs küsst einen Arzt, Parteigenossen und Quasi-Ehemann. Auf den Mund! Vor Zeugen! Und dieser lässt es geschehen! Ohne sich zu wehren! Da plötzlich begriff er, dass Mel sich überhaupt nicht erhoben hatte, ihn weder geküsst noch Schatz genannt. Es war nichts passiert, gar nichts. Er hatte mit offenen Augen geträumt. Er war ein Held der Tagträume.

Rechts neben sich hörte er zwei Reinigungskräfte tuscheln, einer davon der Neandertaler. Sanchez schnappte ein Bruchstück auf, von dem er hoffte, es sei nicht zum Thema gefallen. »… ein Tier …« Und doch! Der Neandertaler zeigte auf Mel, die da unbewegt saß, während er »… ein Tier …« sagte. Dann sah der Neandertaler ihn an und nickte ihm zu wie einem Verbündeten, einem Schwanznachbarn. Hatte der auch mit Mel? Schlief sie auch mit ihm? Schlief sie parallel mit allen hier? Fickte sie alle? Den Chef, die Kurgäste, die Einheimischen, die sie stets Hottentotten nannte, die Putzmänner?

»Also, vorgessen mior die Angelegenheit, abor beim

geringsten weidoren disziplinarischen Verstoß werde isch Meldung machen«, sagte der Chef, dem das Warten auf Sanchez' Antwort offenbar zu lang geworden war. Alle sahen wieder zu Mel.

»Meldung. Wem?«, fragte die.

Der Chef stutzte. Groß stand die Frage in seinem Gesicht. Wem eigentlich? »Ihren Eldorn!«

»Meine Eltern sind tot.« Mel sah auf ihren Daumennagel. »Na, dann Ihrem Erziehungsberäschtigdn.«

»Hab keinen.« Der Chef sah sich regelrecht entrüstet um. »Na, Frolln Taubor, Se wärn doch irgendwou zu Hause sein!«

In den folgenden Minuten, das war Sanchez klar, hätte Mel jede Schauspielprüfungskommission der Welt überzeugt. Sie sah den Chef lange schweigend an, und in ihrem gesunden Auge stieg der Tränenpegel höher und höher, bis er alarmierend hoch stand und seine Oberfläche schwoll und zu platzen drohte. Zusätzlich zitterte ihr Kinn. So ein Trick von ihr. Sie hatte ihm mal vorgemacht, wie sie das Kinn zum Zittern bringen konnte, auf Anhieb, so wie andere mit den Ohren zu wackeln vermochten. Auf Wunsch zitterte Mel sogar mit der Nase, wie ein Kaninchen. Aber jetzt nur mit dem Kinn. Es funktionierte! Man konnte förmlich spüren, wie die feindliche Stimmung in Mitleid umschlug. Sie sagte mit erstickter Stimme, stockend, gespielt beherrscht: »Ich hab gar kein Zuhause!«

Noch lange danach genoss Mel den Triumph des Sieges. Die Schauspielprüfung war bestanden, der kleine Peter und sie vollständig rehabilitiert. Alle, auch und vor allem der Marxist-Leninist hatten ihr Verhalten geändert. Nicht, dass er sie plötzlich verstanden hätte, aber er heuchelte Verständnis, er gefiel sich im Verständnisheucheln, ließ ihr mehr Freiheiten, akzeptierte sie. Sie war ein Heimkind – das hatte sie durch das Verschwindenlassen ihrer Krankenakte nach dem Tod der Großmutter erfolgreich vor allen verborgen. Sie war ohnehin ständig stationär gewesen, immer mit Besuch, die Blumenvase immer gefüllt. Es war niemandem aufgefallen.

Dass sie ein Heimkind war, veränderte ihre Situation von Grund auf. Man musste ihr helfen, sie verstehen. Sie war noch minderjährig, möglicherweise nicht durch eigene Schuld vom Wege abgekommen. Sie brauchte Zuspruch, Trost und Rat. Der Marxist-Leninist übernahm also eine Art Vaterpflicht. Der staatliche Vollstrecker, die verantwortliche Bezugsperson war er ohnehin gewesen, aber ihr herzzerreißender Auftritt hatte diese Zuständigkeit auf eine andere Ebene gehoben. Nach der Visite zwinkerte er ihr sogar zu – sie konnte sich unmöglich geirrt haben – und sagte: »Würt schonn!« Als sich die Tür hinter ihm schloss, richtete sich Molly, die alles mit ihren trüben Augen beobachtet hatte, auf und warf ihr einen flackernden Blick zu. Mel grinste: »Friedliche Koexistenz!«

An diesem Tag, die Masserberger Reizluft war schwer und heiß und dick, kam Ludwig an, mit kreisrunden roten Wangen, beschlagener Brille und traurigen Augen. Wie immer kam er komplett ungelegen.

»Ich nehm dich mit«, sagte er und zerrte unbeholfen Mels Kleidung aus dem Schrank, um sie in eine eigens dafür mitgebrachte Tasche zu stopfen.

»Untersteh dich«, rief Mel, riss ihm die Sachen aus der Hand und schubste ihn. »Rück lieber die Waschlappen und die fußlosen lila Strumpfhosen raus.«

Er rückte alles raus. Molly freute sich, verschlang Ludwig mit Blicken, zwinkerte, winkte, warf Kusshände, streichelte sein heißes Gesicht.

Da kam Mel eine Idee. Sie bat Ludwig vor die Tür. »Hör zu«, sagte sie. »Ich verlasse Sanchez, wenn du mir einen Gefallen tust.«

»Jeden«, sagte er mit tiefempfundenem Pathos und nahm ihre Hände. »Jeden!« Sie machte sich los, trat einen Schritt zurück und legte den Kopf schief. »Okay! Schlaf mit Molly!«

»Was?«

»Du hast richtig gehört. Schlaf mit Molly!«

»Aber die ist uralt!« – »Sie ist meine Freundin, sie hat eine schwere Zeit hinter sich – und sie ist in dich verliebt. Also was!«

Ludwig war fassungslos. Aber vielleicht würde Mel ihn lieben, wenn er mit der alten Frau schlief.

Mel lotste Emma K. mitsamt dem Liegestuhl auf die Wiese. Bei gutem Wetter durften Kurgäste die Liegekur auf die Wiese verlegen. Ludwig besorgte im FDGB-Heim »Otto Grotewohl« Sekt und Curaçao. Beides, gemischt, ergab Mollys Lieblingsgetränk, Blaues Wunder genannt. Mel schminkte Molly, lieh ihr Strapse und richtete sie aufwendig her. Als Ludwig mit Blumen und Getränken erschien, an der Zimmertür klopfte und Molly, das kichernde aufgemotzte Hexlein, mit einem Handkuss begrüßte, verließ Mel das Zimmer und stand draußen Schmiere.

Mel und Molly ging es gut in den folgenden Tagen. Trübsinn und Wahnsinn waren wie weggeblasen. »Sehr charmant« sei der »junge Kavalier« gewesen, sagte Molly ab und an, hüllte sich aber in Schweigen, was die Details betraf. Mel lachte oft und ausgelassen, schrieb Liebesbriefe an Sanchez, zerriss sie, entwarf neue, verwarf sie wieder.

Es war, als sei sie wieder ein kleines Stück zurück ins Leben gerutscht. Ihr Alltag wurde nicht mehr vordergründig von der Krankheit diktiert, sondern stand vielmehr im Zeichen ihrer Gefühle.

Sie aß nicht mehr, sie fraß. Süßes, Salziges, Süßes, Saures – sie saß im Hamsterrad ihrer Begierde. Sie setzte ihre Löffelsprache-Lehrstunden mit Molly fort. Sie übte Martins Gaga-Texte. Sie heckte mit dem kleinen Peter Streiche aus: Schnaps in den Buttermilchkessel schütten, Kittelärmel zusammennähen. Sie schrieb Briefe wie eine Wahnsinnige, zehn Stück täglich. Einmal, als sie auf der Wiese saß und Brotfiguren modellierte, ließ Molly ihr einen Korb mit Proviant vom Balkon herunter. Wie Queen Mum, die hatte das früher auch getan, als Mel klein war.

Tagebuch

Masserberg, 1. Juli 1984

Am 16. Juli ist Wüstenrot-Tag. Ich heirate, heirate, heirate! Melanie und Carlo Sanchez. Flitterwochen auf Kuba müssen sie uns genehmigen. Und dann weg, in Gander weg.

Ehe oder Tod. Beides hatte sehr viel mit Hingabe zu tun. Sie musste es ihm sagen! Doch er, der Auserwählte, der nichts ahnende schlenkernde Bräutigam, dessen Schnurrbart zitterte, wenn er das R rollte, wich ihr aus, seit der Disziplinarsache Erlkönig erst recht. Sie kam gar nicht dazu, ihn von ihrem Plan in Kenntnis zu setzen. Er schob Termine vor, mauerte, war tagelang unauffindbar. Die ausgelassene Stimmung versickerte. Der Augenschmerz trat wieder plastisch hervor. Hatte er sich in eine andere Patientin verliebt? Die bittersüße Romantik des Versteckspiels wich einem dumpfen Unbehagen, Sanchez könne ein Geheimnis haben. Dieses Unbehagen nistete sich neben der Verliebtheit in ihren schwingenden Innereien ein und wuchs. In dieser Nacht träumte Mel, sie sei blind. Sie wachte schwitzend und schreiend auf und schrie noch mehr, als Molly sich wie ein Gespenst über sie beugte, um sie zu trösten.

Am nächsten Morgen wurde Emma K. entlassen. »Machet jut, Kleene! Kopp hoch! Bis du heiratst, is allet wieda vorbei!« Sie schüttelte Mel lange die Hand, und ihre Mundwinkel zitterten.

Heiraten. Genau! Es musste dringend geheiratet werden, dann würde alles vorbei sein. Mel fuhr mit Taxi-Möller nach Schönbrunn, für ihr letztes Geld, 14 Mark hin und zurück. Die Standesbeamtin hieß Eichhorn und warf ihr einen Blick zu, dass sie sich fühlte wie eine Vogelscheuche mit ihren hochgesteckten Zotteln, den langen rosa Nägeln, dem schwarzen Schlauchkleid. Frau Eichhorn empfahl anlässlich der Trauungszeremonie eine »feierliche Kranzniederlegung zum 39. Jahrestag der Befreiung vom Hitler-Faschismus durch die ruhmreiche Sowjetarmee«. Nein, sagte Mel, wirklich nicht. Danke. Der Termin wurde auf den 16. Juli 1984 gelegt. Auf die elterliche Vollmacht zur Eheschließung verzichtete Frau Eichhorn in Anbetracht der ins Haus stehenden Volljährigkeit. Sanchez' Geburtsurkunde und eine Kopie seines Personalausweises versprach Mel baldmöglichst nachzureichen.

Zwei Stunden später war sie zurück und schrieb einen Brief, in dem sie Tom um Zigaretten und Geld bat.

Danach schrieb sie einen Brief, in dem sie Martin um Zigaretten und Geld bat. Danach schrieb sie einen Brief, in dem sie Viktoria darum bat, ihr einen Schleier zu nähen, schwarz, aus Spitze. Danach schrieb sie einen Brief, in dem sie Ludwig um das grüne Taftkleid von Ulla bat und um lange schwarze Handschuhe. Kein Wort davon, wofür, wann sie kommen würde, ob sie mit Sanchez Schluss machen würde. Stattdessen Grüße und Küsse von Molly.

Emma K.s Bett war noch nicht kalt, als eine neue Patientin eintraf, eine ganz und gar ungewöhnliche Erscheinung, dünn, leicht, mit einem kleinen Gesicht, einem ganz entzückenden Engelsgesicht, in dem die großen dunklen Augen gewaltig wirkten wie zwei Kohlen in einem Schneemann. »Du siehst ja total ausgeflippt aus«, piepste sie, als sie Mel sah. »De luxe!«

Seltsamer Augensitz, dachte Mel. Die Augen weit auseinander, ganz weit außen. Ein guter Mensch, würde Queen Mum sagen. Die Neue war lebhaft, quirlig, lustig, ein Kind noch, wenn auch nur ein Jahr jünger als Mel. Ihr Haar war lang, glatt, naturblond und immer statisch aufgeladen. »Hier soll ich wohnen?«, sagte sie und drehte ihren 35-Kilo-Kinderkörper übermütig im Kreis, die Arme ausbreitend: »De luxe!« Sie sagte immerzu »de luxe«. Alles war für sie de luxe. Sie hatte offenbar ein geradezu diebisches Vergnügen daran, dieses Wort zu benutzen.

Deluxe hatte eine ganz und gar exotische Krankheit. Sie verfügte über eine Sehkraft von 140 Prozent. Jott hatte gepfuscht. Aus dem großen Topf der Schöpfungsküche, in dem die Sehgaben brodelten, hatte er Deluxe eine Kelle zu viel gegeben und den anderen hier zu wenig.

Deluxe verkörperte den Menschentyp, der sofort mit allen, die er kennenlernt, eng befreundet ist. Molly entlockte sie in kürzester Zeit Dinge, die sie Mel bisher nicht erzählt hatte und möglicherweise nie erzählt hätte, auch Details vom Schäferstündchen mit Ludwig. Von Mel lieh sie sich Kleidung, Schminke, sogar ihren Nagellack. Dass ihre übermäßige Sehschärfe ihr ständig Kopfschmerzen bereitete, war kaum zu spüren. Sie wollte alles auf einmal: Löffelsprache lernen, auf der kleinen Bühne herumtoben, Männer treffen, sogar blind spielen. »Los, du bist jetzt blind«, sagte sie zu Mel, als sie die Schnitzelpiste betraten und zum Abendessen gingen. Mels Versuch, sich zu sträuben – allein die Erinnerung an den nächtlichen Traum ließ sie erschauern –, ging unter: »Sei kein Spielverderber, Mel«, sagte Deluxe. Als Kinder hatten sie »Blinder Mann« gespielt. Einer verband die Augen, der andere führte, nicht, ohne sich den einen oder anderen gemeinen Scherz auszudenken: eine Stufe, wo keine war, eine verschwiegene Häuserwand, ein entgegenkommender Passant. Als Mel die Augen schloss und, gehorsam tastend, ins Dunkle ging, rief Deluxe vergnügt: »De luxe!« Aber Mel, die den dünnen Arm der neuen Freundin umklammert hielt, dachte: Lieber tot!

So wurde Mel die Zeit, in der ihr Sanchez auswich, nicht lang. Deluxe, die rasch ihre Vertraute wurde, vertrieb ihr das Warten, »Warten auf Godot«, wie Deluxe sagte, denn sie hatte offenbar kein gutes Bild von Sanchez gewonnen, mit Trost, Rat, Spielen und Gesprächen. Erst eine knappe Woche später versprach der Zimmerlautsprecher Klärung. Das Ergebnis des Nelson-Tests sei da, wisperte Schwester Heidi, die keine Möglichkeit ausließ, um Mel vorwurfsvoll anzusehen. Sogar in ihrer grillenhaften Art, die Beine gegeneinanderzuwetzen, lag ein Vorwurf. Mel ignorierte das.

Die Tatsache, dass Sanchez nicht nur Geliebter war, sondern auch Vollstrecker, war völlig in den Hintergrund getreten. Die Neugier auf das Testergebnis ebenfalls. Heinrichs Vermächtnis – pah! Sie machte sich auf den Weg ins Ärztehaus. Der leichten Steigung folgend, stellte sie eine wohlige Beschleunigung ihres Herzschlags fest. Sie ging nur mit einem Vorsatz ins Spritzenzimmer. Ihn sehen. Ihn endlich wieder sehen, anfassen, riechen.

Seit der Verschlechterung ihres Befundes hatte sie sich angewöhnt, zu bluffen. Die Buchstabentafel, die Zahlentafel kannte sie längst auswendig. Die könnte sie ohne Sehhilfe auf 200 Meter Entfernung sehen. Dann die Gesichtsfeldmessung. Wenn sie in zwei Glasfühler starren musste, eine Klingel in der Hand, wenn an der Peripherie ein leuchtendes Pünktchen erschien und gen Mitte strebte, pokerte sie oft und klingelte auf gut Glück zwei Sekunden vorher, um eine Besserung vorzugaukeln.

Nur das Spaltlicht konnte man nicht betrügen. Das sah alles. Die Spaltlichtuntersuchung folgte immer demselben Plan, von Arzt zu Arzt leicht modifizierend. Das Licht wurde gelöscht, die Vorhänge geschlossen. Mel musste ihr Kinn vorstrecken und auf eine mit Zellstoff ausgeschlagene Halterung legen, wo es stets eine Make-up-Spur zurückließ.

Sanchez sah sie so merkwürdig an. Er justierte die Lampe und rückte ihren Kopf fast harsch zurecht. »Was ist los, Dottore?«, fragte sie.

Sanchez furchte die Stirn wie einer, der ganz andere Sorgen hat. Über seine olivgrüne Gesichtshaut zog sich

Blässe wie eine Mehlschicht, die Nase wirkte spitzer als sonst, der Bartschatten rund um das Kinn dunkler, die Uhr saß locker an seinem Handgelenk. »Nelson-Test ist negativ. Aber es gibt einen anderen Verdacht ...«

Er saß da wie ein begossener Pudel und lieferte nicht gerade den Anblick eines in Frage kommenden Ehemanns. Ein Verdacht. Sie war also verdächtig! Vermutlich einer anderen, weiteren, schwereren Krankheit verdächtig! Wieder ein Morbus. Viele, viele Morbüsse. Sie sah ihn an, fixierte ihn fortwährend, mit saugendem Blick. Der ganze Kerl wirkte hohl und grau und müde. Er hatte blaue Adern auf den Handrücken. Er wischte sich die Handflächen immer wieder am Kittel ab.

Mel spürte weder Angst noch Neugier, was den neuesten Verdacht betraf. Sie musste nun die Stirn gegen eine kalte Metallrundung pressen. Sanchez hockte vor ihr, justierte, starrte in eine feldstecherähnliche Konstruktion, ergriff zuerst ihr linkes Oberlid mit dem Zeigefinger, das untere mit dem Daumen, zog beides auseinander und schnarrte: »Nach vornä schaun!« Das »R« war nur mit einem einzigen müden Zungenschlag geschnalzt.

Mel fühlte sich wohl, Verdacht hin oder her, er war da. Er hatte irgendwas, aber er war da. Der sich ständig vergrößernde Abstand zum Draußen schaffte Geborgenheit. Gut, ihr Befund verschlechterte sich. Die Farbe wich aus der Welt, so wie auf den Ansichtskarten. Gut, sie musste morgens kotzen vom Alexan. Und sie vermisste Queen Mum. Aber sonst: Warum sollte man von einem gedachten Boot aus in ein gedachtes Wasser springen, wenn man sich im Boot ganz wohl fühlte? In der Spiegelung des Glases sah sie ihre eigene Iris, verschwommen, hell und übergroß zucken.

Sie war ja nicht allein im Boot, sie war mit Sanchez da.

»Heirate mich«, sagte sie leise.

Sanchez zuckte zusammen, lehnte sich zurück, schlug die Hände vors Gesicht, rieb sein Gesicht, seufzte und beugte sich wieder nach vorn. »Hör auf mit dem Quatsch«, sagte er finster und versuchte, die Untersuchung fortzusetzen.

Aber Mel war viel zu begeistert von ihrer Idee, um mit dem Quatsch aufzuhören. »Nee, im Ernst, brenn mit mir durch!« Sie sah ihn direkt an. Er sollte wissen, dass es ihr ernst war. »Ich werde bald achtzehn, am nächsten Tag können wir heiraten. Dann gibt es zwei Möglichkeiten. In Masserberg bleiben bis ans Ende unserer Tage oder abhauen!« Mel lauschte ihren eigenen Worten nach. Sie gefielen ihr gut. Mel Sanchez, dachte sie. Mel Sanchez. Melanie und Carlo Sanchez, BRD.

Am anderen Ende der Wahrheit, breitbeinig auf einem kleinen Hocker sitzend, von dem die weiße Farbe abzusplittern begann, verstand Sanchez offensichtlich nur Bahnhof. Er kritzelte Zahlen in ihre Krankenakte, fertigte eine Skizze vom Befund an. Die ähnelte aber mehr einem Hühnerei als Mels Auge und ließ auf mangelnde künstlerische Begabung schließen. Obwohl aktuell von Heiratsplänen beseelt, war Mel durchaus imstande, ihn in diesem Zimmer als Arzt zu akzeptieren. Vielleicht reagierte er deshalb so harsch. Seine Funktion als Liebhaber wurde für die Dauer der Untersuchung und Behandlung hintenangestellt. Seit die Lichtung ihr Liebesnest war, wurden im Spritzenzimmer weder Küsse noch andere Begehrlichkeiten ausgetauscht, ohne dass es einer konkreten Absprache bedurft hätte. Und nun wurde übers Heiraten gesprochen. Im Spritzenzimmer. Einerseits, und andererseits übers Heiraten geschwiegen.

»Ich hatte ehrlich gesagt mit etwas mehr Begeisterung gerechnet«, sagte Mel.

»Nach obbeschaun«, sagte Sanchez. Mel verdrehte theatralisch den Blick so sehr gen Zimmerdecke, mit aller Macht, dass unten nur noch das Weiße zu sehen war.

»Was ist jetzt?«, fragte sie in dieser irren Pose.

»Nicht sprechen!«, sagte Sanchez, denn jede Erschütterung konnte den Befund verfälschen. Dann, nach einigen Sekunden unverwandter Beobachtung, machte er Notizen, bevor er wieder durchs Spaltlicht sah. »Nach rrrrächschaun!« Hier begann Mel, die Augenmuskeln hin und her zu bewegen, um zu zeigen, dass sie nicht wüsste, wo rechts sei.

Sonst brachte das Sanchez immer zum Lachen. Heute blieb er ernst und hob, um ihr die Richtung zu zeigen, stumm die Hand, die Handfläche Mel zugewandt, so dass sie am Spaltlicht vorbei die glitzernden Linien der Feuchtigkeit darauf sehen konnte. Sie blickte also nun gehorsam nach rechts, während Sanchez wortlos starrte, dann mit quietschendem Faserstift etwas notierte, dann wieder starrte, wieder notierte und so fort.

»Lies vor«, forderte Mel.

Er tat es, während er schrieb: »Ähm … links im temporal oberen Quadranten Hornhautnarbe mit leichter Hornhautverdünnung sowie … ähm … Reduktion der Hornhautsensibilität und ältere Endothel-Präzipitate. VK optisch leer, Iris reizfrei mit ausgedehnten Pigmentblattdefekten. Hintere Synechien nasal sowie oben bis temporal. Linse … ähm … mit zarter hinterer Schalentrübung im unteren Spiegelbezirk …« Sanchez räusperte sich, legte den Stift weg, rieb das Gesicht mit den Händen und nahm wieder seine Sterngucker-Position ein.

»Nach untteschaun!« Er benutzte jetzt den Daumen, um ihr Oberlid stärker, fast schmerzhaft nach oben zu ziehen. In dieser Stellung hielt er lange inne.

»Au!«, sagte Mel.

Er ließ das Lid los und schrieb. Dann griff er wieder nach ihr. »Nach linkschaun!«

Nun justierte er nach und untersuchte das gesunde Auge, genauso, dem Uhrzeiger folgend, oben-rechts-unten-links. Er machte sich Notizen, was erfahrungsgemäß kein gutes Zeichen war.

»Ist da was?«, fragte Mel, Interesse vortäuschend.

»Könnten kleine Präzipitate sein. Wir werden das beobachten«, sagte Sanchez.

Mel schloss die Augen und sauste ins Tal mit einer Achterbahn. Dann war die Spaltlichtuntersuchung abgeschlossen. Bang erwartete Mel nun die Durchleuchtung des Augenhintergrundes, der neuerdings am kranken Auge nicht mehr ganz »o. B.« war. Seit dem letzten Schub waren Sehnerv und Netzhaut angegriffen.

Die Augenhintergrunduntersuchung erforderte eine nahezu atemberaubende körperliche Nähe, die Mel besonders im Falle des Marxisten-Leninisten zuwider war, jetzt, da er den Vater spielte, umso mehr. Bei Sanchez bekam die Untersuchung einen sinnlichen Aspekt. Die Apparatur zwischen ihnen fehlte. Sein Kopf war ihrem jetzt ganz nah, die rechte Hand hielt in einem für das Handgelenk fast schon widernatürlich spitzen Winkel eine kleine, äußerst grelle Stablampe, den Augenspiegel.

Während also wiederum dem Uhrzeiger folgend Quadrant für Quadrant ausgeleuchtet wurde, auf der Suche nach Anzeichen für die Zersetzung der Retina, während sein Haar ihre Stirn kitzelte, herrschte absolute Stille, hervorgerufen durch ihre Atemstille und durch seine Konzentration. Die Luft zwischen ihren Häuten erhitzte sich, lud sich auf. Mel sah förmlich die Ionen tanzen.

»Los, heirate mich«, wiederholte sie. »Die Geburtsurkunde habe ich hier. Ich weiß, was zu tun ist. Habe alles aufgeschrieben. Standesamt Schönbrunn, Aufgebot vierzehn Tage vorher, Ringe besorgst du, Hochzeitskleid lasse ich Ludwig schicken, Schleier näht Viktoria, Trauzeugen braucht man nicht, Flitterwochen nach Kuba, mit der Tu 134 über Gander – und dann abhauen!«

Aber Sanchez schien unerreichbar. Irgendetwas stimmte nicht. Tom, Martin, Ludwig waren geradezu verrückt danach, sie zu heiraten! Was hatte er nur? Sie konnte das Ende der Untersuchung nicht abwarten. »Also gut, dann eben nicht, Dottore! Schisser! Aber was ist eigentlich los mit dir?«

Aus seiner Stirn traten kleine Schweißtropfen. »Der Blut-Test. Verdacht auf …« Er machte dabei ein so bedenkliches und wichtiges Gesicht, dass sie fast lachen musste.

»Was denn?«, schrie sie ungeduldig. »Pest? Cholera? Syphilis?« Sie sprang auf, nahm sein Gesicht in die Hände, küsste sein Gesicht immer wieder, überall, sagte: »Es ist doch ganz egal, was es ist. Ganz egal.«

Sanchez ächzte gequält: »Verdacht auf … Schwangerschaft.«

Ihr eigener Atem klang wie eine monströse Herz-Lungen-Maschine. Sie war erfüllt vom Geräusch ihres eigenen Atems. Er war so gewaltig, er füllte sie total aus. Er rasselte so laut, dass sie ihre Gedanken nicht hören konnte. Die Zweige peitschten ihr Gesicht, aber sie spürte es nicht. Ihre Beine bewegten sich in einem eigenen, fast schon stumpfsinnigen Rhythmus eines Langstreckenläufers. Der Kopf war frei. Er war leer. Sie lief, seitdem sie Sanchez' Büro verlassen und die Tür hinter sich zugeschlagen hatte. Hell und Dunkel wechselten, die Jahreszeiten wechselten. Sie lief Stunden und Tage und Jahre, es hätte ewig so weitergehen können. Aber plötzlich stolperte, strauchelte sie, knickte um.

Sie hockte sich hin, verbarg ihren Kopf unter den Armen und hörte dem Treiben ihres aufgeputschten Organismus zu. Das Auge tat weh, wie immer, die Brüste schmerzten, im Bauch ein Fremdkörper. Ihr war übel. Und müde war sie, elend müde. Die Dunkelheit stieg von unten nach oben. Mel steckte bis zu den Schultern in der Dunkelheit.

»Na, Frolln Taubor, dann wollmor mal!«, sagte die Stimme, und zwei Hände schoben sich unter sie. Sie erwachte, als der Marxist-Leninist sie in seinen Wartburg Tourist bugsierte. Er hatte große Ohren. »Mädl«, sagte er immer wieder. »Mädl!« Die Zeit, wo er ihr mehr Anlass gegeben hatte, ihn zu hassen, war ihr lieber gewesen. »Sie gönn doch nisch einfach weglaufen! Weglaufen is geine Lösung!« Aus seinen Ohren wuchsen Haare. »Isch will Sie jetzt nisch fragen, wer der Kindsvator ist, abor … de Schwangorschaft machenmor weg.« Er roch nach Bier. Sie schwieg. Zwei sich aufeinander zubewegende Wellen der Angst, Mel dazwischen. Machenmor weg. Sie sah nach vorn durch die Scheibe das Ortsschild von Masserberg und schwieg. So fuhren sie zurück zu Haus IV. Vor der Tür ergriff der Marxist-Leninist ihre Hand. Warum berührt er mich?, dachte Mel. Er ist doch mein Feind.

Als sie in ihr Zimmer kam, mit zerrissenen Sachen, schmutzig, verweint, immer noch schweigend, liefen Deluxe und Molly auf sie zu, bestürmten sie mit Fragen, Vorwürfen, Trostworten, alles durcheinander. Sorgen hätten sie sich gemacht. Niemand hätte was gewusst. Was los sei. Sie schob beide wortlos beiseite, ging zu ihrem Nachttisch, öffnete die Schublade, wühlte. Aus dem Lautsprecher tönte *Für Elise*. Die Neonröhren brummten ein letztes Mal und gingen aus. Die Faustan waren noch da, aber das Tagebuch war verschwunden.

Noch Stunden später, als gleichmäßiges Atmen zeigte, dass die Müdigkeit der beiden anderen über ihre Neugier gesiegt hatte, lag Mel mit offenen Augen wach. Sie starrte in die Nacht. War das, was sie sah, diese dicht pigmentierte Dunkelheit, dasselbe, was Blinde sahen? Als Kind hatte Mel einen Blinden gesehen, in der Straßenbahn, er saß ihr gegenüber, mit der gelben Armbinde und einem Hund. Diese tiefliegenden Augen, diese irren Augenbewegungen. Sie hatte sich gegruselt.

Wäre nur Queen Mum hier, würde ihre Füße streicheln und *Weißt du, wie viel Sternlein stehen* singen, immer wieder, neunundneunzig Strophen, bis sie einschlafen würde. Sie hielt die Hände auf den Bauch gepresst, auf ihren alexanverseuchten Körper, in dem ein olivgrünes Ding wuchs, Alexan aß und trank, darin schwamm.

Sie schreckte hoch. Das Tagebuch. Wer konnte das Tagebuch gestohlen haben? Klosettchen war nicht mehr da. Schwester Heidi konnte es gewesen sein. Der neue Pfleger, der Student, der Nachtdienst hatte. Wer kam noch in Frage? Molly, Deluxe, Bob, Peter, die Sommer, der Marxist-Leninist, Sanchez? Sie begab sich in die endlose dumpfe Schlaflosigkeit.

Sanchez kam spät zurück. Vergeblich hatte er Mel bis Mitternacht gesucht. Undeutlich grüßten sie einander. Tinka machte ihm keinen Vorwurf, dass es so spät war. Sie wirkte weit weniger düster als in den Tagen zuvor. Allmählich kehrte sie aus ihrem Schneckenhaus zurück. Sie trug ihr hellblaues Spitzennachthemd, hatte frisch gewaschene Haare und roch nach Quartett-Deo und Florena-Creme. Der Badezimmerspiegel war noch beschlagen vom warmen Badedunst. Sanchez sah sein Gesicht so, wie Mel ihres immer sah: verschwommen. Er schlug sich zwei Hände kaltes Wasser ins Gesicht. Es war eine durch und durch ausweglose Situation. »Ich soll dir sagen, dass sie die Patientin gefunden haben«, sagte Tinka und umschlang ihn von hinten. Wäre Mel nur tot, dachte Sanchez und erschrak ganz tief.

Sie wechselten einige Worte über den Tag, kein böses, aber auch kein gutes. Ausgerechnet an diesem Abend wollte Tinka. »Komm, wir kuscheln«, war das Signal. Kuscheln, in der Sprache langjähriger Beziehungen, galt als Synonym für Sex. Sanchez hatte seinen frisch gestärkten blau-weiß gestreiften Pyjama an und schob sich bettauswärts, als ihre Hand unter die Bettdecke schlüpfte. In seinem Kopf drehte sich alles. Tinkas Fehlgeburt. Mels unheilbare Augenkrankheit, die zur Blindheit führen würde, ihre Minderjährigkeit. Sein Herz trommelte dumpf gegen die Bettdecke. Die Blicke von Schwester Heidi. Der Neandertaler, wie er »… ein Tier …« sagte. Die Gravidität. Von ihm? Vom Raumpfleger? Vom Hottentotten? Vom Chef?

Nicht auszudenken! Er war so aufgeregt, dass er auf Tinkas tastende Hand schlug.

Das Telefon klingelte. Sanchez und der Zahnarzt waren die Einzigen im Ort, die einen privaten Telefonanschluss hatten. Tinka ging ran, nickte nur, hielt ihm den Hörer hin und sagte: »Für dich.« Sanchez hörte zuerst nichts als das Schlagen, Pochen, Stolpern seines Herzens. Wenn Mel am Telefon war, dann war alles aus.

»IM Skalpell.« Der Nasenbär. »Wir treffen uns morgen im Hotel Zum Hirschen in Katzhütte, achtzehn Uhr. Fragen Sie nach Herrn Wagner. Sagen Sie jetzt: Gut, dann komme ich morgen gleich nach dem Dienst bei Ihnen im Krankenhaus vorbei.« »Gut, dann komme ich morgen gleich nach dem Dienst bei Ihnen in Krankhaus vorbei.«

»Wer war das, so spät?« fragte Tinka.

»Die Kollegen aus Jena«, sagte er. »Ich bin müde, muss jetzt schlafen, gute Nacht, Mäusel.«

Am nächsten Morgen ging er an der Bühne entlang, vergeblich, wie er schon geahnt hatte. Die Bühne war leer. Sanchez hatte sich vor dem Frühstück aus dem Haus geschlichen, wie ein Dieb. Er hätte Tinkas Blick, diesen Was-ist-eigentlich-los-mit-uns-Blick, nicht ertragen. Alle Probleme mussten gelöst werden, eins nach dem anderen. Wie würde es mit Mel weitergehen? Was würde er dem Nasenbären erzählen? Er blieb stehen und sah den Morgentau auf den Wiesen glitzern. Er zog die Schuhe aus und betrat die nasse Wiese. Er atmete tief ein, so tief, wie es das Fassungsvermögen seiner vom Teer lädierten Lungen erlaubte. Er hatte immer ein Held sein wollen. Jetzt war der Zeitpunkt da. Mel heiraten, dem Nasenbären ins Gesicht spucken, weggehen, aus diesem Ort, aus diesem Land. Vielleicht gab es im Westen schon Behandlungsmöglichkeiten für Mel. Medikamente, Laser, alternative Heilmethoden.

Er fühlte sich wieder stark und mutig, änderte den Kurs und steuerte auf Haus IV zu. Das erwachte gerade, so früh war es noch. An der Tür zu Mels Zimmer traf er den Neandertaler. »Tag«, sagte Sanchez. »Tach, Herr Dokter«, sagte der Putzmann, seinen Schrubber schulternd. Er hatte ihn identifiziert, obwohl Sanchez noch gar keinen Kittel anhatte.

Das Zimmer war leer, aber aus der Toilette drangen Rauchschwaden. Sanchez klopfte: »Mel?« Sie öffnete stumm, ging rückwärts, saß angezogen und geschminkt auf dem geschlossenen Klodeckel und rauchte. Sie trug einen tiefroten Morgenrock und keinen Augenverband. Das kranke Auge war geschwollen und entzündet, das gesunde wie immer aufwendig geschminkt. »Wo sind die anderen?«, fragte Sanchez.

»Beim Wiegen und im Labor, Dottore«, sagte Mel, ungerührt, als sei nichts geschehen.

»Du darfst das Kind auf keinen Fall bekommen«, sagte Sanchez. »Das Alexan ruft genetische Veränderungen hervor, das Kind könnte behindert sein.«

»Mein Tagebuch ist weg«, sagte Mel. »Geklaut.« Es war, als spräche jeder mit sich selbst.

»Wir wollen heiraten«, sagte Sanchez heiser. »Wir wollen heiraten, sobald es geht.«

Mel sah stumm rauchend vor sich hin.

»Lass uns alles in die Wege leiten«, sagte Sanchez.

»Das Aufgebot steht«, sagte Mel. »Termin ist der 16. Juli. Ich brauche nur noch deine Geburtsurkunde und deinen Personalausweis. Lass es uns in meinem Bett machen, jetzt«, sagte Mel, und ihr gesundes Auge funkelte, jede Widerrede verbietend.

Sanchez öffnete die Badtür und sah sich unentschlossen im Zimmer um. »Aber wenn jemand kommt?«

»Dann haben wir eben Pech«, sagte Mel, warf die Kippe ins Klo, stand auf, nahm seine Hand und ging voran. Genau das machte ihm Angst, ihre fordernde, ungestüme, fast brutale Art, ihn zum Sex aufzufordern. Sie nahm ihn keuchend, mit irre flackerndem Blick. Danach sank sie zur Seite und ließ ihn einfach gehen.

Nur wenige Minuten später kamen Deluxe und Molly zurück. »Du solltest mal wieder die Bettwäsche wechseln lassen«, sagte Deluxe und zog die Nase kraus. »... die ist nicht mehr frisch.« Molly kam witternd näher: »Die riecht nach Mann!«

Katzhütte. Das Hotel »Zum Hirschen« lag jenseits des Bahnhofs, ein kleines Fachwerkhaus, eher an eine Pension erinnernd. Sanchez hatte Durchfall, so sehr fürchtete er das Treffen mit dem Nasenbären.

Zudem hatte ihm dieser Tag schon viel Kraft abgenötigt. Sein Herz pumpte und pumpte mit Hochdruck das Blut durch den Körper. Irgendetwas saß in seiner Brust und ging nicht mehr weg. Erst war er vor Tinka geflüchtet, dann hatte ihn Mel gefickt, tagsüber nahm ihn der Chef ins Gebet: Wer der Kindsvater sei, ob er etwas wisse. Wann der Abort erfolgen müsse, dass die Patientin schleunigst zum Gynäkologen gebracht werden sollte. Immerhin sei sie seine Patientin.

Sanchez riss den Ärmel hoch und sah auf seine Armbanduhr. Dampf stieg aus seiner Jacke. Auf der Treppe stolperte er, weil er vor lauter Schwäche, möglicherweise war es Charakterschwäche, die Füße nicht hoch genug hob. Blei hing an seinen Sohlen. Mel hing an seinem Hals und war doch so fern. Die Mel, die ihn verführte, verhöhnte und brüskierte, war ihm aber lieber als die anschmiegsame, die ihn liebte und heiraten wollte.

»Lange nicht gesehen«, sagte Schmidt, der sicher nicht Schmidt hieß, und Wagner schon gar nicht.

»Ja, lange nicht gesehen«, wiederholte Sanchez mechanisch.

»Zigarette?«, fragte Schmidt und hielt ihm eine Schachtel hin.

»Hab selber«, sagte Sanchez. »Danke!«

»Kognak?«, fragte Schmidt.

»Ja, bitte«, sagte Sanchez und spürte eine neue Welle Stuhldrangs, der er vorerst Herr wurde. Der linierte A4-Block lag schon bereit. Zuerst kam das übliche Geplänkel.

»Wie geht es denn so? Was macht die liebe Frau? Alles wohlauf?«

»Ja, danke.«

»Und beruflich? Geht alles voran so weit?«

»Ja, danke.« Sanchez stürzte den Kognak und schob das Glas Richtung Flasche.

Schmidt schenkte nach. »Ich nehme an, Sie haben allerhand Neuigkeiten für mich?«

»Hm.«

»Vor allem die Patientin Melanie Tauber betreffend.«

»Hm.« Der Nasenbär schien sich seiner Sache sicher zu sein. Sanchez stand auf: »Ich muss mal … austreten.« Er stürmte ins Bad, saß gerade noch rechtzeitig und wurde von Krämpfen geplagt.

»Was Schlechtes gegessen, gell?«, fragte der Nasenbär, als Sanchez zurückkam. Der griff nach seinem Kognakschwenker und starrte beim Trinken hinein, als fände er die Antwort auf dem Glasboden. Er hatte einen trockenen Mund oder, wie Mel immer sagte: harte Spucke. Der Nasenbär schob wortlos den Block hin.

Die Zeilen wurden zu Wellenlinien. Sanchez roch das Papier. Er ekelte sich vor sich selbst.

Plötzlich schob ihn Sanchez zurück. »Ich werde nix sagen«, sagte er leise.

»Bitte?«

»Ich werde nix sagen.«

Jetzt sahen sich beide an, der Nasenbär mit umwölkten engstehenden Augen, deren Ausdruck nicht eigentlich böse oder wütend war, eher traurig.

»Haben Sie denn gar nichts herausgefunden?«

Sanchez griff nach dem Anker. Genau! So war es! Er hatte nichts herausgefunden. Er hatte es versucht, aber nichts gefunden. »Nein. Nein. Ähm. Genau, ich habe nix herausgefunden.«

»Na, das verstehe ich doch. So viel, wie Sie zu tun haben – und dann dieser tragische Unglücksfall in der Familie.«

Ihre Augen trafen sich. Einer versuchte, dem anderen auf den Grund zu sehen. »Vielleicht haben Sie etwas herausgefunden und wollen es mir nur nicht sagen?«

»Nein.«

»Vielleicht haben Sie ja etwas herausgefunden und halten es nur für unwichtig? Denken Sie noch mal ganz genau nach!«

Sanchez sagte nichts und sah auf seine Uhr. Er wollte raus hier. Gleich würde er gehen dürfen.

»Schöne Uhr, gell?«, sagte der Nasenbär. Einmal hatte Sanchez mit Mel im Wald übernachtet. Sie wachten auf, ganz nass vom Tau, Haare, Hände, Gesichter.

Jetzt griff der Nasenbär in seine rindslederne Aktentasche und zog ein kleines, dickes, zerfleddertes Buch heraus, das früher einmal weiß gewesen sein musste. YOU TOUCH – YOU DIE stand auf dem Buch. Einige Seiten hatten Eselsohren. Sanchez hielt die Luft an. Ein Druck war auf seinen Ohren. Der Nasenbär schlug eine Seite auf und las vor: »*Am 16. Juli ist Wüstenrot-Tag. Ich heirate, heirate, heirate! Melanie und Carlo Sanchez. Flitterwochen auf Kuba müssen sie uns genehmigen. Und dann weg, in Gander weg.*«

Der Nasenbär sah auf, er sah abwechselnd in Sanchez' Augen. Links, rechts, links, rechts. »Mehr?«, fragte er.

»Woher haben Sie das?«, fragt Sanchez.

»Wir haben jemanden in Fräulein Taubers Zimmer verlegt«, sagt der Nasenbär. Dann sagte er noch etwas, doch Sanchez hörte nur das Klopfen, Pochen, Peitschen, Hämmern seines Herzschlags. Er pfiff. Sein Herzschlag pfiff. Es ist, als würde ihm das Blut durch die Gefäße geschossen.

»Sie hätten mir doch sagen können, dass Sie sich von Ihrer Lebensgefährtin getrennt haben«, sagte der Nasenbär väterlich.

»Sie weiß nichts«, keuchte Sanchez.

Der Nasenbär schlug auf den Tisch. »Dann muss man es ihr sagen!« Der Nasenbär warf ein Lasso, welches sich um Sanchez' Leib schlang. Es handelte sich aber nicht um ein Lasso, sondern um eine Schlange, eine Würgeschlange, die seinen Thorax zerbrechen wollte, jede Rippe einzeln. Mein Herz wird erst meine Brust sprengen, dann diesen Raum, dachte Sanchez. Er rang um Luft, röchelte, hörte den Nasenbären lachen, wollte schreien, an der Schlange zerren, aber seine Hände gehorchten ihm nicht, kein Organ gehorchte mehr, auch nicht der Schließmuskel.

»Herr Sanchez! Hallo!« Über Sanchez hing ein fremdes Gesicht. »Da haben Sie uns aber einen schönen Schrecken eingejagt«, sagte es, und ein Finger drohte schelmisch.

Sanchez' Körper zuckte in den Nachwehen eines Boxkampfes. Er fühlte sich, als hätte ihn jemand k.o. geschlagen! Der Gegner war noch da. Der Gegner war ein Elefant. Der Elefant hatte sein Herz bestiegen und trat es platt wie ein Schnitzel. Dieser Schmerz! Er spürte Schmerz, also war er nicht tot. Alles war una gran trampa – eine große Täuschung. Seine Brust fühlte sich an, als hätte die Schneekönigin ihre kalte Hand darauf gelegt. Es war etwas Schreckliches passiert, so viel war klar, nie wieder würde sein Leben sein wie vorher. Aber was war passiert?

Wenn ich jetzt tot wäre, dachte Sanchez, müsste ich wenigstens nicht nachdenken. Er versuchte, einen klaren Gedanken zu fassen, während ein Mensch, den er noch nie zuvor gesehen hatte, der aber seinen Namen kannte, sich über ihn beugte und ungebetenerweise auf ihn einredete. Nur einzelne Fetzen drangen in sein Bewusstsein. Hinterwandinfarkt. Blutverdünnende Medikamente. Sinustachykardie. Vorhof-Flimmern. Die Worte schienen wichtig zu sein, er nahm sich vor, sie sich zu merken, vergaß sie aber sofort wieder.

Was war mit ihm? Was war geschehen? Wie kam er hierher? Der fremde Mann musste es wissen. Sanchez öffnete den Mund, aber seine Zunge war ein totes kaltes Knäuel, und er war unfähig, sie zu bewegen, geschweige denn zu koordinieren. Er versuchte, zu sprechen, zu fragen, Worte zu formulieren. Aber er konnte sich nicht mehr darauf besinnen, wie das ging.

»Das Herz, das Herz«, sagte der Mann eben, und seine Stimme klang wie aus einem Nebelhorn. War er doch tot und sprach mit Gott? »Wir nehmen es immer so wichtig, das Herz. Aber es gibt etwas viel Wichtigeres in uns.« Sanchez' Sinne wurden wach, und er blickte dem Fremden direkt in die Augen. Es war nicht Gott. Es war ein Arzt. Er war auch Arzt. Jetzt fiel es ihm wieder ein. Das war ein Kollege, und er lag in einem Krankenhaus. Er war Carlo Sanchez.

Das beklemmende Gefühl wuchs. Etwas Furchtbares war geschehen, und gleich würde ihm einfallen, was. Es eilte gar nicht, sich zu besinnen, was genau dieses Furchtbare gewesen war. Bis es ihm wieder einfiel, konnte er gut und gerne über das eben Gehörte nachdenken. Was meinte der Kollege da? Was war wichtiger als das Herz? Etwa die Seele? Würde dieser sozialistische Schulmediziner etwa jetzt sagen: Die Seele? O ja, er hatte eine, eine schwarze. Er brachte anderen Menschen Unglück. Er würde fortan besser mit einem Schild um den Hals herumlaufen mit der Aufschrift: »Bitte treten Sie nicht mit mir in Kontakt.« Der Kollege schüttelte schmunzelnd den Kopf, als habe er Sanchez' Gedanken erraten, und sagte feierlich und nicht ganz ohne Stolz: »Das Gehirn.«

Wo war Mel? Was war mit Mel? Er versuchte, sich auf Details zu besinnen. Das war einfach zu viel für ihn. Ein Lehrbuchsatz aus seiner Studienzeit fiel ihm ein: »Das Herz ist ein Muskel, dessen Tätigkeit wir nicht über unseren Willen steuern können.« Er schloss die Augen und versuchte, Mels Gesicht zu sehen. Er sah aber nicht Mel, er sah Tinka. »Es ist eine Buße«, sprach Sanchez zu sich selbst, »ich sollte sie annehmen.«

Der Flurfunk war schneller als der Schall. Knapp eine Stunde später war Mel im Bild. Sie schwänzte die Liegekur und jagte mit Taxi-Möller nach Jena. »Beuge vor«, stand auf einem Plakat mit einem kleinen grinsenden Herzmännchen. »Herz-Kreislauf-Erkrankungen sind die Todesursache Nr. 1.«

Bei der Stationsschwester gab sie sich als Angehörige aus. Eine Angehörige zu sein erfüllte sie mit Stolz. Sie bekam Sanchez' Kind, bald würde sie seine Frau sein. Der Kardiologe bat sie zum Gespräch.

»War es ein Infarkt?«, fragte Mel. Er knipste ein zuversichtliches Lächeln an.

»Wissen Sie, in der Kardiologie ist es manchmal auch nach Ausschöpfen sämtlicher Diagnosehilfen buchstäblich nicht zu unterscheiden, ob der Patient einen Herzinfarkt erlitten hat oder nicht. Vielleicht war es nur ein starkes Vorhof-Flimmern.« Mel trommelte ungeduldig mit ihren türkisfarbenen Nägeln auf den Schreibtisch, bis er weitersprach. »Ja, also. Herzkrankheiten sind weit verbreitet, und eine bestimmte Gruppe davon sind die Herzrhythmusstörungen. Das Herz funktioniert buchstäblich wie ein starker Motor, siebzig bis achtzig Schläge pro Minute. Die Funktion der Zündkerze übernimmt der Sinusknoten, der sitzt buchstäblich im Vorhof. Seine Zellen senden Stromstöße aus, die über Herznerven zu den Herzkammern laufen. Dort erregen sie den Muskel. Das Herz zieht sich buchstäblich zusammen. So wird Blut durch den Körper gepumpt.« Mel hatte Mühe, ihre übergroße Unruhe zu bezwingen. »Aber manchmal sendet die Zündkerze zu viele Stromstöße aus. Dann treten Störungen auf: Herzrasen, Herzstolpern, und die häufigste Form ist eben das Vorhof-Flimmern.«

Mel schluckte. Der belehrende Ton des Arztes würde sie normalerweise wütend machen, aber im Moment fühlte sie sich einerseits geschmeichelt, wie eine Ehefrau ins Vertrauen gezogen zu werden, andererseits erschreckt, da Sanchez in ihrer Verbindung immer das Leben spendende heilende Element gewesen war.

»Was tut man dagegen?«, fragt sie.

»Man arbeitet mit Defibrillation und verordnet buchstäblich Antiarrhythmica.«

Mel fragte nicht weiter. Sie wollte Sanchez jetzt sehen, einfach buchstäblich sehen. »Bitte regen Sie ihn nicht auf«, bat der Arzt noch im Gehen, und es menschelte in seiner Stimme, als habe er plötzlich ein ganz und gar persönliches Interesse daran, dass Sanchez nicht aufgeregt würde.

Mel nickte artig. Sie war benommen. Ein kranker Arzt? Verkehrte Welt! Sanchez krank im Krankhaus! Jetzt würde er sie brauchen. Als sie ihn so liegen sah, unter dem Netz aus Strängen und Schnüren, die zu seinem Herzen und in seine Adern führten, stieg eine große Trauer in ihr auf. Er war verstörend schön in seiner Hilflosigkeit. Neben dem Bett lag seine Armbanduhr. Mel bückte sich, hob sie auf und steckte sie ein.

Sie legte ihre türkisfarbenen Krallen auf seine blassgrünen Hände und dachte: Unterwasserfarben: Türkis und Grün. Meeresfarben.

Er schlug die Augen auf und räusperte sich leise. Sein Bart wucherte wie ein kleines Pelztier unter seiner Nase. Neben ihm auf einem klobigen Monitor piepte sein Herzschlag, zuckte sein Puls.

»Du machst Sachen, Dottore«, sagte Mel.

Sanchez versuchte ein Lächeln: »Vielleicht muss ich mein Leben ändern.«

»Ich werde dich pflegen«, schluchzte Mel. Unter ihrem eiförmigen grauen Augenpflaster kroch eine Träne hervor. »Du musst dich schonen.«

»Nicht weinen«, sagte Sanchez. »Verläuft ja das Make-up, Fraulein Tauber. Außerdem bin ich jetzt Patient, nicht du.« 73, sagte der Puls, und Mel nahm stumm Sanchez' kühle Finger und legte sie an ihre Wange. »Die Neue«, sagte Sanchez mühsam, »wie nennst du sie immer?«

»Deluxe.«

»Nimm dich vor ihr … ähm … in Acht!«

»Wie kommst du denn jetzt auf so was? Wieso denkst du überhaupt im Krankenbett an andere Frauen?«

Sanchez lächelte, allerdings leicht gequält. Hatte er Schmerzen? Litt er unter seiner Hilflosigkeit? Legte sich ihm Mels Fürsorge wie ein Gewicht auf die Seele? Die möglichen Ursachen für Sanchez' leicht gequältes Lächeln beschäftigten Mel nur für den Bruchteil einer Sekunde. Gleichzeitig genoss sie es, bei ihm zu sein. Ihre Liebe hatte eine neue Qualität bekommen. Sie begannen, Dinge miteinander durchzustehen.

Dann öffnete sich die Tür. In derselben Bewegung ließ Mel Sanchez' Gesicht fahren und erhob sich, blitzschnell, ohne zu wissen, warum. Eine untersetzte Frau trat herein. Ihr mit grauen Strähnen durchzogener Pferdeschwanz schlug schwer an die Wand neben der Tür. Auf ihren Wangenknochen und ihrem welken Hals standen scharf abgezirkelte rote Flecken. Im Raum stand die Schicksalswaage still. Die Frau stürzte auf das Bett zu, von dem sich Mel Bruchteile von Sekunden zuvor erhoben hatte. Sie sah Mel nicht, nur Sanchez. Sie griff nach seiner Hand und setzte sich auf das Bett. Mel sah nur ihren starken, vom BH in eine obere und eine untere Hälfte geteilten Rücken, den Pferdeschwanz und Sanchez' Gesicht. Und was sie dort sah, riss ihr das Herz aus dem Leib.

Seine Züge entgleisten, in seine Augen traten Tränen, er streichelte die breite Hand dieser Frau. Auf der ganzen Welt gab es keine harmlose Erklärung für diese Szene.

Wie er sie hielt! Wie sie sein Arm umschlang – und nun, dem Drange weichend hingegeben, auf seinen Mund sie –

Fort! Ich will's nicht denken! Schon der Gedanke tötet tausendfach!

Mel war unfähig, sich zu rühren, unfähig, die Hände vors Gesicht zu schlagen. Sie war außerstande, ihren Blick von Sanchez abzuwenden. Er nahm sie gar nicht mehr wahr. Er sah nur diese untersetzte Frau an, die reglos auf seiner Bettkante saß. Seine Hand knetete ihre Hand, und seine Augen schmachteten ihr Gesicht an. Das war das Schlimmste, was Mel je erlebt hatte. Die Balkonszene von Romeo und Julia, und sie, Mel, in der ersten Reihe.

103, sagte Sanchez' Puls, und das Herztonpiepen wurde schriller, unsteter, heftiger. Sonst passierte eine atemberaubend lange Zeit nichts. Mel war Luft. Sanchez war Romeo. Julia war grandios fehlbesetzt, aber wahrhaftig. Sanchez' Kopf wackelte. Seine Lippen waren leicht geöffnet und zitterten. Sein Blick bat diese Frau um Liebe, Verzeihung, Vergebung. Es war, als bedauere er, ihr nicht unter Liebesgestammel in die Arme fallen zu können. Sanchez' Augen waren rot geädert. 107, sagte sein Puls. Mel war wie paralysiert. In ihr war kein Tropfen Blut, kein Funken Leben. Nie hatte Sanchez sie so angesehen. Nie hatte er sie auch nur annähernd so angesehen. Nie mit diesem Ausmaß der Intimität. Da endlich, nach Minuten, die wie Jahre dauerten, wendete die Frau ihr das Gesicht zu. Jetzt erst nahm sie Mels Anwesenheit wahr.

Sie sagte: »Verzeihung, ist es vielleicht möglich, meinen Mann und mich ein paar Minuten allein zu lassen?«

Meinen Mann. Meinen Mann und mich. Ein schädelspaltender Hieb. Sie wurde von einem Schmerz durchzuckt, gegen den jede körperliche Qual, die sie in ihrem Leben durchlitten hatte, ein Klacks war. Sie war nicht die Betrogene, sie war die Betrügerin! Mels Hirn schaltete um auf Autopilot. Sie konnte später nicht rekonstruieren, warum welches der hunderttausend Notprogramme in diesem Moment griff. Immerhin griff eins. Ist es vielleicht möglich. Meinen Mann und mich. Erstaunt hörte sie sich einen Satz sagen, von dem sie nie gedacht hätte, dass sie ihn einmal sagen würde: »Ich wollte sowieso grade gehen.«

Ihre Stimme klang ruhig und gefasst. Sie dachte nichts. Sie wusste nicht, dass sie später unzählige Male versuchen würde, sich zu erinnern, ob Sanchez wenigstens in diesem Moment den Kopf gewendet und sie angesehen hatte. Sie wusste nicht, dass sich diese Szene für den Rest ihres Lebens in ihre Netzhaut einbrennen würde. Sie wusste nicht, dass sie Sanchez niemals wiedersehen würde. Sie wusste nicht mal mehr, wer sie war, woher sie kam und wohin sie gehen würde. Sie war antriebslos, blutlos, fremdgesteuert. Und sie setzte einen Fuß vor den anderen – sie ging!

Die Klinke grub sich schon kühl in Mels Hand, als ein schrilles Piepen in die Stille stach. »Hilfe«, rief die Pferdeschwanz-Frau und sah verwirrt Mel an. Auf dem Flur entstand Hektik, die Tür wurde aufgerissen, Hände drängten sie und die Pferdeschwanz-Frau weg. Mel stand starr wie an die Wand gedübelt. »Sinus-Rhythmus«, sagte eine Stimme, »Pupille wird enger.« Ein Raunen der Erleichterung ging durch den Raum. »Tastbarer

Puls«, sagte die Stimme, dann aber, einen Tick hektischer und schriller: »Wieder Herzflimmern.« Die kurzen Pieptöne verbanden sich zu einem langen Dauerton, auf dem Monitor floss eine ruhige grüne Linie, »Nulllinie«, sagte die Stimme. Jetzt befahl eine andere Stimme: »Den Defi! Den Defi! Zweihundert. Alle weg!« Kittelrauschen, Bewegung im Raum, ein irres Fiepen. Mel begriff in diesem Moment, was ein Defibrillator war. Sie sah nichts, nur ein Schattenspiel an der Wand, Arme, die einen Stein hielten. Arme und Stein bewegten sich auf Sanchez nieder. Fumphhhhh, machte es, und Mel schloss die Augen. Die Frau mit dem Pferdeschwanz schrie heiser. Die Männerstimme schrie auch: »Noch mal! Vom Bett weg! Dreihundertsechzig!« Fumphhhh, machte es, und Sanchez' Arme wurden umhergeschlenkert wie Marionettenglieder. Dann brach der Ozean herein, und Mel ertrank.

»Ich bin nicht, ich war«, sagte Mel zu ihrem verschwommenen Spiegelbild. Leer der Platz, auf dem ihr Traum von Liebe saß, leer Kopf und Herz. Sie war nicht traurig darüber, dass ihr Spiegelbild verschwommen war. Vielleicht sah sie schlechter, vielleicht löste sie sich auf. Die ganze Welt löste sich auf. Sie hob die Papierschere, schlug nach der schwarzen Fliege, die keine war, und schnitt sich das Haar kurz über der Kopfhaut ab. Sie war ganz ruhig. Sie tat, was zu tun war: Den Schmerz abschneiden. Die Haare abschneiden. Und was sie tat, erfüllte sie mit tiefer Befriedigung. Die Schere fraß sich satt gen Mitte. Die Strähnen segelten lautlos zu Boden. Die Tränen tropften lautlos zu Boden. Mel war gar nicht traurig. Sie war nur undicht.

Sie starrte auf ihren Abreißkalender. Er war auf der

9 stehen geblieben. Warum? Heute war doch der 12.! Was hatte sie am 9. gemacht? Was war am 9. geschehen? Am 9. war sie für einige Minuten eine Angehörige gewesen. Am 9. hatte man ihr den Kopf abgerissen und verkehrt herum wieder aufgesteckt. Am 9. wurde ihr Herz entfernt. Steckte eine Absicht dahinter, dass sie vergessen hatte, die Kalenderblätter abzureißen? War mit Sanchez der Teil von ihr, der Zeit vergehen sehen wollte, gestorben? Sie fühlte sich uralt. Sie war im Zeitraffer gealtert und würde nun an Altersschwäche sterben.

Die Pferdeschwanz-Frau hatte erst als trauernde Witwe an Sanchez' Grab begriffen. Plötzlich erkannte sie in Mel die Frau von der Bühne, die Frau aus dem Krankenzimmer. Sie sah die Digitaluhr, die Sanchez getragen hatte, an Mels Handgelenk. Mel sah woandershin, sah nur im Augenwinkel, wie der Groschen fiel, blieb stark, bis der Sarg versank.

Am selben Abend erlitt sie ihren stärksten Glaukomanfall. Ihre Netzhaut rollte sich auf wie ein Rollo. Es war vorbei. »Sekundärer Druckanstieg links bis 54 mm Hg«, notierte der Marxist-Leninist und legte ihr zum wiederholten Male eine Interruptio nahe. »Seinse doch vernünftsch, Frolln Taubor«, sagte er. »Sehense das doch ein!« Einsehen. Sehen. Sie sah nicht ein, und sie sah nicht mehr. Die Sehzellen verfielen. Bilder entstanden auf ihrer Linse, durchquerten das Kammerwasser, aber trafen nicht mehr die Netzhaut. Regenbogen, Blitze, Nebelschwaden. Farben und Formen liefen zuckend auseinander. Links Visus Null, rechts Visus 0,7 mit absteigender Tendenz. Blind und einsam, hatte Luxemburg gesagt. Blind und einsam ist das Schlimmste.

Sie war so kurz vorm Glück gewesen. Mel holte aus

ihrem Schreibtischversteck eine kleine Florena-Dose, hielt sie ans Ohr, schüttelte sie. Es rasselte. Die mussten weg! Mussten alle aufgegessen werden! Sie schüttete den Inhalt aus. Einundfünfzig Faustan. Dann griff sie in die Taschen ihres Morgenmantels. Zehn weitere hatte sie in den letzten Tagen zusammengestohlen, -gebettelt, -geklaut. Das Kind in ihr war nur noch Hohn. Es war zum Eisklumpen geworden in ihrem Bauch, in dem früher die Scheibe schwang. Die Kälte fraß sich von innen nach außen. Mel stand am Vorabend eines unvermeidlichen Todes.

Mel wollte eine schöne Tote sein, eine dramatische Tote. In gewisser Weise war ja der Tod einer der ganz großen Höhepunkte des Lebens, der krönende Abschluss, der Übergang von einem Aggregatzustand in den anderen. Sie würde Queen Mum wiedersehen, Einauge, Sanchez.

Sie schlüpfte in das Kleid, schminkte sich konzentriert. Sie schminkte das, was sie sah. Und das, was sie sah, fand sie schön. Den Schleier legte sie an, schlang ihn fest um den kahlen Kopf. Dann fuhr sie vorsichtig in die Brauthandschuhe.

Sie füllte den Zahnputzbecher mit Wasser. Sie würde die Dinger nicht auflösen. Sie würde sie schlucken, Stück für Stück, allesamt. Drei fehlten. Mindestens sechzig müssten es sein, hatte Sanchez damals gesagt. Und man solle sich verkühlen, dann würde es schneller gehen. Aber draußen war es heiß, einfach nur heiß.

Sie schluckte die ersten zwei. Trinken, viel trinken. Sie stellte sich vor, wie sie immer langsamer und immer leiser werden würde, schließlich nur noch murmeln, hinsinken würde, und sterben, sterben. Sie schluckte wieder zwei, hob sich, musste sich aber nicht übergeben. Die nächsten zehn löste sie auf. Es war bitter und mehlig, die Krümchen verteilten sich in ihrem Mund, am Gaumen, unter der Zunge, im Rachen, in den Umschlagfalten, zwischen den Zähnen. Sie trank, trank viel und hastig direkt aus dem Hahn. Sie schluckte wieder zwei, träumte von sich als Braut, blind vor Liebe, überall Feinde, beobachten nicht mehr möglich, ohne Augenkontakt, stattdessen hören, tasten, riechen. Sie steckte sich vier auf einmal in den Mund und schloss die Augen: vier auf einen Streich, blühender Weißdorn, in Scheiben geschnittene Gedanken, *Weißt du, wie viel Sternlein stehen*, Brotkugeln drehen, Sanchez heiraten, Sanchez heiraten und glücklich werden, ihn erst glücklich und dann zum Witwer machen, blind, taub, stumm, unerreichbar sein, wie Buddha. Krieg ist Frieden. Freiheit ist Sklaverei. Unwissenheit ist Stärke, Schluss mit lusdsch. Nach 20 Minuten – zeigte Sanchez' Uhr, die nun wieder bei ihr war – war die Florena-Dose leer, fast leer.

Sie schluckte die letzten zwei. Als schöne und zornige Braut würde sie auf der Bühne stehen und einen Text aus der *Hamletmaschine* sprechen, den Text, die Ophelia …

Ich bin Ophelia. Die der Fluß nicht behalten hat. Die Frau am Strick Die Frau mit den aufgeschnittenen Pulsadern Die Frau mit der Überdosis AUF DEN LIPPEN SCHNEE *Die Frau mit dem Kopf im Gasherd. Gestern habe ich aufgehört mich zu töten. Ich bin allein mit meinen Brüsten meinen Schenkeln meinem Schoß. Ich zertrümmre die Werkzeuge meiner Gefangenschaft den Stuhl den Tisch das Bett. Ich zerstöre das Schlachtfeld das mein Heim war. Ich reiße die Türen auf, damit der Wind herein kann und der Schrei der Welt. Ich zerschlage das Fenster. Mit meinen blutenden Händen zerreiße ich die Fotografien der Männer die ich geliebt habe und die mich gebraucht haben auf dem Bett auf dem Tisch auf dem Stuhl auf dem Boden. Ich lege Feuer an mein Gefängnis. Ich werfe meine Kleider in das Feuer. Ich grabe die Uhr aus meiner Brust die mein Herz war. Ich gehe auf die Straße, gekleidet in mein Blut*

»Neue Frisur?«, rief Deluxe eine Spur zu munter, als ihr die kahlgeschorene Braut aus dem Bad entgegenwankte.

»Deluxe!« Mel starrte sie an wie einen fremden Menschen. Dieses Mädchen, an dem alles so klein war, nur die Augen nicht. Die waren groß und standen weit auseinander, wie es nur bei guten Menschen der Fall ist. Irgendjemand hatte sie vor ihr gewarnt. Wer hatte sie noch vor ihr gewarnt? Wer sagte, sie solle sich hüten vor ihr?

Es prickelte auf ihrer Haut. Sie machte einen ungelenken Satz nach vorn und legte ihre Hände um Deluxe' handgelenkdünnen Hals. Sie drückten zu und schüttelten das Mädchen, dessen dünne blonde Engelshaare nur so flogen. »Du warst es! Warum? Warum hast du mein Tagebuch gestohlen?«

»Ich … ichhhh …«

»Was hast du damit gemacht?«

»…chchchchhhhhh…«

»Aufhören!«, rief der Lautsprecher mit schriller Stimme. »Aufhören!«, mischte sich Molly ein. Ihre Arme legten sich von hinten um Mels Taille. »Mel, kleine Mel«, rief sie immer wieder. »Arme Mel, lass sie los!« Aber Mel stand wankend, fast schon schlafend, und würgte Deluxe weiter. Die wurde stiller, die Adern traten hervor, ihr Gesicht wurde rot und ging auf. Die weit auseinanderliegenden Augen quollen aus den Höhlen, flehten Mel stumm an mit ihrer Sehkraft von 140 Prozent.

Da öffnete sich die Zimmertür, Mel drehte sich um, ließ los, sah ihre Freunde hereinkommen, Viktoria, Martin, Tom und Ludwig. Sie sagte nichts, sie fiel ihnen einfach entgegen.

* * *

Die Limousine hält lautlos auf einer Steigung zwischen blitzblanken Rasenflächen. Pit sitzt nach vorn gebeugt, hat die Hände in die Schläfen gestemmt, vergraben ins Zottelhaar, und schüttelt den Kopf. »Aber warum hast du Martin geheiratet?« Menschen in Morgenröcken sitzen murmelnd auf Bänken. Zitronengelbe Falter flattern durch die Luft. Kurzstielige Stiefmütterchen und Studentenblumen bilden hässliche Ornamente. Ludwig dreht sich um und sieht traurig aus unter seiner Chauffeursmütze. »Wir wollten alle«, sagte er, obwohl er gar nicht gefragt war. »Martin, Tom und ich. Wir haben sie zusammen da rausgeholt aus Masserberg. Und wollten alle vier bei ihr bleiben, auch Viktoria, aber nur einer konnte sie heiraten.« Mel legt die Hand auf Ludwigs Hand und streichelt sie.

Pit sieht sich um. »Und warum Martin und nicht Tom oder – du?«, fragt er. Zum ersten Mal im Leben hatte er Ludwig geduzt. Der nimmt die Mütze ab und dreht sie in der Hand. »Wir haben gewürfelt«, sagt er. »Martin hatte die höchste Punktzahl, dann Tom, dann ich.« Pit reißt die Tür auf, steigt aus und läuft einige Schritte. Er denkt es immer wieder vor sich hin. Drei Männer haben um seine Mutter gewürfelt. Da war sein Vater schon tot. Sanchez.

Mel rutscht auf Pits Seite der Rückbank, steigt aus, geht ihm nach. Sie spürt seine Nähe. Sie nimmt die Brille ab, dreht sich, bis ihr die Nachmittagssonne ins Gesicht scheint. »Da hinten, am Ende des Weges, steht da ein Haus, mit zwei Türmchen und Schieferwänden?«

Pit sieht eine Ruine mit leeren Fenstern und pappvernagelten Türen inmitten eines mannshohen Brennnesselmeeres. Die Fenster, an deren Scheiben Viktoria, seine Kinderfrau, Steinchen geworfen haben muss. Er sieht die Türen, durch die sich nachts sein Vater zu seiner Mutter geschlichen haben muss. Da oben, hinter dem Fenster, war vielleicht das Zimmer, in dem Ludwig mit Molly geschlafen hatte. Keine Türmchen, nicht mehr.

»Steht das Haus mit den Türmchen da?«, fragt Mel noch einmal.

Pit sieht Ludwig an. Ludwig sieht ihn an. Ludwig nickt. Pit sagt: »Ja.«

»Ja? Hak mich unter, bitte.« Seine Mutter tastet nach ihm. »Das ist Haus IV«, sagt sie und räuspert sich nervös. »Komm, wir gehen hin.« Nur wenig entfernt sammeln sich Kurgäste, die das Schauspiel verfolgen. Manche von ihnen schließen sich an, tuschelnd: »Ist das nicht …?« Als Pit, Ludwig und Mel die Reste von Haus IV erreicht haben, folgt ihnen ein Dutzend Menschen.

Mel hört das Rauschen der Bäume im Wind, Grillenzirpen, Vogelzwitschern, eine Fliege, die sich im Sturzflug auf ihr Ohr niederlässt. Der Klang von Masserberg. Sie riecht sonnenwarme Fichtennadeln, Fladen brauner Bergkühe, rote Johannisbeeren und das scharfe Zweitakter-Kohlenmonoxid eines Trabis. Der Duft von Masserberg. Ihre Knie zittern beim Gehen. Ellipsenförmige Regenbögen wabern, sinken in grauen Nebel, tauchen wieder daraus empor. Ihr wird schwindlig, sie fühlt sich beobachtet. Tapfer stöckelt sie über knirschenden Kiesel. »Die Straße ist neu gemacht«, sagt sie. »Früher war hier nur Staub und Dreck.« Sie folgt der Steigung, einen Fuß tastend höher als den anderen setzend, sie wird nicht fallen, sie wollte keinen Stock und keinen Hund, sie wird es allein schaffen. Sie lässt Pit los und geht weiter, schrittweise im schmutzig milchigen Meer, in dem sie seit Jahren lebt. Schritt. Pause. Schritt. Pause.

Sie schreitet, denkt Pit. Und sie sieht gar nicht blind aus. Das war immer ihre größte Sorge. Andere Frauen fragten: Sehe ich gut aus? Seine Mutter fragte immer: Sehe ich blind aus? Sie sieht nicht blind aus, denkt Pit. Sie sieht toll aus. Sie schreitet wie eine Braut. Sie ist schön und stark, weil alle Freunde bei ihr geblieben sind, als Ehemann, als Manager, als Kinderfrau, als Chauffeur. »Mama?« Er nennt sie selten so. Meist nennt er sie ironisch Mutterunser oder einfach Mel. »Mama, näher geht es nicht ran, da ist ein Zaun.« Mel steht jetzt direkt vor der Brennnesselhecke des verfallenen Hauses. Sie streckt die Arme nach vorn, um den Zaun zu suchen, und zuckt zurück. »Brennnesseln!«

»Ja, ich ...« Viele Schritte trippeln hinter ihr. »Gehört es immer noch zur Augenklinik?«, sagte sie.

Pit antwortet nicht gleich. Dann, leise: »Nein, es steht zur Vermietung.«

Mel sagt nichts. Sie dreht sich stumm auf dem Absatz um. Da war kein Zaun. Zäune werfen Echos zurück. Da war kein Echo. Da stimmt irgendwas nicht. Bilder verwittern. Sie werden unmodern. Pit will sie schonen.

Aber sie weiß es. Unglaublich viel liegt zwischen ihrem letzten Masserberg-Aufenthalt und diesem. Bautzen, Ausreise, Hoffnungen, zerstörte Hoffnungen, immer wieder Sterbenwollen. »Nicht du sollst das Publikum sehen. Es soll dich sehen«, hatte Tom gesagt, als sich auch ihre rechte Netzhaut löste, als sie völlig erblindete. Sie nahm einen Künstlernamen an, wurde berühmt.

Mel sieht große weiße Schaumstoffscheiben, die sich träge gegeneinander drehen. Keine Morgensonne mehr, keinen Regenbogen, keine Sterne. Sie führt ein Leben ohne Blickkontakt. Bei ihr herrscht kein Mangel an Licht, aber auch kein Übermaß, ewige Dämmerung. Auf der anderen Straßenseite muss die Bühne sein, schräg links dahinter, einmal durch den kleinen Park, die Betonbaracke, das Ärztehaus, das FDGB-Heim »Otto Grotewohl«. Blitze zucken in ihrem Kopf. Sie kennt ihren Ursprung, es sind Reizströme im Gehirn, an den Sehnervresten. Sie hat keine Angst mehr vor ihnen. Die Blitze sind ihre Sonnen. Sie kommen, sie gehen, sie bleiben manchmal tagelang weg, um als Feuerwerk wiederzukehren, plötzlich, ohne Vorwarnung. »Geht ein kleiner Weg nach da?«, fragt Mel. »Das ist die Schnitzelpiste, hier sind wir immer essen gegangen.«

Pit schweigt. Da ist kein Weg. Da ist ein Parkplatz, groß, rechteckig, säuberlich in Beton gegossen, gut gefüllt mit Golf und Audis und Fiats. Die neue Kurklinik hockt wie ein Krake auf dem Lerchenberg. Nichts scheint so, wie seine Mutter es beschrieben hat. Ein Ufo ist gelandet, denkt Pit, Raumschiff Enterprise, mitten in der DDR.

»Da hinten war unser Speisesaal«, sagt Mel. Sie kneift die Augen zusammen, als sei sie nur kurzsichtig und könne so ihren Sehnerv disziplinieren, aber da ist nur

Zuckerguss um sie herum, zerklüftet, feucht geworden, angeschmolzen. »Pit?«

»Ja.«

»Sag was.«

»Ja, Mama, ich sehe das FDGB-Heim, und daneben das alte Kurhaus, genau, wie du es beschrieben hast.« Mel sucht die immer etwas feuchte Hand ihres Jungen, zieh sie nicht weg, denkt sie, zieh sie jetzt nicht weg. Er zieht sie nicht weg. »Ich möchte zum Friedhof«, sagt er.

»Die Karl-Liebknecht-Straße runter«, sagt Mel.

Pit sieht auf das gusseiserne Straßenschild: Kurhausstraße steht da in nachgemachtem Sütterlin. »Jaja, das war früher die Liebknecht«, sagt eine dicke Frau mit Kopftuch und fuchtelt. Ludwig bleibt zurück. Auch die anderen Schritte bleiben zurück. Mel hört die Kirchenglocken läuten. »Da ist eine Treppe«, sagt Pit. »Siebenundzwanzig Stufen«, sagt Mel, als sie die Treppe hochsteigt. Ich weiß es noch, denkt sie. Wo Einauges Grab ist, weiß ich auch noch. Vierte Reihe, zweites von links. Das von Sanchez müssen wir suchen.

Das Grab von Einauge ist verwaist und verkommen. Ein erdiges Rechteck, dessen Grenzsteine umgekippt und mit Moos bewachsen sind. Wo einst Blumen waren, wuchern jetzt Schachtelhalm, Löwenzahn und Brennnesseln. Der Grabstein ist umgeworfen und zugewachsen.

Pit sieht Sanchez' Grab, eine Reihe weiter, Mitte.

Carlo Sanchez
*7.8.1945 Santiago de Cuba
†9.7.1984 Masserberg

Stumm führt er seine Mutter dorthin. Die hockt da, streicht über den kühlen Grabstein, betastet die frischen Blumen. Nelken. Sie gräbt ihre Finger in die Erde und scharrt ein Muster, sonnenstrahlenförmig, um das Grab herum.

Ich danke
Dr. Matthias Esche
Prof. Udo Reiter
Bernd-Lutz Lange
Sabine Brätschkus
Martin Enten
Anna Fischer
Prof. Gernot Duncker
Jörn Klamroth
Sylvia Knoll
Prof. Peter Knoll

Säges Itzgründisch ist dem Geschichtenbuch *Mei Heimat is de Schnett* von Lilli Schneider entlehnt.

Das Zitat von Heiner Müller auf Seite 225 stammt aus *Hamletmaschine*, © Suhrkamp Verlag Frankfurt am Main 1998: »Ich bin Ophelia … Ich gehe auf die Straße, gekleidet in mein Blut.«

Der Liedtext auf S. 62 stammt von der LP »Aufstehn« von Veronika Fischer & Band.

ADAM SOBOCZYNSKI
POLSKI
TANGO
EINE REISE DURCH DEUTSCHLAND UND POLEN
aufbau